Andreas Wöhl wurde 1971 in Köln geboren und lebt im Oberbergischen Land. Seit Schulzeiten schreibt und veröffentlicht er Kurzgeschichten, mit Vorliebe aus dem Bereich des Unheimlichen. Aber auch Krimis und humorvolle Geschichten stammen aus seiner Feder.

Andreas Wöhl

DER EWIGE

UNHEIMLICHE GESCHICHTEN
&
FINSTERE MÄRCHEN

Impressum

Bibliografische Information der Deutschen Nationalbibliothek:
Die Deutsche Nationalbibliothek verzeichnet diese Publikation in
der Deutschen Nationalbibliografie; detaillierte bibliografische
Daten sind im Internet über http://dnb.dnb.de abrufbar.

Korrektorat: Christine Kaula

Buchcoverdesign: Jesh Art Studio, jeshartstudio.com unter Ver-
wendung von Bildmaterial von RasselBor; BackgroundStor / Depositphotos und Anna Berdnik / Shutterstock (Frontcover) sowie
AndrewLozovyi; fedoruk / Depositphotos (Illustration Buchrück-
seite)

Herstellung und Verlag:
BoD – Books on Demand, Norderstedt

Originalausgabe, 2. Auflage 2021

Alle Figuren und Handlungen sind frei erfunden. Ähnlichkeiten
mit lebenden oder toten Personen sind rein zufällig.

ISBN: 9783754311776

Für meine Eltern

„Nur durch die Liebe und den Tod berührt der Mensch das Unendliche."

Alexandre Dumas d. Ä. (unterschobenes Zitat)

Inhalt

Der Ewige

Lange, lange vor der Zeit des großen Ali Murad Khan, und selbst lange vor dem ruhmreichen Daaryoosh war unser Land Teil eines Reiches, welches das größte war, das die Menschheit bis dahin gekannt hatte. Es reichte vom Tigris bis zum Indus und war das Lebenswerk eines einzigen Mannes, des mächtigsten Herrschers der damaligen Welt, des Padischahs Jaavid, Sohn des Jahaangir.

Schon in jungen Jahren war er seinem Vater auf dem Thron gefolgt, der einer plötzlichen, tödlichen Krankheit erlegen war. Manche Zungen behaupteten, Jaavid sei der Sender der Krankheit gewesen, aber diese Zungen fanden sich alsbald getrennt von ihren Besitzern an die Tore der Stadt genagelt wieder.

Jaavids Wille und Kraft war denen aller Generäle und Weisen weit überlegen, und während sein Vater stets versucht hatte, in Frieden mit den umliegenden Reichen zu leben, so sah sein Sohn in deren Herrschern nur seine Vasallen. Jaavid führte sein Heer von einem Sieg zum nächsten. Nicht immer brauchte er dieses dafür in die Schlacht zu führen. Im Krieg bewies er eine Strategie und Schläue, die selbst die meisten älteren Generäle nicht besaßen. Doch vor allem kannte er die Schwächen der Menschen und wusste sie sich zunutze zu machen. In fast jedem Reich fand sich ein ungeliebter Sohn eines Herrschers, der für das Versprechen, ihn auf den Thron seines Vaters zu hieven, bereit war, Jaavid als Padischah anzuerkennen und ihm als Satrap zu dienen. Gab es diesen nicht, so doch

9

oft altehrwürdige Familien, die der Meinung waren, es sei für sie die Zeit gekommen, die Herrscherfamilie abzulösen.

Misslang der Umsturz, so setzte Jaavid sein Heer ein, das von Sieg zu Sieg größer wurde, da die Besiegten alle überlebenden Kämpfer unter Jaavids Kommando stellen mussten; und schon bald reichte allein der Aufzug der gewaltigen Heerscharen vor den Mauern einer Stadt, um diese zum Aufgeben zu bewegen.

Jaavids Reich wuchs und wuchs – und damit seine Macht und sein Glaube, allen anderen Menschen überlegen zu sein. Doch er blieb stets ein unruhiger Geist, nie war ihm das Erreichte genug, und er lebte in der ständigen Angst, alles wieder verlieren zu können. So reichte bald allein schon die Andeutung eines drohenden Verlustes oder eines Widerspruchs, seine angeborene Reizbarkeit in glühenden Jähzorn zu verwandeln und entgegen jeder Vernunft zu handeln. Einzig Pari, seine jüngste Frau, vermochte dieses Fieber zu kühlen, was ihr die Achtung der Soldaten und die Liebe des Volkes gewann, aber keineswegs das Wohlwollen von Jaavids anderen Gattinnen. Doch auch ihr gelang es nicht, Jaavid einen Schrecken zu nehmen, der wuchs, je älter er wurde, denn es war der vor dem Alter und dem Tod. Wenn man jung ist, denkt man nicht an das Ende und die Endlichkeit der Menschentage. Doch irgendwann überfällt jeden die grausige, gnadenlose Erkenntnis der eigenen Sterblichkeit.

Jaavid wusste dazu, besser als alle anderen, dass er kaum hoffen durfte, ein hohes Alter zu erreichen. Seine männliche Nachkommenschaft war nun teils in jenem Alter, in dem er längst auf dem Thron gesessen hatte. Und so misstraute er seinen Söhnen und ließ sie überwachen. Einmal kam ihm zu Ohren, dass Giiv, sein Ältester, davon gesprochen haben sollte, sein Vater sei bald zu alt, um das riesige Reich weiterhin zusammenhalten und lenken zu können, und dass er schon gar nicht mehr die Kraft habe, neue Reiche zu erobern. Diese Worte erzürnten den Padischah dermaßen, dass er sein Krummschwert zog, in die Kammer seines Sohnes eindrang und ihm den Kopf von den Schultern hieb.

Diese Tat erweckte in seinen anderen Söhnen so viel Furcht, dass niemand von ihnen wagte, auch nur ein Wort über Alter und Kraft ihres Vaters zu verlieren, geschweige denn, etwas Unrühmliches über seinen Charakter fallen zu lassen. Und doch war die Furcht seiner Söhne es, die das Gerücht begründete, der Padischah sei nicht mehr Herr seines Verstandes.

Oft sah man ihn des Nachts in seinen Gärten rastlos umherlaufen und bald die Hände ringen, bald laut klagen und sich die Haare raufen. Des Tags kniete er mitunter ewig lang an den Ufern eines Teiches oder Sees und studierte ausgiebig das Spiegelbild seines Gesichts auf der Suche nach einer neuen Falte, die sich darin eingegraben hatte oder nach einem neuen grauen Haar. Anfangs riss er sich jedes graue Haar aus, dann aber begann er, seine Haare mit einem Sud aus Ochsenblut, Schildpatt und dem Hals eines Gagbu-Vogels pechschwarz zu kaschieren.

Zu jener Zeit ließ er nach den weisesten Männern seines Reiches senden, nach Magiern und Heilern, und sie an den Hof holen. Er wollte von ihnen wissen, wie man sein Leben verlängern könne, und wie man die Kraft und Gesundheit der Jugend wiedererlange.

Manche, die nicht so weise waren, wie sie genannt wurden, empfahlen ihm eine strenge Diät oder verordneten ihm Tinkturen und Bäder. Jaavid war kein geduldiger Mann, und

11

da sich kurzfristig kein Erfolg einstellte, ließ er die Männer, die ihm unnützen Rat gegeben hatten, lebendig einmauern.

„So probiert einmal selbst eure strenge Diät", rief er ihnen noch zu, ehe der letzte Stein gesetzt wurde.

Oder er ließ sie anketten in einem Zierbrunnen, den er mit den empfohlenen Tinkturen füllen ließ, bis die Unglücklichen soeben noch mit dem Kinn aus dem Wasser schauten.

„Wollen doch mal sehen, wie lange euch eure Tinkturen am Leben erhalten", höhnte Jaavid.

So war es kein Wunder, dass die Zahl der Weisen, die zu ihm an den Hof kamen, immer geringer wurde. Jaavid wurde deswegen bald rot vor Zorn, bald bleich vor Angst.

„Padischah", sagte eines Tages Basim, sein treuester und engster Freund aus Jugendjahren, „ich hörte von einem Mann aus Babylonien, der das Geheimnis der ewigen Jugend kennen soll. Kein Scharlatan, sondern ein wahrer Magier. Ich habe Männer ausgesandt, ihn zu holen."

Jaavid war froh über diese Worte, dankte seinem Freund unter Tränen und versprach ihm, ihn mit noch mehr Ehrentiteln und Reichtümern zu überhäufen, wenn dies wahr sei und der Magier ihm helfen würde.

Und so stand einige Zeit hernach jener Mann vor ihm, der angeblich das Geheimnis kannte, nach dem Jaavid so verzweifelt suchte. Als der Padischah den Mann sah, überkamen ihn jedoch Zweifel. Vor ihm stand ein gebeugter Alter, kaum fähig, sich auf den Beinen zu halten.

„Du bist auch nur eine Enttäuschung", sagte er zu dem Alten. „Warum erzählen sie von dir, du kenntest das Geheimnis der ewigen Jugend?"

Der Alte sah ihn unter seinem schlohweißen langen Haar

eindringlich an, ehe er sprach: „Es ist wahr, was die Leute sagen. Und doch auch wieder nicht."

Jaavids Lippen zuckten und seine Hand ballte sich zur Faust. „Sprich nicht in Rätseln, sonst sprichst du bald gar nicht mehr!"

Der Alte nickte. „Du siehst mich alt und am Ende meiner Tage vor dir, Padischah. Doch ich sage dir, vor einem Jahr noch war ich jung, jünger als du. Und davor war ich in etwa so alt wie du."

„Hat das Alter dir den Verstand genommen?!" Jaavid sprang auf und packte den Alten am Kragen. „Was schickt man mir diesen Irren?!", rief er in den Saal.

Der Mann keuchte. „So höre doch, Padischah, ich spreche die Wahrheit. Ich habe gekostet vom Jungbrunnen. Es gibt ihn. Er machte mich wieder zu einem jungen Mann. Doch seine Kraft hält nicht ewig."

Jaavid hielt bei diesen Worten inne und besah sich den Alten genau. „Erzähl, wie es dazu kam", forderte er ihn auf.

Und der Mann, dessen Name Ashtaad lautete, berichtete, wie er schon in frühen Jahren erst seine Eltern und dann all seine Geschwister an Krankheit oder die Soldaten des Padischahs verloren hatte. Er fühlte den Tod beständig um sich, fühlte ihn nach sich greifen, und so beschloss er, ihm so lang es gehe zu trotzen und sein Leben der Suche nach der Unsterblichkeit zu weihen. Er hatte Gerüchte gehört von dem Ewigen, einst ein sterblicher Mensch wie ein jeder von uns, doch von den Göttern dazu ausersehen, auf ewig auf Erden zu verharren und über den Jungbrunnen zu wachen. Denn dessen Quelle sei nicht für die Menschheit bestimmt, sondern nur den Göttern vorbehalten.

Und doch fanden immer wieder Menschen dorthin. Nur

die wenigsten aber kehrten zurück und konnten darüber berichten. Es dauerte lange Jahre, ehe Ashtaad einen Heiler fand, uralt an Jahren, der sich erinnerte an den Bericht eines solchen Mannes, eines Sabäers, der aus dem Jungbrunnen getrunken habe. Er sei den Legenden der Aribi gefolgt und habe die Wüste am Rande des Reiches Lihyan durchquert, um die Oase Gäua zu finden, denn dort solle sich der Jungbrunnen befinden. Mehr als einmal habe er dem ewigen Feind des Menschen dabei ins Auge geschaut, doch sein Wille am Leben zu bleiben, ließ ihn alle Strapazen überstehen und bis zu der Oase gelangen. Er trank vom Wasser des Lebens und gewann seine Jugend zurück. Als er davon berichtete, war er ein alter Mann, denn einmal zu trinken macht nicht auf ewig jung. Und so war er zu dieser Zeit wieder unterwegs in Richtung Gäua, um sich erneut vom Wasser des Lebens verjüngen zu lassen. Doch er war zu spät aufgebrochen, denn er besaß nicht mehr genügend Kraft, um ohne Hilfe dorthin zu gelangen. Der Heiler schenkte ihm ein Kamel und einen Sklaven im Austausch dafür, dass er ihm den Weg beschrieb. Das tat der alte Sabäer, und der Heiler hat ihn hernach nie wiedergesehen.

Der Heiler selbst aber verspürte das Verlangen nach dem Jungbrunnen nie mächtig genug, um sich auf die gefahrvolle Reise einzulassen. Und so bewahrte er sein Wissen über die Jahre, bis Ashtaad bei ihm erschien und sein Begehr offenlegte. Ashtaads eiserner Wille, den Tod zu besiegen, erinnerte den Heiler an den alten Sabäer, und er fand es richtig, das Geheimnis an diesen Menschen weiterzugeben, anstatt es mit ins Grab zu nehmen.

Mit diesem Wissen machte sich Ashtaad alsdann auf den Weg, durchquerte die Wüste, rang mit dem Feind des Lebens, und als er sich ihm schon fast ergeben wollte, erreichte er mit letzter Kraft sein Ziel.

„Ich habe aus der Quelle getrunken, Padischah, und es war alles wahr, was ich gehört. Ich wurde wieder zu einem jungen Mann. Doch nun ist die Kraft der Quelle verbraucht. Sieh mich an. Ich bin jetzt zu alt und zu schwach, um den Weg noch einmal zu schaffen."

In den Augen des Padischahs leuchtete ein Glanz, wie ihn seine Untergebenen schon lange nicht mehr gesehen hatten. Es war, als sei allein schon durch die Erzählung Ashtaads etwas von der Jugend in Jaavid zurückgekehrt.

Der Padischah befahl, eine Karawane auszurüsten mit genügend Wasser und Proviant für eine Wüstendurchquerung.

Nur mit einer Handvoll Getreuer, darunter Basim und dem alten Ashtaad, machte er sich auf den Weg. Sie gelangten ohne große Zwischenfälle bis an den Rand der Wüste, die außerhalb seines eigenen Reiches lag. Dort befahl er seinen Leuten, zurückzubleiben und auf ihn zu warten. Nur Ashtaad, Basim und ein Sklave begleiteten ihn weiter. Und zwanzig Kamele, beladen mit Proviant und zig Amphoren Wasser.

„Ich habe dir zugehört, Ashtaad", sprach Jaavid zu dem Alten. „Und ich will deinen Fehler nicht wiederholen. Wenn wir am Ziel angelangt sind, werde ich all diese Amphoren mit dem Wasser des Lebens füllen, so dass ich nicht so ende wie du."

Ashtaad nickte. „Ich wünschte, ich hätte damals auch daran gedacht." Zehn Tage durchquerten sie die Wüste ohne eine Menschenseele zu sehen, trotzten der Hitze des Tages, der Kälte der Nacht und einem Sandsturm.

Jaavid wollte von Ashtaad jeden Tag wissen, wie lang die Reise noch dauern werde, wann sie denn endlich am Ziel seien. Ashtaad nickte nur besänftigend und sprach immer wieder, es dauere noch etwas, doch sie seien auf gutem Weg.

Von Tag zu Tag aber wurde Ashtaad schwächer und ein seltsames Fieber befiel ihn. Er konnte sich nicht mehr aus eigener Kraft auf dem Rücken seines Kamels halten und Jaavid befahl, ihn am Sattel anzubinden. Der Sklave musste Sorge dafür tragen, dass Ashtaad ausreichend trank und vor der Hitze und Kälte geschützt blieb.

„Ich glaube nicht, dass er es bis ans Ziel schafft", sagte Basim im Vertrauen zu Jaavid.

Dessen Miene war sorgenvoll. „Seine Aufgabe ist noch nicht erfüllt, mein Freund."

Am elften Tag machten ihre Herzen einen Sprung, denn am Horizont sahen sie in der flirrenden Luft die Palmen einer Oase.

„Jaavid, das muss sie sein!", rief Basim. Sie trieben ihre Kamele zur Eile an, doch schon bald jammerte Ashtaad: „Es ist ein Trug. Sie ist es, doch sie ist nicht dort!"

Erst dachten sie, er spräche im Fieberwahn. Doch dann war es auch Jaavid klar. Das dort am Horizont war nichts als eine Fata Morgana. Es schien, als bewiesen die Götter ihren Hohn und Spott, um diesen jämmerlichen Sterblichen zu zeigen, dass sie nur einem Trugbild nachjagten und nie ans Ziel gelangen würden.

Am dreizehnten Tag weigerten sich die Kamele, auf der Route zu bleiben. Sie wichen immer wieder aus. Jaavid und seine Gefährten zwangen die Tiere auf die eigentliche Route zurück. Der Padischah führte die Gruppe auf seinem Kamel an. Plötzlich aber versank dessen rechter Vorderhuf im Boden. Mann und Tier stürzten in den Sand. Jaavid wollte sich aufstemmen, doch unter seinen Händen sackte der Boden weg.

„Bleibt stehen!", warnte er seine Gefährten. Sein Kamel versuchte ebenfalls, sich zu erheben, da brach der Boden unter ihm weg, und in einer Wolke aus Sand verschwand es schrill klagend im Erdreich. Jaavid gewahrte durch das Loch im Boden eine gewaltige Höhle.

Basim warf seinem Freund und Herrn ein Seil zu. Doch es reichte nicht weit genug, es fehlte eine Manneslänge. Da befahl Basim dem Sklaven, über den Boden zu kriechen und das Seil nahe genug zu seinem Herrn zu bringen. Unter der Gefahr, jederzeit in eine Höhle abzustürzen, robbte der Sklave los. Schon gab der Sand unter seinen Händen nach, da warf er das Seil Jaavid zu. Der packte es. Basim hatte das andere Ende des Seils an den Sattel eines Kamels gebunden, und so gelang es ihnen, den Padischah aus der tödlichen Falle zu befreien.

Ihre Leben waren gerettet; Jaavids Kamel und den Proviant, den dieses getragen hatte, hatten sie verloren. Zudem mussten sie einen Umweg machen und gerieten am übernächsten Tag in einen Sandsturm, der wilder tobte, als jeder, den Jaavid je bisher erlebt hatte. Sie wickelten Tücher um ihre Gesichter, auch um die Augen, denn die Sandkörner schnitten wie Glassplitter in die Augenlider. Als tobe ein wildgewordener Dschinn, so heulte der Sturm um sie, und hieb ihnen die Luft aus den Lungen.

Jaavid glaubte in diesem Moment, dies sei das Ende seiner Reise. Er vermeinte, die panischen Schreie der Tiere zu hören, doch es mochte auch Einbildung gewesen sein oder der Dschinn, der seine Sinne verwirrte. Er wusste nicht mehr, wo oben und unten war, ob er allein oder bei seinen Kameraden war, ob es Stunden oder Tage dauerte, ob sein Körper noch in einem Stück war oder in Fetzen. Überall schmerzte und brannte es. Doch das Schlimmste war das Gefühl, keine Luft mehr zu bekommen und ersticken zu müssen. Mit letzter Kraft stieß er einen Fluch gegen die Götter aus, dann wurde es vor seinen Augen schwarz.

Als Jaavid zu sich kam, empfing ihn absolute Stille. Nichts regte sich um ihn. Er lag da, mit geschlossenen Augen und angehaltenem Atem und drohte schon wieder die Sinne zu verlieren. Aber er wäre nicht der Padischah gewesen, wenn er nicht die Kraft gehabt hätte, dagegen anzukämpfen. Mit aller Willenskraft öffnete er die Augen und holte Luft. Doch die Welt blieb dunkel, und mit der Luft drang Sand in seinen Mund. Er hustete, spuckte und wieder überfiel ihn die Angst, ersticken zu müssen. Er versuchte das Tuch von seinem Gesicht zu reißen, griff aber nur in Sand. Der Tod hockte auf ihm, doch Jaavid bäumte sich auf, fühlte Sand von Haut und Schultern rieseln und spürte einen Luftzug. Erneut packte er nach dem Gesichtstuch, riss es weg und atmete warme Luft.

Etwas fiel von seiner Schulter und kroch über den Sand davon. Jaavid glaubte aus den Augenwinkeln einen Skorpion zu erkennen. Er befreite sich aus dem Sand, sah sich um und erkannte, dass er inmitten einer Düne hockte, die Teil einer Landschaft aus unzähligen Sanddünnen war und sich in alle Richtungen um ihn bis zum Horizont erstreckte.

Doch da war noch etwas anderes in den Dünen. Dunkle Formen, die sich bewegten. Jaavid stand unter Mühe auf und stapfte zu den dunklen Gebilden, die sich als die Körper seiner Gefährten entpuppten. Basim war soeben dabei, sich aus dem Sand zu erheben, und dann befreiten sie gemeinsam Ashtaad und den Sklaven. Der Alte atmete kaum noch, seine Haut glänzte rot und feucht.

„Wie weit noch?", fragte Jaavid.

Ashtaad hörte ihn nicht und stöhnte: „Ich verbrenne."

„Bring mir Wasser!", befahl Jaavid dem Sklaven.

„Padischah, wir haben alle Kamele verloren", meldete Basim. „Wir haben nur noch die Wasserkrüge, die wir am Leibe tragen."

„Komm her, Sklave, und gib mir dein Wasser." Als der Sklave seinem Herrn den Krug reichte, nahm dieser nicht nur ihn, sondern mit einer geschickten Bewegung seines Dolches auch das Leben des Sklaven.

„So nützt du deinem Herrn nun am besten", gab er dem Sterbenden mit auf den Weg.

Mit dem Wasser benetzte Jaavid Ashtaads Lippen, und tatsächlich schlug der Alte die Augen auf. Er befahl Basim, ihm zu helfen den Alten aufzurichten, dann sprach er: „Sieh dich um, Ashtaad. Führt uns der Weg immer noch dort lang, wohin die Sonne des Mittags wandert? Sag, wie weit noch?"

Ashtaad sah sich mit irren Augen um und nickte schwach. „Ja. Bald. Bald. Oh dieses Feuer! Gib mir Wasser, bitte!"

So setzten sie ihren Weg zu Fuß fort, trugen den Alten abwechselnd. Sie suchten des Tags Schutz vor der Hitze der Sonne, doch es gab keinen Fels, keinen Baum, nichts, das Schatten spendete, und die Haut an Lippen, Gesicht und Fingern schälte sich von ihnen wie die alte Haut einer Echse. Ihre Wasservorräte gingen zu schnell zur Neige, und Jaavid fasste einen Entschluss.

„Ashtaad, wir können dich nicht weiter mitnehmen", sagte er zu dem Alten.

Dessen Blick wurde auf einmal klar, und er klammerte sich mit erstaunlicher Kraft an Jaavids Hemd. „Bitte, Herr, es ist nicht mehr weit. Wir schaffen es, wir alle."

Jaavid schüttelte den Kopf.

„Warum ich? Warum nicht er?" Ashtaads Kopf nickte in Basims Richtung.

„Dieser ist mein Freund. Du nicht", sagte Jaavid und zog den Dolch. „Du bist zudem krank und kostest uns zu viel Wasser. Als Zeichen meines Danks und meiner Gnade wird es schnell und schmerzlos sein. Du brauchst keine Angst zu haben. Sag, muss ich noch etwas wissen, wenn ich an der Quelle anlange?"

Ashtaads Augen zuckten hin und her. „Es … warte … ich muss überlegen …"

„Überlege nicht zu lang, Alter. Sonst wird dein Tod nicht schnell und schmerzlos sein."

Der Blick des Alten heftete sich starr auf die Klinge des Dolchs. „So bleibt mir nur ein letzter Rat, Padischah. Trink vom schwarzen Wasser. Und trinke schnell."

„Schwarzes Wasser? Schnell? Warum?"

„Das wirst du dann schon sehen. Höre auf meine Worte."

„Das ist alles?"

Der Alte nickte. Im nächsten Moment schon ragte der Dolch aus seiner Brust und ein letzter Hauch entwich seinem Mund. „Ich danke dir", sagte Jaavid.

Das restliche Wasser teilten sie sich gut ein, wobei Basim seinem Freund und Herrn von sich aus den größeren Anteil überließ.

Basim hatte bereits zwei Tage nichts mehr getrunken und Jaavid am Morgen seinen letzten Schluck genommen, als sie im Widerschein der Abendsonne die Spitzen von Palmen entdeckten. Die Furcht war groß, es sei erneut eine Fata Morgana, die jeden Moment vor ihren Augen verschwinden könnte, oder gar nur eine Ausgeburt ihrer fiebrigen Sinne.

Doch je näher sie kamen, umso klarer wurden die Konturen der Palmen und anderen Gewächse und auch von Felsbrocken, die den Pflanzen am Tag schützenden Schatten spendeten.

Als sie mit zitternden Gliedern, aufeinander gestützt, die Oase erreichten, entdeckten sie inmitten des Felsgesteins einen Teich, dessen Wasser schwarz und ölig glänzte.

„Der Jungbrunnen", krächzte Basim und fiel auf die Knie.

„Ja, das ist das schwarze Wasser, von dem Ashtaad sprach", hauchte Jaavid. „Wir haben es geschafft, mein Freund."

„Trink du zuerst, Padischah."

Jaavid nickte und wandte sich seinem Freund zu. „Ich danke dir." Trotz seiner Schwäche erfolgte die Bewegung seines Arms schlangengleich und schnell. „Ich danke dir für alles."

Jaavid wandte sich dem Teich zu, hörte wie sein Freund hinter ihm zu Boden fiel, und wischte an seinem Ärmel das Blut von der Klinge des Dolches. „Dieses Geheimnis ist zu kostbar, um es mit irgendjemandem zu teilen", flüsterte er, fiel am Ufer des Teichs auf die Knie und erblickte sein Gesicht in der spiegelglatten Oberfläche des Sees. Er erschrak. Was ihm da entgegenblickte, war das schwarze Gesicht eines Toten, das schon in Verwesung überging. Seine schorfige Haut spannte sich dünn über seinen Schädel, und riesige Augen starrten ihn entsetzt an. Rasch tauchte er beide Hände in das Wasser. Das unheimliche Gesicht warf wellige Falten und zerteilte sich in unzählige, zitternde Splitter.

Schnell! Er solle schnell trinken, hatte Ashtaad gesagt. Jaavid hob seine Hände an seine Lippen. Wie zäher Schleim tropfte das Wasser zwischen seinen Fingern zu Boden. Der

Gestank, der davon ausging, erinnerte ihn an Aas.

Warum schnell?, hatte er gefragt. Das siehst du dann schon, hatte Ashtaad geantwortet. Jaavid zögerte. Wenn er eines im Überfluss besaß, dann den Instinkt fürs Überleben. Er sah auf. Was sollte er sehen?

Nichts. Es gab hier nichts.

Nur die Felsbrocken und dahinter die Palmen.

Dahinter.

Jaavid betrachtete den Teich und dessen Umgebung genauer. Die Sonne war bereits versunken und ihr bleicher Gegenspieler sandte seine Strahlen zur Erde.

Müssten die Pflanzen nicht üppig wuchern am Rande des Jungbrunnens? Müsste es hier nicht von Getier wimmeln? Von jungem, nie sterbendem Getier? Oder war der Jungbrunnen nur für Menschen gemacht?

Er blickte zurück auf Basims toten Körper, und schalt sich selbst für seine Tat. Nicht, weil er seinen Freund verraten hatte, nein, sondern weil er Basim das schwarze Wasser hätte zuerst trinken lassen können, um zu sehen, ob es wirklich half oder ob es gefährlich war.

Und dann sah er es. Was er bei flüchtigem Hinsehen für bleiches Gestein gehalten hatte, war der fleischlose Schädel eines Menschen. Und dort, noch einer. Und dessen Knochen.

Jaavid ließ die Hände sinken. Dieses Wasser gab kein Leben.

Er ballte die Fäuste, denn er verstand. Er hätte an Ashtaads Stelle ebenso gehandelt.

Aber sollte alles Lüge gewesen sein? Er schüttelte den Kopf. Nein, Ashtaad hatte leben wollen, hatte die Oase unbedingt erreichen wollen. Es musste den Jungbrunnen tatsächlich geben, er musste hier sein. Nur wo?

Jaavid ließ seinen Blick aufmerksam schweifen, doch außer dem schwarzen Teich sah er kein Wasser. Dafür fiel ihm jedoch eine Nebelschwade auf, die von einem großen Felsbrocken aufstieg und im bleichen Mondlicht zitterte.

Als er nähertrat, erkannte er, dass der Nebel aus einer Spalte im Fels aufstieg. Diese Spalte war groß genug, dass ein Mensch hindurch gelangen konnte.

Jaavid spähte in den Fels. Wie tief war die Öffnung? Er glaubte, so etwas wie Stufen zu erkennen, die in die Tiefe führten. Ohne zu zögern, zwängte er sich in die Spalte und befand sich wenig später in einem engen Gang, der ihn immer weiter hinab in die Erde führte. Der Gang war so niedrig, dass er fast auf allen vieren kriechen musste. Das Mondlicht verlor sich alsbald, und Jaavid kroch wie blind im Dunkel weiter. Dazu kam der Dunst, der den ganzen Gang ausfüllte. Er legte sich wie eine heilende Hand auf seine heiße Stirn, seine Wangen und seine Lippen. Jaavid leckte begierig die Feuchtigkeit auf. Und obwohl es nichts als Dunst war, löschte er doch seinen großen Durst. Ja, mehr noch, er gab ihm seine Kraft zurück, so dass Jaavid alsbald rascher vorankriechen konnte.

Immer wieder ertastete er auf seinem Weg hölzerne Pfeiler links und rechts des Ganges. Er hätte erwartet, dass es kühler würde, je tiefer er kam, doch das Gegenteil war der Fall. Bald war er von Dunst und Schweiß komplett durchnässt, und dann sah er einen fahlen Schimmer. Etwas musste dort am Ende des Ganges leuchten, doch was es war, konnte er nicht sehen. Der Gang führte nicht weiter in die Tiefe, sondern verlief nun ebenerdig und stieg dann sogar wieder leicht an. Das fahle Licht erleuchtete immer klarer die Umgebung, und er kam schneller voran. Er sah eine Felswand, vor der der Gang nach rechts abbog. Als Jaavid weiterging, mündete der Weg in eine geräumige Höhle, deren Decke weit über ihm schwebte. Endlich konnte sich Jaavid zu voller Größe aufrichten.

Und in dem Moment sah er die Quelle des Lichts, die zugleich auch die Quelle des allgegenwärtigen Dunstes war: Einige Schritte vor ihm erhob sich das Felsgestein etwa bis auf Kniehöhe aus dem Boden und bildete ein mannslanges Oval. Dessen Mitte war hohl und wie ein Brunnen bis zum Rand gefüllt mit klarem Wasser, aus dem in feinen Schwaden Dunst aufstieg. Das Besondere aber war, dass dieses Wasser fahl leuchtete und schimmerte, als würden zig Lampen darin schwimmen.

„Der Jungbrunnen!", stieß Jaavid aus.

„Oh ja, du hast ihn gefunden." Die Stimme klang, als würde eine Tür geöffnet, die seit Jahrzehnten verschlossen gewesen war.

Jaavid schrak zusammen und gewahrte jetzt erst, dass er nicht allein in der Höhle war. Im Halbdunkel rechts hinter dem Brunnen führten drei aus dem Gestein gehauene Stufen zu einem Thron. Auf ihm saß eine ausgemergelte Gestalt mit langem, verfilztem Bart und dunklem Haar, unter dem zwei stechende Augen hervorschauten.

„Wer bist du?", fragte Jaavid.

„Der Wächter." Der Mann richtete sich auf. Zwar wirkte er nicht so kraftlos, wie seine dürre Gestalt zunächst vermuten ließ, aber Jaavid hatte den Eindruck, dass er es nicht gewohnt war, aufzustehen. Ein Klirren und Rasseln erklang, und als der Mann einen Schritt hinunter auf die oberste Stufe machte, erkannte Jaavid, dass er am linken Fußknöchel eine goldene Kette trug. Der Mann, der sich der Wächter nannte, tat noch einen Schritt, streckte die Hände nach Jaavid aus, machte

24

dann aber eine wegwerfende Handbewegung und setzte sich mit irrem Gekicher auf die Treppe.

„Warum lachst du?"

„Ach, über mich lache ich. Über die Trugbilder, mit denen ich gar darüber rede." Aus dem Gekicher wurde ein lautes Lachen.

„Ich kann dir versichern, dass ich kein Trugbild bin." Jaavid trat auf den Alten zu, blieb aber neben dem Brunnen stehen. Das Wasser glitzerte, als wäre es von Edelsteinen übersät. Jaavid sank auf die Knie und streckte seine Hände aus. Er war am Ziel.

„Ja, wohlan, trinke nur. Wirst schon sehen, was du davon hast", kicherte der Wächter.

Jaavid hielt inne. „Warum sagst du das? Ist das nicht der Jungbrunnen?"

„Oh ja, das ist er. Sieh doch, wie jung er mich hält."

„Ich kann nicht sagen, ob du jung bist oder alt. Die Gestalt unter deinem Fell von Haaren kann zwanzig Lenze zählen oder sechzig."

Jaavids Worte entlocktem dem Wächter ein herzhaftes Lachen. „Und was sagst du", stieß der Wächter zwischen dem Lachen hervor, „wenn ich dir verrate, dass ich der Jahre über zweihundert zähle?"

Jaavid schüttelte den Kopf. „Kein Mensch wird so alt. Du bist irre."

„Oh ja, das bin ich wohl. Irre, irre, irre. Spreche mit mir selbst. Mit welch Geschöpf auch sonst? Sitze ich hier doch seit über hundert Jahren auf dem Thron. Oder dreihundert? Oder mehr? Ach, wie soll ich's wissen, sehe weder Sonne noch Mond hier unten. Ein Tag oder ein Jahr, was macht's für einen Unterschied? Ja, ab und an sehe ich jemanden, der ein echtes

Geschöpf sein könnte, aus Fleisch und Blut. Aber was hilft es mir? Mir hilft keiner. Keiner ... Du auch nicht!" Das Kichern wandelte sich in ein Wimmern und Jammern. „Ich bin verdammt ..."

Jaavid schüttelte den Kopf und streckte die Hände erneut nach dem Brunnen aus, hielt dann aber wieder inne. „Du bist mir eine schöne Art Wächter, wenn jeder, der zu dir kommt, aus dem Brunnen trinken kann, ohne dass du etwas unternimmst. Es sei denn, dies ist eine Falle."

„Aber gewiss ist es eine Falle. Und keiner entkommt ihr. Nie."

„Also doch!" Jaavid stand auf und zückte seinen Dolch. „Wo ist der wahre Jungbrunnen? Sag es mir!"

Der Alte starrte auf die Klinge. „Was bringst du da mit? Ist's ein Geschenk für mich?"

„Dein letztes, wenn du mir das Geheimnis nicht verrätst."

Der Wächter hob den Kopf. „Geheimnis? Warum meinst du, lebe ich noch? Nach all den Jahrhunderten?" Er griff nach der Kette an seinem Fuß und rüttelte daran. „Sieh! Sie bindet mich an den Thron. Viel weiter komme ich nicht. Sehe den Brunnen vor mir, doch daraus trinken darf ich nicht."

„Wie kommt es dann, dass du noch lebst? Ist der wahre Brunnen bei dir?" Jaavid ging um den Thron herum, doch da war nichts außer Gestein und stinkendem Dreck. „Wer gibt dir Speise und Trank?"

Der Wächter hob den Finger und deutete um sich. „Das ist mein Speis und Trank. Das allein. Allein. Allein."

Jaavid verstand. „Der Dunst."

Der Wächter nickte. „Der Dunst, ja, der vermaledeite Dunst! Er lässt mich nicht sterben, aber das ist doch kein Leben!" Er hieb mit der Faust auf die Treppe. „Sag, ist das ein

Leben?"

„Wer tat dir dies an?"

„Sie. Wer sonst? Die, für die der Brunnen gemacht ist. Ich armer Wicht dachte, ich hätte das Wunder des Lebens gefunden." Er kicherte. „Ich habe den Skorpion übersehen. Und den Schakal. Ich trank, und als ich es tat, stand ich in Flammen. Oh weh!" Er schrie und raufte sich seinen Bart.

Jaavid trat auf ihn zu und packte ihn an den Schultern. „Rede deutlich, Mann! Ist hier noch jemand anderes?"

Der Wächter verstummte augenblicklich. „Du berührst mich?" Sein Mund stand weit offen, seine Hände tasteten nach Jaavids Armen. „Ich spüre dich …"

Ein Schluchzen stieg aus seiner Kehle und Jaavid sah Tränen über das schmutzige Gesicht rinnen. „Bitte, bitte hilf mir!" Der Wächter krampfte sich so fest an Jaavids Armen fest, dass es schmerzte. Der Padischah warf ihn zurück.

„Du Hund! Fass mich nicht an! Du weißt nicht, wer ich bin."

„Du bist echt. Echt!" Der Wächter kicherte, dann war er wieder ernst. „Bitte, wer immer du auch bist, befreie mich."

„Warum sollte ich das tun?"

„Weil du Erbarmen hast mit einem Bruder. Seit Ewigkeiten warte ich auf dich. Ewigkeiten. Ich kann nicht sterben. Das ist meine Strafe, der Fluch der Götter. Es hat mich nicht verbrannt, es hält mich am Leben. Und es brennt …" Er wimmerte. „Befrei mich, mein Freund, auf dass ich sterben kann."

Jaavid trat zurück und sah mit verächtlicher Miene auf den Wächter herab. „Bist du ein Narr? Warum willst du sterben, wenn du erst frei bist? Hier", er deutete auf den Brunnen, „ist, was dich heilt. Dann kannst du hinaus in die Welt."

Der Wächter schüttelte den Kopf. „Nein. Wozu? Ich

verrate dir etwas, wenn du mich dafür befreist. Einverstanden?"

Der Padischah nickte.

„Das Wasser macht dich jung, doch nur für ein Jahr. Dann zahlst du den Preis. Denn du bist danach nicht ein Jahr älter als jetzt, sondern zig Jahre. Und du alterst schnell. Du könntest versuchen, erneut hierher zu gelangen, doch dafür wirst du keine Kraft mehr haben. Du wirst vorher zugrunde gehen und verbrennen!"

Der Padischah nickte grimmig. „Ich habe es gesehen. Das ist kein Geheimnis."

Er packte den Alten am Schopf und zog dessen Kopf hoch. „Sieh mich an! Ich bin der Padischah Jaavid! Ich bin der Herr der Welt. Der Herr über Leben und Tod. Ich komme nicht unvorbereitet. Ich fülle meinen Krug. Und ich werde wiederkommen, noch vor Jahresfrist. Und diesmal besser vorbereitet und mit mehr Krügen. Ich werde ewig leben!"

Der Mund des Wächters verzog sich zu einem breiten Grinsen und enthüllte seine gelben Zähne. „Du weißt nichts. Die Götter gewähren uns Menschen nur einmal diese Gunst. Gunst!" Er lachte auf. „Nein, eine Falle ist's. Eine Falle. Trink nicht, wenn du klug bist."

Jaavid schnaufte. „Glaubst du, ich bin so dumm, dir zu glauben? Du selbst bist der Beweis für das ewige Leben."

„Oh, ich, ja ich, ich bin der Wächter. Wenn du ewig leben willst, dann musst du der Wächter werden. Bitte, gern räume ich meinen Platz. Jedoch bedenke: Dies ist kein Segen, sondern ein Fluch. Jaja, ein Fluch." Das Gesicht des Wächters verzog sich wie unter großen Schmerzen und Tränen tropften in seinen Bart.

„Du widerst mich an", sagte Jaavid und stieß mit seinem

Dolch durch den dichten Bart des Wächters, dorthin, wo die Kehle sein musste. Der Wächter verstummte augenblicklich, seine Augen wurden erst groß, er röchelte, versuchte die Hand zu heben und brach dann leblos zusammen.

„Bitte sehr, mein Geschenk an dich", knurrte Jaavid, zog den Dolch heraus und wischte mit der Klinge über den Bart des Wächters, um sie vom Blut zu reinigen. Dann trat er an den Brunnen und kniete nieder.

Beide Hände tauchte er in das Wasser. Es war kühl, aber nicht kalt. Jaavid hob die Hände wie eine Schale an seine Lippen und trank.

Ein warmer Fluss rann seine Kehle hinab, wie der Saft aus vergorenen Trauben, doch feuriger und berauschender. Das Feuer strömte in seinen Bauch und von da aus durch seinen gesamten Körper. Jaavid hatte plötzlich Angst, es würde ihn verbrennen. Er schrie. Doch er verbrannte nicht. Er spürte eine Kraft in seine Glieder zurückkehren, wie er sie in jungen Jahren gehabt hatte. Ein Krampf durchzuckte ihn, warf ihn zu Boden. Überall am Körper brannte und krampfte es. Doch es ließ bald nach, und als Jaavid sich erhob, tat er das mit einer Sprungkraft, die er lange schon nicht mehr gehabt hatte. Er trat an den Brunnen und schaute hinein, auf der Suche nach seinem Spiegelbild.

Und aus dem Wasser schaute ihn einer seiner Söhne an. Er blinzelte, dann erst begriff er, dass das tatsächlich sein Gesicht war. Er war wieder jung!

Er sah auf seine Hände, fühlte die Geschmeidigkeit der Muskeln und lachte. Doch als sich ein zweites Lachen hineinmischte, verstummte er. Denn das zweite Lachen klang röchelnd und irre, und es kam vom Thron.

Ohne zurückzuschauen, stürmte Jaavid aus der Höhle.

Der Mond sah einen jungen Mann dort aus der Erde steigen, wo ein älterer hineingekrochen war. Es war nicht das erste Mal, dass so etwas passierte, und es kümmerte ihn nicht weiter. Er drehte seine Runde über das Firmament, und überließ es der Sonne, zuzuschauen, wie der junge Mann sich voller Tatendrang und Kraft auf den Rückweg durch die Wüste machte. Doch auch die Sonne kümmerte dies nicht weiter; und so vollführten Sonne und Mond wie seit ewigen Zeiten ihren eigenen Tanz umeinander, unberührt vom Geschick der Menschen.

Als der ewige Tanz sie fast einmal um das Erdenrund geführt hatte, kroch im bleichen Mondeslicht erneut ein Mann in der Oase Gäua durch eine Felsspalte in die Erde.

Jaavid nahm zum zweiten Mal den Weg durch Dunkelheit und Dunst bis er, am Ende seiner Kräfte, die Höhle erreichte. Der Dunst, den er von seinen Lippen leckte, gab ihm die Kraft, sich aufzurichten. Sein Blick ging diesmal direkt zum Thron hinter dem Jungbrunnen. Wie er erwartet hatte, saß dort der behaarte Wächter und begrüßte ihn mit irrem Gekicher.

„Oh, dich kenne ich. Du bist zurück. Bist du zurück?" Der Wächter rieb sich die Augen. „Ach, schon einmal habe ich das gewähnt, und es war nichts als zusammengeballter Dunst."

Jaavid trat wortlos an den Jungbrunnen.

„Ich sehe dich immer noch. Tritt näher, wenn du kein Phantom bist."

Jaavid kniete nieder.

„Du antwortest nicht? Dann bist du wahrhaftig? Ich pflege mir immer zu antworten."

Mit müden Augen sah Jaavid in das Wasser. Sein Spiegelbild zeigte einen grauhaarigen, schwachen Mann. Nicht so alt, wie Ashtaad auf ihn gewirkt hatte, aber älter, als er nach fast einem Jahr hätte sein sollen.

„Du bist es! Der Erlöser mit dem Dolch! Ich erkenne dich!"

Jaavid hörte nicht auf den irren Alten. Er formte seine Hände wie eine Schale und führte sie ins Wasser.

„Nein, tu es nicht, Freund! Bitte, höre auf mich, ich will dich nur schützen. Es wird dir wehtun."

Jaavid hielt inne. Wusste er genug über das Wasser des Lebens, um diese Warnung zu ignorieren? Schon einmal hatte er eine Warnung in den Wind geschlagen, und wie war es ihm danach ergangen?

Er zog die Hände zurück, wandte sich um und ließ sich mit dem Rücken gegen den Jungbrunnen sinken. „Sprich, Ewiger, was rätst du mir?"

Der Wächter war vom Thron aufgesprungen und machte drei Schritte auf Jaavid zu, bis die goldene Kette ihn stoppte. Er streckte die Hände nach Jaavid aus und leckte sich die Lippen. „Zeig mir, dass du kein Trug bist, dann will ich dir raten. Sag, wie ist es dir inzwischen ergangen?"

Jaavid stieß einen langen Seufzer aus. „Schlecht, Ewiger. Das Wasser des Lebens hat mir kein Glück gebracht …" Seine Stimme zitterte.

Der Wächter nickte, als hätte er nichts anderes zu hören erwartet. „Das Wasser ist für die Götter und nicht für uns Sterbliche, das sagte ich dir doch. Wer es trotzdem trinkt, zieht sich der Götter Zorn zu."

Jaavid stieß ein zustimmendes Brummen aus. „So war es wohl. Ich war ein Narr, in vieler Hinsicht."

„Sprich, was ist passiert? Und erzähle mir alles. Oh alles, ich höre hier sonst immer nur die gleichen Geschichten." Er kicherte.

„Ich war jung. Ich war voller Kraft. Ich wollte die komplette restliche Welt erobern. Ich durchquerte die Wüste, ohne auf Hitze und Durst zu achten, denn das Feuer des Lebenswassers brannte heiß in meinen Adern. Ich erreichte meine Leute, die am Rande der Wüste auf meine Rückkehr gewartet hatten, aber sie erkannten mich nicht. Ja, sie folgten meinem Befehl, doch hielten sie mich für einen meiner Söhne. Oh hätte ich nur Basim das Leben gelassen, er hätte ihnen und allen anderen bestätigen können, wer ich wirklich bin." Seine Augen schimmerten feucht. „Basim, verzeih mir, ich habe Unrecht an dir getan. Du warst ein treuer Freund. Du warst ein Freund …"

Der Wächter rutschte auf dem Thron hin und her und rief: „Weiter, erzähl weiter!"

Jaavid wischte sich die Augen trocken. „Am Hof wurde ich vor den Rat der Generäle gebracht, der während meiner Abwesenheit für Recht und Ordnung sorgte. Ihr Anführer war mein ältester Sohn, Aadish. Auch zwei meiner anderen Söhne waren anwesend. Aadish winkte mich zu sich. Als ich ihn freudig begrüßte, wurden seine Augen groß und er starrte mich wortlos an.

Ich weiß nicht mehr, wer es war, aber das Wort „Bastard" fiel, und es blieb an mir haften wie ein Schandmal. Aadish nickte. „Sprich, wer bist du wirklich und warum gibst du dich als meinen Vater aus?"

„Aber Aadish", antwortete ich, „warum sprichst du so? Ich bin dein Vater! Du kennst mich doch."

„Er hat starke Ähnlichkeit mit unserem geliebten Padischah in jungen Jahren", sagte der alte General Farrokh.

„General, ich …", setzte ich an, doch Aadish herrschte mich an: „Schweig, Bastard! Du sprichst nur, wenn wir dich dazu auffordern."

Das war zu viel für mich. Mit geballter Faust ging ich auf Aadish los, doch ehe ich ihn erreichte, packten mich zahlreiche Hände und hielten mich fest. „Lasst mich los! Ich bin euer Padischah! Seid ihr denn alle mit Blindheit geschlagen?"

„Seht ihn euch an, meine Brüder und ihr Generäle, diesen Tobsüchtigen", sagte Aadish. „Ja, es ist wahr, er hat Ähnlichkeit mit unserem Vater in jungen Jahren, mehr sogar noch, als wir drei ältesten Söhne. Doch wer, wenn nicht wir, würde unseren Vater sofort erkennen? Und vergesst nicht, wie alt unser Vater ist. Das wisst ihr alle. Dieser da", Aadish deutete mit dem Finger auf mich, „ist kaum älter als wir."

„Das ist wahr", bestätigten meine beiden anderen Söhne und die Generäle, bis auf General Farrokh.

„Aber nein, so hört doch, ich trank aus dem Jungbrunnen! Ich habe ...", Aadishs Hand wischte mir mit einem heftigen Schlag die restlichen Worte von den Lippen. Hätte man mich nicht festgehalten, ich hätte ihm in diesem Moment das Genick gebrochen.

„Prinz Aadish", sagte General Farrokh. „wir sollten ihn fragen, ob es einen Zeugen für seine Worte gibt." Der Blick meines Sohnes bekam bei diesen Worten einen panischen Ausdruck. Der alte Farrokh trat vor mich. „Unser Padischah ist mit General Basim aufgebrochen, seinem treuesten Freund. Sagt, wenn Ihr der seid, der Ihr behauptet zu sein, wo ist General Basim und kann er Eure Worte bezeugen?"

Ich öffnete den Mund, hielt die Worte aber zurück. Was sollte ich sagen? Dass ich Basim ermordet hatte?

Ich sah Schweiß auf Aadishs Stirn treten, sah den fragenden Blick des alten Farrokh, und konnte doch nur sagen: „Basim ist tot."

„Das ist bedauerlich", sagte der General.

„Aber ich kann es selbst beweisen", sagte ich und wandte mich an meinen Sohn.

„Aadish, erinnere dich, wie du als Junge unbedingt meinen Hengst Zhaabiz hast reiten wollen. Zhaabiz trug keinen Mann außer mir, doch du wolltest ihn bezwingen. Dein älterer Bruder Giiv hatte es bereits versucht, ohne Erfolg. Und auch dich warf der Hengst ab. Aber du hattest nicht aufgegeben. Du hattest mich beobachtet, wie ich ihn ritt, wochenlang, und es dann erneut versucht. Der Trick war, ihm fest in die Augen zu sehen und keine Angst zu zeigen. Er musste spüren, dass du der Herr bist. Das hattest du durch deine Beobachtungen gelernt und mir dann bewiesen, dass du Zhaabiz auch beherrschen konntest. Aadish, ich war so stolz auf dich. Erinnerst du dich denn nicht?"

Aadish schluckte und ballte die Fäuste, dann schüttelte er den Kopf. „Hoftratsch. Diese Geschichte könnte jeder in Erfahrung bringen."

„Aber … warte, ich weiß noch eine andere …" Wieder schlug er mir die Worte von den Lippen. Seine Wangen leuchteten rot, in seinen Augen blitzte es.

„Schweig, habe ich dir geboten, Bastard!" Aadish sprach zu den Anwesenden: „Es gibt zwei Möglichkeiten: Entweder ist dieser Bastard gekommen, um willentlich die Stelle des Padischahs einzunehmen, oder er leidet an einer dieser Krankheiten des Geistes, die einen glauben lässt, man sei eine andere Person. Es ist zwecklos, von solchen Kranken erfahren zu wollen, wer sie wirklich sind, denn sie wissen es selbst nicht mehr. Wie auch immer, aus dem da holen wir nichts Vernünftiges raus."

„Was sollen wir mit ihm tun?", fragte einer meiner

anderen Söhne.

„Sperrt ihn in den Kerker. Wir wollen über ihn richten, wie es ihm gebührt."

„Verzeiht, mein Prinz", sagte Farrokh, „aber die Angelegenheit erfordert meines Erachtens einen anderen Richter. Ich empfehle, ihn bei Wasser und Brot ausharren zu lassen, bis der Padischah wieder zurück ist, um selbst über ihn zu richten."

Jaavid unterbrach seine Erzählung, schüttelte den Kopf und stieß ein kehliges Krächzen aus. „Ist das nicht ein guter Witz, Wächter?"

Der Wächter lachte aus vollem Hals und rief: „Herrlich! Erzähl weiter!"

„So geschah es also. Ich wurde in den Kerker verbracht. Dann aber ereignete sich etwas, was mir Hoffnung machte: Aadish besuchte mich, und in seiner Begleitung befanden sich zwei meiner Frauen: Irandokht und Golroo. Ich wäre ihnen am liebsten um den Hals gefallen, doch die Ketten hielten mich wie einen Hund am Boden.

„Die Frauen wollten dich unbedingt sehen, Bastard. Ich kann sie nicht alle zu dir lassen, doch diese beiden sind die Frauen, die am längsten mit meinem Vater verheiratet sind, und so habe ich ihnen stellvertretend für die anderen die Bitte gewährt."

„Und wohl auch, weil du mein Sohn bist", sagte Golroo. Sie betrachtete mich neugierig. Im Gesicht meiner ersten Frau, Irandokht, las ich eisige Kälte. Sie warf mir nur einen kurzen Blick zu, dann beugte sie sich zu Aadish und flüsterte ihm etwas ins Ohr.

Golroo wollte sich mir nähern, doch hielt Aadish sie zurück. „Trotz Ketten ist er gefährlich, Mutter."

Sie nickte. Ich lächelte sie an. Ihr Blick trübte sich. „Er muss wahrlich Jaavids Kind mit einer anderen Frau sein", murmelte sie.

„Aber nein, Golroo, ich bin es, dein geliebter Hirsch."

Sie zuckte zurück, Zorn funkelte in ihrem Antlitz. „Unverschämtheit!" Sie machte auf dem Absatz kehrt, ließ die Kerkertür öffnen und wollte hinaus, als jemand von draußen an ihr vorbei in die Zelle schlüpfte und sich, ehe sie jemand daran hindern konnte, vor mich hinkniete.

„Pari", sagte ich glücklich. Sie war meine jüngste und liebste Frau.

„Was erlaubst du dir, dummes Ding!", herrschte Irandokht sie an, doch Pari ließ sich nicht ablenken. Aufmerksam betrachtete sich mich und nahm meine Hand in ihre.

„Es ist wahr, was der alte Farrokh sagte", flüsterte sie.

„Hilf mir", stieß ich hervor, da packten zwei Soldaten Paris zarte Schultern und zerrten sie aus der Zelle zurück in den Gang.

„Geh zu Farrokh", rief ich ihr noch nach.

„Der General weilt leider nicht mehr unter uns", sagte Aadish mit leiser Stimme. „Er erlitt heute Morgen einen Jagdunfall."

Er und Irandokht waren allein mit mir in der Zelle. Irandokht wirkte noch immer so kalt wie das Eis im hohen Gebirge. Aadish trat näher und kniete sich vor mich. Schweigend betrachtete er mich, beugte sich zu mir und flüsterte: „Ich habe dich vom ersten Moment an erkannt." Ohne meine Antwort abzuwarten, erhob er sich und trat an die Zellentür. „Die Frauen kennen ihn nicht! Lasst die Zeugin eintreten."

Eine alte Frau trat in den Kerker, die ich noch nie im Leben gesehen hatte. Irandokht nahm sie bei den Schultern und schob sie auf mich zu. „Sieh ihn dir an, Frau. Sieh ihn dir gut an." Jedes einzelne Wort erinnerte mich an das Zischen einer Schlange. Die alte Frau sah verängstigt auf mich herab.

„Sag, ist dies dein Sohn?"

Sie nickte. „Ja, das ist er."

„Was?", rief ich.

Irandokhts Lippen schnitten ein messerscharfes Lächeln in ihr Gesicht. „Du bist eine kluge Frau, meine Liebe. Es soll dein Schaden nicht sein, dass du deinem geliebten Herrscher geholfen hast."

„Das ist infam!", wütete ich. „Das wird euch niemand glauben!"

Sie ignorierten mich. Als sie die alte Frau aus dem Kerker ließen, rief Aadish zu den im Gang Wartenden: „Wir haben den Beweis. Er ist ein Betrüger!"

„Aadish!"

„Es hat keinen Zweck, ihn durchzufüttern bis Vater zurück ist. Vater würde uns nachher noch zürnen, dass wir nicht entschlossen gehandelt haben."

In dem Moment legte Irandokht ihm eine Hand auf den Arm. Er sah sie an, und sie sagte nur ein Wort. Leise, aber ich verstand es genau. Es war der Name meines Erstgeborenen und ihres einzigen Sohnes, jenes Sohnes, den ich geköpft hatte: Giiv.

Mich fröstelte beim Klang seines Namens.

Irandokht ging wortlos hinaus, Aadish aber rief: „Morgen früh beim ersten Strahl der Sonne soll ihm der Kopf abgeschlagen werden."

„Herrlich! Du kannst gut erzählen!" Der Wächter rieb sich begeistert die Hände.

Jaavid strich sich matt mit der Hand über die Augen. „Ich

war so weit, dass ich alle Hoffnung aufgegeben hatte. Das war die Strafe der Götter, das erkannte ich nun. Meine Jugend hatte ich wiedergewonnen, doch dafür alles andere verloren. Ich erntete, was ich selbst gesät hatte. Im Grunde hatte ich immer gewusst, dass dieser Tag einst kommen würde. So ist das Leben eben.

In dieser Nacht betete ich das erste Mal zu den Göttern nicht um Macht und Erfolg, sondern um Vergebung und einen schnellen Tod. Und die Götter antworteten mir: In der Nacht schrak ich auf, als mich jemand an der Schulter rüttelte. Das Flämmchen einer Öllampe riss einen Schemen aus der Finsternis. Ich wollte wissen, wer da sei, doch die Gestalt bedeutete mir, leise zu sein, indem sie ihren Finger auf meine Lippen legte. Sie nestelte an meiner Kette, ich hörte das Schloss aufspringen und war die schweren Glieder los. Die Gestalt nahm die Öllampe auf, doch ich sah ihr Gesicht dabei nicht. Dann fasste sie mich bei der Hand und führte mich aus der Zelle.

Im Gang rieselte durch schmale Öffnungen Mondlicht über uns, und ich erkannte eine schlanke Silhouette und ein schmales Kinn unter einem seidenen Kapuzenumhang. Wir erreichten den Ausgang zum Hof, die Tür war nur angelehnt und kein Wächter zu sehen. Über dem gesamten Hof lag der Schleier des Schlafs, und nur das Zirpen einiger Grillen erinnerte an Leben. Mein Befreier zog mich hinter sich her zum Pferdestall. Dort warteten bereits zwei gesattelte Stuten und ein Soldat, dem mein Retter wortlos ein kleines, pralles Ledersäckchen in die Hand drückte.

Wenig später führten wir die Pferde durch eine Seitenpforte der Palastmauer in die Stadt. Diese verließen wir auf ähnliche Weise wie den Palast und ritten in die Ebene hinaus.

Ich betrachtete die schlanke Gestalt vor mir. Zweifellos war es eine Frau. Und ich wusste auch schon, wer es war, noch bevor wir im Schutz einer Baumgruppe die Pferde zügelten und sie sich zu mir umdrehte.

„Pari."

„Mein lieber Gemahl."

„Ich danke dir!"

„Ich konnte dich nicht sterben lassen."

„Sie werden uns jagen."

Und so war es. Doch wir waren unseren Häschern immer einen Schritt voraus und suchten Zuflucht außerhalb meines Reichs in den endlosen Wüsten der Aribi. Dort sann ich auf Rache, aber Pari besänftigte meine Sinne. Wissen die Götter, wie ihr gelang, was sonst keinem anderen Menschen gelungen ist, nicht einmal meiner Mutter. Deswegen war sie meine Lieblingsfrau geworden. Der Rachegedanke blieb zwar, doch das Feuer loderte auf kleiner Flamme, denn mein Sehnen richtete sich auf Pari und unsere junge Liebe. Ja, ich sage junge Liebe, obwohl sie doch schon seit sechs Jahren meine Frau gewesen war. Aber nun waren wir im gleichen Alter, und ihre Jugend verstärkte in mir das Empfinden, das komplette Leben noch vor mir zu haben. Die ganze Welt lag uns zu Füßen. Alles war möglich. Ich könnte ein neues Reich aufbauen und mit Pari als Hauptgemahlin eine neue Dynastie gründen. Sie würde meine Söhne so erziehen, dass sie ihren Vater ehren und lieber ihr eigenes Leben geben würden, anstatt ihm zu schaden.

Wir träumten oft davon, wenn wir beieinanderlagen. Pari wäre sogar das Leben mit mir in der Wüste genug gewesen, es verlangte sie nicht nach Reichtum und Macht.

Aber dieser Traum war mir zu gering. Ich durfte das

Geschenk der Jugend nicht vergeuden. Der einzige Zwang war, rechtzeitig zum Jungbrunnen zurückzukehren. Doch diesmal würde ich das Geschenk teilen. Mit Pari an meiner Seite würde ich ewig herrschen. Ich würde zum Gott aufsteigen, den die Menschen verehrten und huldigten. Mit der Ewigkeit als Verbündetem würde ich schließlich über die ganze Welt und jedes Wesen auf ihr gebieten.

Ich würde meine Enkel, Urenkel und Ururenkel aufwachsen und altern sehen, und sie alle würden mich als ihren Stammvater preisen und achten.

Aber was war ich nur für ein Narr! Wie hatte ich so ein Träumer werden können? Lag es an Paris ständiger Gesellschaft, ihren betörenden Worten, die in mir solch gewaltige Phantastereien erzeugten?

Wann wurde ich unaufmerksam? Ich verfluche den Tag, an dem der Händler an unsere Tür klopfte. Ich ließ Pari die Tür öffnen, anstatt wie üblich selbst zu kontrollieren, wer Einlass begehrte. Wir kannten den Händler vom Vortag, hatten Fladen und Früchte bei ihm erworben, und nun rief er, er habe uns etwas Besonderes anzubieten.

Es ging schnell, dies ist der einzige Tropfen Trost. Ich sehe Pari noch immer vor mir, wie sie sich ungläubig zu mir umdreht. Wie ihre Hände nach dem Dolchgriff tasten, der aus ihrem Bauch ragt.

Dieser räudige Schakal hatte auch eine Klinge für mich im Angebot, doch ich kam ihm zuvor und rächte Pari.

Sie starb in meinen Armen. Ihre letzten Worte klingen immer wieder in mir nach: „Sei weise. Lass ab von Rache. - Kannst du das glauben, Wächter?"

„Oooh ja, mag sein, mag sein."

Jaavid hieb mit geballter Faust auf den Boden. „Ach, wäre

ich nur weise gewesen. Dann hätte ich erkannt, dass ich alles, was ich wirklich brauchte, bereits gehabt hatte: Eine wunderschöne, junge, kluge Frau und ihre absolute Liebe. Der ich meine Liebe geben konnte. Ohne Pari ist die Ewigkeit keine Verlockung mehr, sondern nur erschreckende, qualvolle Drohung! Eine ewige Leere." Er schüttelte den Kopf. „Nie wieder kann ich glücklich werden. Nie."

„Oh, was für eine wunderbare Geschichte!" Der Wächter wischte sich Tränen aus den Augen.

Jaavid sprang auf und stürzte sich auf den Wächter. „Du irrer Hund! Das ist keine Geschichte zu deinem Vergnügen. Das ist, was mein Herz zerbrach!"

Der Wächter machte keine Anstalten, sich zu wehren, als Jaavid ihn würgte. Als seine Augen sich schlossen, ließ Jaavid entsetzt über sich selbst ab und taumelte die Stufen hinab.

Hatte er denn nichts von Pari gelernt? Aber er kam nicht an gegen das Feuer, das seit seiner Geburt in ihm brannte und nach Paris Tod noch heißer loderte als zuvor. Einzig mit ihrer Hilfe hatte er es bändigen können, aber nun, da sie nicht mehr war, gab es nichts, was ihn retten konnte.

Er sank vor dem Brunnen auf die Knie und tauchte die zusammengefalteten Hände in das Wasser. Ohne Pari an seiner Seite wollte er nicht ewig leben, doch er wollte auch nicht sterben, bevor er sich nicht gerächt hätte. Er würde sie alle mit sich nehmen in das Reich ohne Wiederkehr, all seine Nachkommen und Frauen! Er würde seine Sippschaft vom Angesicht der Erde tilgen, denn auch sie trug dieses Feuer in sich und würde die Welt immer wieder in Brand stecken. Das ist wahrhaft weise, dachte er und lächelte grimmig. Er würde der Welt den Frieden wiederbringen. Dann konnte er gehen.

Er führte die gefalteten Hände an seine Lippen. Was

immer der Wächter ihm hatte raten wollen, es war nun zu spät.

Doch was hatte er schon zu verlieren? Jaavid ließ das Wasser seine Kehle hinabrinnen.

Es brannte, und in seinem Magen stachen auf einmal hunderte Skorpione zu. Jaavid schrie auf und kippte um. Die dunstige Umgebung verschwand hinter schwarzen Schleiern. Durch seine Adern raste der Schmerz wie eine Feuerlohe, von den Zehen bis zur Stirn. In Gedärm und Kopf explodierten immer neue Schmerzwehen wie überreife Früchte in der prallen Sonne. Er wollte schreien, doch stattdessen schoss sein Mageninhalt aus seinem Mund.

Götter, lasst mich sterben, war der einzige Gedanke, zu dem er fähig war.

Ein hohles Lachen drang vor bis in seinen Verstand. So straften die Götter also die, die sich voller Hochmut ihnen ebenbürtig wähnten. Sie kannten keine Gnade, sie hatten nicht die Absicht, ihn sterben zu lassen.

Sie sprachen zu ihm. „Habe ich dich nicht gewarnt? Sag, warum hast du schon wieder nicht gehört?"

Die Schmerzen ebbten kurz ab, die schwarzen Schleier rissen auf, und er erkannte undeutlich eine schemenhafte Gestalt, die aus nichts als Haaren bestand.

„Hörst du mich? Konzentriere dich, kämpfe an gegen das Feuer!"

Kämpfen, das hatte er gelernt. Mit aller Macht befahl er dem Schmerz, ihn zu verlassen. Der Schmerz war stark, aber Jaavid war zäher.

Als der Schmerz endlich zurückwich und sein Blick sich weiter klärte, gewahrte er den Wächter vor sich.

„Du bist sehr töricht, das muss ich sagen. Musst mir doch

helfen. Aber höre, einen dritten und letzten Rat habe ich noch für dich."

Jaavid wollte fragen, was das für ein Rat sei, aber er bekam die Worte nicht über die Lippen. So nickte er nur.

„Aber erst musst du mich von meiner Fessel erlösen. Dir kann man nicht trauen."

Jaavid kam mühsam auf die Beine.

„Komm zu mir, dummer Mensch, und befreie mich. Komm."

Jaavid torkelte auf den Wächter zu, fiel vor ihm auf die Knie und tastete nach der Kette an dessen linkem Fuß.

„Ah, wo ist der Schlüssel? Weißt du des Rätsels Lösung? Es gibt keinen, denn es gibt auch kein Schloss." Er lachte schrill. „Nein, nein, du musst es anders machen."

Jaavid sah fragend auf.

„Was trägst du da an deiner Seite? Hm? Jaja, ich meine dein Schwert. Verfügest du über genügend Kraft, mich damit von meinem Fuße zu befreien? Nun schau nicht so, es ist kein Verlust für mich, habe ich mich über die Jahrhunderte doch nur immer wieder über ihn geärgert. Ohne ihn hinge ich hier nicht fest." Er kicherte bösartig. „Fort mit dem miesen Ding. Aber vorher füll deine Amphore mit dem Wasser des Lebens. Geh. Füll sie. Ja, so. Ganz voll.

Jetzt komm zu mir zurück. Höre zu: Wenn du den kleinen Verräter abgeschlagen hast, dann gieße das Wasser über die Wunde. Es wird sie schließen. Hast du verstanden? Hm? Gut, dann nimm jetzt dein Schwert und befreie mich!"

Jaavid nickte und zog sein Schwert aus der Scheide. Früher, als Padischah, hatte er Schwerter besserer Qualität gehabt, Schwerter, mit denen man mit ein, zwei Hieben einem Mann das Haupt von den Schultern schlagen konnte. Dafür war dieses hier nicht gemacht, aber für einen Fuß würde es wohl reichen.

Dann sah er seine Hand: runzlig und von Altersflecken übersät wie zuvor. Doch auch ihre geringe Kraft musste reichen.

Bevor er ausholte, sah er den Wächter an. In dessen Augen stand ein warmer Glanz und ein Lächeln umzuckte ständig seinen Mund wie ein unruhiger Schwarm Mücken.

Jaavid legte all seine Kraft und Konzentration in den Schlag. Er war nicht sicher, ob der Wächter oder er selbst einen Schrei ausstieß, denn die Skorpione in seinem Innern regten sich wieder, und jemand zupfte an dem schwarzen Schleier, um ihn wieder vor seine Augen zu legen. Fast blind schlug er noch einmal zu.

„Das Wasser!", drang es krächzend an sein Ohr.

Jaavid tastete nach der Amphore und goss ihren Inhalt über den blutenden Stumpf. Es zischte, Dampf stieg auf. Als der letzte Tropfen die Amphore verließ, ließ Jaavid sie kraftlos fallen. Er musste sich an den Treppenstufen abstützen, um nicht umzukippen.

„Ich bin frei!"

Jaavid fühlte sich an der Schulter gepackt und gerüttelt.

„Frei! Frei! Frei!"

Als habe er noch zwei gesunde Füße, hüpfte und tanzte der Wächter die Stufen hinab und weiter, an dem Brunnen vorbei zum Gang, der nach draußen führte.

„Warte, Wächter! Wie ist dein Rat? Sag mir deinen Rat!"

„Frei, jaja, frei ..." Die Gestalt des Wächters bog um die Ecke und war verschwunden.

Da packte Jaavid Zorn und gab ihm Kraft, gegen den Schmerz anzukämpfen und auf die Beine zu kommen. Er nahm sein Schwert auf und taumelte dem Wächter hinterher.

„Na warte du Hund! Gib mir deinen Rat!"

Als er um die Ecke bog, sah er noch den Umriss des haarigen Mannes, doch wie er ihm weiter folgte, schwand das Licht aus dem Jungbrunnen immer mehr und schon bald war es pechfinster. Immer wieder glaubte Jaavid, den Wächter eingeholt zu haben und schlug mit dem Schwert nach ihm. Doch jedes Mal war es nur einer der alten Holzbalken, die den Gang stützten, und auf jeden Schlag war die Antwort ein Geprassel von Gestein auf Jaavids Kopf und Rücken.

„Bleib stehen!"

In das Prasseln der Steine mischte sich ein irres Kichern.

Und dann endlich sickerte das Licht des Mondes hinab, und Jaavid sah den Wächter vor sich. Als der das Mondlicht sah, hüpfte er noch wilder und stieß dabei immer wieder gegen die Holzpfeiler. Ein schwerer Brocken knallte vor Jaavids Nase zu Boden und zerbrach.

„Da ist draußen! Da ist draußen. Ooh, der Mond. Der Mond!"

Der Wächter erreichte den Ausgang der Höhle. Seine Silhouette zeichnete sich scharf in der mondhellen Nacht ab. Er streckte beide Arme gen Himmel und lachte aus voller Kehle. Aus seinen geballten Händen rieselte etwas herab wie Sand. Und dann rieselte es auch aus seinen Haaren und vom ganzen Leib.

Jaavid wurde nur knapp von einem großen Felsbrocken verfehlt, dessen Aufprall den Gang erzittern ließ. Das Knacken und Brechen von Holz echote hindurch.

Er sah, wie der Balken am Eingang brach. Als das Gestein herunterkrachte, erhaschte er einen letzten Blick auf den Wächter. Seine gesamte Gestalt schien nichts mehr zu sein, als eine Staub- oder Sandwolke, die in sich zusammenbrach. In ihrer Mitte leuchtete etwas. Es leuchtete, wie das Wasser des Lebens.

Jaavid meinte, es flackern zu sehen wie eine Flamme im Wind, dann versperrten Geröll und Gestein ihm endgültig die Sicht nach außen. Um ihn brach alles zusammen. Es gab nur einen einzigen Weg, sein Leben zu retten. So schnell er konnte, robbte er zurück in die Höhle, begleitet vom irren Gelächter des Wächters, das nun aus seinem Mund drang.

Und so wacht Jaavid noch heute über das Wasser des Lebens und wartet auf Erlösung. Bis in alle Ewigkeit.

Quarantäne

„Ich weiß nicht, wie der Tote in mein Haus gekommen ist! Das habe ich Ihrem Kollegen doch schon gesagt. Hört mir denn keiner zu?!"

„Ich höre Ihnen zu, Herr Schneider", sagte Julia und seufzte innerlich. Das würde nicht einfach werden.

Alfons Schneider schnaufte. „Dafür werden Sie schließlich auch bezahlt. Von meinem Steuergeld."

„Kannten Sie ihn?"

„Den Toten? Nein. Hab ich doch ... ach, scheiß drauf."

„Warum sind Sie so wütend?"

„Weil ich das alles schon mal erzählt habe. Weil die Polizei ihre Arbeit nicht richtig macht, sonst hätten Sie längst herausgefunden, wer das war und was er in meinem Haus zu suchen hatte."

„Herr Schneider, ich verspreche Ihnen, wir lösen den Fall. Aber dafür brauche ich Ihre Mithilfe." Julia versuchte eine bequemere Sitzposition auf dem harten Holzstuhl zu finden. „Es gab keine Einbruchsspuren, sagte Ihr Neffe, jedenfalls keine, bevor er die Haustür aufgebrochen hat."

„Was für ein Idiot! Wieso bricht er bei mir ein? Hä?! Wieso? Konnte er es nicht erwarten, an sein vermeintliches Erbe zu kommen? Aber der wird sich wundern, das sach ich Ihnen."

„Wie meinen Sie das?"

„Nix erbt der. Gar nix. Hab alles einer Umweltschutzorga-

nisation vermacht, das Haus und meine paar mickrigen Krö-
ten. Hat sich 'nen Dreck um mich geschert und jetzt wo es hier
'ne Leiche gibt, macht er sich plötzlich Sorgen. Sie, ich sag
Ihnen, der steckt da mit drin. Haben Sie ihn eigentlich schon
befragt?"

„Ja, ich habe mit ihm gesprochen. Er hat die Haustür aufgebrochen, weil er gedacht hat, Ihnen sei etwas passiert."

„Ach, und das gibt ihm das Recht, gewaltsam einzudrin-
gen?"

„Sie haben auf das Klingeln nicht reagiert und sind auch
nicht ans Telefon gegangen."

„Ja und? Dann war ich gerade draußen unterwegs. Der
lügt wie gedruckt. Das hat er von seinem Vater. Aber der hat
nie die gerechte Strafe dafür bekommen. War ja Mamas Lieb-
ling. Ne, die Ohrfeigen hab immer ich eingefangen. Pah!"
Herr Schneider spuckte aus.

„Sie waren draußen? Man sagte mir, Sie verlassen das
Haus eigentlich nie."

„Wozu auch? Und jetzt erst recht nicht wegen der verdammten Quarantäne. Schlimm, jetzt sperrt einen die Regie-
rung schon zu Hause ein. Aber bitte, ist mir nur recht. Draußen laufen eh nur Idioten rum. Da hab ich's hier zu Hause am
besten."

„Sie wohnen allein in dem Haus?"

„Ja, und, ist das ein Verbrechen?"

Julia schüttelte den Kopf. „Mich interessieren eben Ihre Lebensumstände. Ich denke, das hilft uns bei der Lösung."

„Meine Lebensumstände? Haben Sie mir nicht zugehört?
Ich kannte den Mann nicht. Ich kenn hier sowieso kaum jemand. Alles nur Dummschwätzer hier auf dem Dorf."

„Warum sind Sie dann hierhergezogen?"

„Weil's in der Stadt noch schlimmer ist. Da sind Sie von Hirntoten regelrecht umzingelt. Dann habe ich lieber mein Häuschen hier auf dem Land. Wissen Sie, was Lilli Palmer mal als größten Luxus bezeichnet hat?"

„Nein. Wer ist Lilli Palmer?"

„Ach ja, das war vor Ihrer Zeit, junge Frau. Na ja, eigentlich auch vor meiner. Lilli Palmer war eine großartige Schauspielerin und vor allem eine intelligente, selbstbewusste Dame von Welt. Die hatte auch ein eigenes Häuschen mit riesigem Grundstück drum herum. Der größte Luxus, hat sie gemeint, ist, keine Nachbarn zu haben. Da hatte sie verdammt recht. Sie sind noch zu jung, um das zu verstehen, aber Sie kommen schon noch drauf."

„Oh, ich verstehe sehr gut, was Sie meinen. Ich bin vor Kurzem auch erst von der Stadt aufs Land gezogen, weil es mir zu laut und unruhig war."

„Sehen Sie. Menschen machen nur Scherereien. Und ständig wollen sie was von einem. Da bleibt man besser für sich."

„Sie waren mal verheiratet."

„Woher wissen Sie das denn?"

„Ich habe mit Ihrer Schwägerin gesprochen."

„Nele, diese alte Tratschtante. Was mischt die sich ein?"

„Was ist passiert? Sie wurden geschieden."

„Was soll schon passiert sein? Was eben passiert, wenn man erkennt, dass der Partner nicht der ist, für den man ihn gehalten hat. Liebe macht blind, heißt es, und das stimmt. Wenn man verliebt ist, sieht man nur die guten Seiten und man denkt, die schlechten kann man ändern. Aber ich sach Ihnen mal was: Niemand ändert einen anderen Menschen. Entweder Sie nehmen den so, wie er ist, mit allen Makeln, oder Sie lassen's. Da hab ich's gelassen."

„Sie haben auch keinen Kontakt zu Ihrem Bruder und seiner Familie gepflegt."

Herr Schneider fuhr an die Decke. „Mit diesem hinterfotzigen Betrüger?! Was hat er Ihnen für Lügen aufgetischt? Bestimmt hat er nichts davon erzählt, wie er meine Mutter dazu gebracht hat, das Elternhaus ihm allein zu vererben und mir nur mein Pflichtteil zukommen zu lassen. Aber das konnte er sich sonst wohin stecken. Ich brauchte sein Geld nicht. Ich habe mein eigenes verdient, hab hart geschuftet dafür, hab auf dem zweiten Bildungsweg mein Ingenieurstudium gemacht und auf der Arbeit voll reingeklotzt, ständig Überstunden, damit ich uns was aufbauen konnte. Hat meiner Anja nicht gepasst, dauernd hat sie gemeckert. Aber das Geld, das ich damit verdient habe, hat sie gern ausgegeben."

„Herr Schneider, ich verstehe, Sie sind wütend aufs Leben. Aber wir alle haben uns durchzukämpfen. Wir alle haben unsere Probleme und Sorgen. Wir sollten unsere kurze Zeit auf Erden nicht mit Wut und Hass vergeuden."

„Bullshit. Sind Sie eine von denen, die glauben, die Welt mit Liebe und Harmonie retten zu können? Hören Sie eigentlich Nachrichten? Der Mensch ist von Natur böse, das hat schon der alte Kant gewusst. Daran ändern Sie auch nix. Sie vergeuden Ihre Zeit, wenn Sie die mit anderen Menschen verbringen, denen Sie im Grunde einen Scheißdreck wert sind."

„Im Moment verbringe ich meine Zeit mit Ihnen, Herr Schneider."

„Hmm." Herr Schneider schwieg, dann meinte er: „Aber nicht freiwillig. Ist ja Ihr Job."

„Aber meinen Job habe ich mir freiwillig gewählt."

„Seien Sie sich da mal nicht so sicher. Freier Wille ist nichts als Illusion."

„Mag sein, aber wir leben so, als hätten wir einen. Und gerade Sie haben jede Menge Willenskraft, scheint mir."

„Da haben Sie verdammt recht."

„Hatten Sie nach Ihrer Scheidung eigentlich nie wieder den Wunsch nach Nähe zu einem anderen Menschen?"

„Ne, hatte genug von Nähe. Ich lebe hier ganz zufrieden, meine Rente reicht für mich und das Haus. Ich brauch niemand."

„Aber Sie lassen sich einmal die Woche Lebensmittel aus dem Supermarkt liefern."

„Ja, ist praktisch. Und jetzt wegen der Quarantäne sowieso. Aber das ist ja was anderes als jemand zu brauchen. Hören Sie, was soll diese Fragerei? Denken Sie etwa, ich hätte was mit dem Tod von diesem Typen zu tun?"

„Ich würde Ihnen gerne etwas zeigen." Julia fischte ein Foto aus ihrer Jackentasche und legte es auf den Tisch. Es zeigte Herrn Schneider in sportlicher Laufkleidung in mittlerem Lebensalter. Schweißnass und abgekämpft, aber triumphierend hielt er, umringt von anderen Läufern, mit der einen Hand eine Urkunde in die Kamera, mit der anderen machte er das Victoryzeichen. „Erinnern Sie sich?"

„Natürlich. Da habe ich den Stadt-Marathon gewonnen. Mit einundfünfzig. Hat mir keiner zugetraut, aber wo ein Wille ist, ist auch ein Weg. Menschen, die ihre Ziele nicht erreichen, die haben einfach nicht genug Willensstärke. Ich habe mich von Kindesbeinen an durchbeißen müssen. Mir hat niemand was geschenkt im Leben. Und deswegen lass ich mir von niemanden einreden, was ich zu tun und zu lassen habe. Von niemanden!"

„Man könnte es auch Sturheit nennen."

„Was haben Sie gesagt?"

„Nichts."

„Wann haben Sie eigentlich das Foto eingesteckt? Das stand doch auf der Anrichte. Was wollen Sie damit? He, so geht das nicht, die Polizei steht nicht über dem Gesetz. Stellen Sie es sofort wieder zurück!"

„Beruhigen Sie sich bitte. Ich habe es von Ihrem Neffen bekommen."

„Von Martin? Hat er das mitgehen lassen bei seinem Einbruch?"

„Ihr Neffe heißt Morten, und nein, er hat es nicht geklaut."

„Ich lass mich doch von Ihnen nicht belehren! Und Martin kann man nicht trauen, das habe ich Ihnen doch schon gesagt. Der ist keinen Deut besser als sein Vater!"

Julia schloss die Augen und rieb sich die Stirn. „Haben Sie vielleicht ein Glas Wasser für mich?"

„Wasser? Ja, sicher. Kommen Sie, gehen wir in die Küche."

Julia stand auf und ging in den Nachbarraum. Der Dielenboden ächzte bei jedem ihrer Schritte.

„Bedienen Sie sich. Wasser gibt's aus dem Hahn."

Julia nahm sich ein Glas aus dem Schrank, trat an das Spülbecken und drehte den Wasserhahn auf. „Einen schönen Blick haben Sie von hier", meinte sie und sah durch das breite Fenster auf den Weg und die sanft abfallende Wiese vor dem Haus. Aus dem Tal dahinter erhoben sich einige Laubbäume und abgestorbene Fichten, die zum Teil den Blick freigaben auf das Dorf.

„Ja, früher war's allerdings noch schöner, da waren die Fichten noch grün und man sah nichts vom Dorf."

„Sie sehen von hier aus jeden, der zu Ihnen kommt."

„Das sind zum Glück nur der Postbote und der Typ vom Supermarkt."

Julia spürte es feucht und kalt über ihre Hände rinnen. Rasch zog sie das überquellende Glas zurück und drehte den Wasserhahn ab. „Entschuldigung."

„Hm, ist ja nix passiert."

Julia trocknete sich die Hände an einem fleckigen Geschirrtuch ab und betrachtete die Wasserflecken auf dem Boden. Sie zitterten und bewegten sich. Julia kniff die Augen zusammen. Ja, kein Zweifel, sie bewegten sich, zwar langsamer als eine Schnecke, doch zielstrebig wie Eisenspäne, die von einem Magneten angezogen werden. Sie sah auf das Wasser im Glas, dessen Oberfläche ebenfalls ein Zittern durchlief, als bliese jemand darüber.

„Herr Schneider, woran ...?" Sie unterbrach sich selbst, als sie erkannte, dass Alfons Schneider nicht mehr in der Küche war. Sie trank einen Schluck Wasser und ging mit dem Glas in der Hand ins Wohnzimmer zurück. „Herr Schneider, woran denken Sie in diesem Moment?"

„Was ist das denn für eine bescheuerte Frage?"

„Sie sind immer noch sehr aufgebracht." Julia stellt das Glas auf den Tisch und beobachtete das wellenartige Zittern der Oberfläche.

„Sind Sie Polizistin oder Psychologin?"

„Ich bin jemand, der Ihnen helfen will."

„Mir muss niemand helfen. Tun Sie endlich Ihre Arbeit und hören Sie auf mit Ihren dämlichen Fragen. Ich verstehe nicht, wie die bei der Klärung des Falls helfen sollen."

Julia nickte. „Also gut. Können Sie mir zeigen, wo Sie die Leiche gefunden haben?"

Herr Schneider schnaufte. „Da vorn war's."

Julia ging in Richtung Küche.

„Nein, da vorn, hab ich gesagt!"

Sie wandte sich um und ging in Richtung Flur.

„Ja, dort, direkt neben der Kommode hat er gelegen", bestätigte Herr Schneider.

„Erinnern Sie sich an sein Aussehen?"

„Hm, ein alter, hagerer Mann mit Dreitagebart. Um die Augen war er ganz dunkel, als wäre er übermüdet."

„Erinnert er Sie vielleicht an jemanden?"

„Nein, ich hab doch gesacht, ich kenn den nicht. Dachte erst, es wär irgendein Penner, der sich 'ne warme Unterkunft gesucht hat. Aber ..."

„Ja?" Julia sah auf. „Warum reden Sie nicht weiter?"

„Ich erinnere mich ... es war seltsam: Er hatte Pantoffeln an und nur eine dünne Strickjacke. So läuft doch kein Penner oder Einbrecher herum, oder?"

Julia schüttelte den Kopf. „Nein, im Allgemeinen nicht. Was denken Sie, warum er so angezogen war?"

„Hm, keine Ahnung."

„Wissen Sie noch, was Sie an dem Tag gemacht haben? Also, bevor Sie ihn entdeckten?"

„Was schon, das Übliche: Aufstehen, Waschen und Anziehen, gefrühstückt, die Bude sauber gemacht, was gelesen ..."

„Bitte versuchen Sie, sich genau zu erinnern. Wann haben Sie ihn entdeckt?"

„Das war ... weiß nicht, gegen Mittag vielleicht. Die sind heutzutage so dreist und brechen am helllichten Tag ein."

„Haben Sie an dem Tag noch jemand anderen gesehen?"

„Nein, es war ... ah doch, der Postbote. Vom Fenster in der Küche habe ich ihn gesehen und gegrüßt."

„Haben Sie ihn ins Haus gelassen?"

Alfons Schneider prustete los. „Um Himmels willen, wie kommen Sie denn auf die schräge Idee? Ne, ich hab gewartet, bis er weg war. Dann erst bin ich zum Briefkasten. Wie immer."

„Was war in der Post?"

„Du meine Güte, wozu wollen Sie das wissen?!"

„Bitte Herr Schneider, beantworten Sie meine Frage."

„Was schon, Rechnungen ... und ... hm, Moment, ja, das war komisch, jetzt wo ich darüber nachdenke. Da war ein Brief von meiner Schwägerin, Nele, Sie kennen das Weib ja. Jahrelang nix mehr von ihr gehört, und ausgerechnet an dem Tag, als ich eine Leiche in meinem Haus finde, bekomme ich einen Brief von ihr. Das ist doch seltsam, nicht wahr? Da muss es doch einen Zusammenhang geben."

„Den versuche ich herauszufinden. Was hat sie denn geschrieben?"

„Ja, was ...? Ich habe eigentlich ein gutes Gedächtnis, aber es fällt mir schwer, mich zu erinnern ..."

„Erinnern Sie sich daran, wie Sie sich gefühlt haben?"

„Wie soll ich mich gefühlt haben? Ich war natürlich überrascht ... und hm, ich glaube, ich fühlte irgendwie Genugtuung, ich weiß nur nicht mehr, warum. Aber vor allem war ich wütend ... furchtbar wütend sogar."

„Ihre Schwägerin sagte mir, sie hätte Ihnen wegen des Todes Ihres Bruders geschrieben."

„Ja, natürlich! Alex ist tot, das stand in dem Brief, ich erinnere mich. Ha, der alte Schweinehund hat vor mir ins Gras gebissen!" Die Worte strömten mit einer solchen Energie aus Herrn Schneider, dass es Julia vorkam, als bliese sie ein kalter Wind an.

„Es stand noch mehr drin. Ihre Schwägerin bat Sie, zur Beerdigung zu kommen."

„Ja, richtig. Die dumme Pute, wie kommt sie darauf, dass

ich meinem verbrecherischen Bruder das letzte Geleit gebe? Ha, jetzt fällt es mir ein, sie wollte sich mit mir aussprechen und versöhnen. Wie einfältig die Leute im Angesicht des Todes werden. Alex hat mir mein Leben kaputt gemacht; er und seine Familie haben sich einen Scheißdreck um mich geschert. Und jetzt will sie Versöhnung?!"

Ein Rappeln erklang vom Tisch.

„Hatten Sie daran nicht auch Ihren Anteil, Herr Schneider?", fragte Julia.

„Was erlauben Sie sich?! Ich sach Ihnen was, die falsche Schlange dachte doch nur daran, dass ich auch nicht mehr lang machen werde und wollte ihrem Söhnchen zum Erbe verhelfen. Aber nicht mit mir. Nix bekommen die von mir. GAR NIX!"

Die letzten Worte explodierten förmlich in den Raum. Es gab einen Knall und ein Splittern. Julia sah zu dem Tisch. Das Wasserglas lag in Scherben darunter. Sie runzelte die Stirn. Sie musste sich jetzt weiter auf das Gespräch konzentrieren, musste unbedingt die Erinnerung hervorlocken. „Herr Schneider, erinnern Sie sich, was passierte, als Sie den Brief gelesen haben? Sie haben sich aufgeregt und dann ..."

„Ja, ich habe mich aufgeregt. Und dann ... ich weiß nicht ... ich weiß nur, dass plötzlich dieser Mann im Flur lag ..."

Julia zog ein Foto aus der Jackentasche. „Herr Schneider, ich habe hier ein Bild des Verstorbenen. Ich möchte, dass Sie es sich ansehen." Es waren – wie bei einem Passfoto – nur Kopf und Schulterbereich eines hageren, grimmig dreinschauenden, grauhaarigen Mannes zu sehen. „Sie kennen diesen Mann."

„Ich ..."

„Sie kennen ihn sehr gut."

„Er ... naja, es könnte ... ich meine, ich habe ihn lange nicht gesehen, aber es könnte mein Bruder sein. Aber wie soll er ...?"

Julia holte wortlos noch einmal das Foto von Herrn Schneiders Marathonsieg hervor und zeigte Alfons Schneider beide Fotos. „Schauen Sie genau hin."

Die Luft knisterte förmlich vor gespanntem Schweigen. Julia beobachtete, wie die Wasserlache auf dem Boden auf eine Stelle vor ihr zufloss und zugleich zu brodeln anfing, so dass feine Dampfwölkchen emporstiegen.

„Nein, das kann nicht der Tote sein, das ist ein Foto von mir. Mein Passfoto."

„Ja, Herr Schneider, beides stimmt. Das sind Sie. Und der Verstorbene. Erinnern Sie sich bitte. Sie haben sich so stark über den Brief aufgeregt, dass Ihr Herz nicht mehr mitgemacht hat. Ein Infarkt, sagt die Polizei."

„Aber der Mann war tot. Das kann gar nicht ..."

„Ja, schon ein paar Tage. Weil Sie nicht zur Beerdigung Ihres Bruders gekommen sind, ist Ihr Neffe zu Ihnen gefahren, um ein Gespräch zu suchen. Vor Ihrer Haustür fand er zwei Einkaufstüten mit verdorbenen Lebensmitteln. Sie haben nicht auf sein Rufen und Klingeln reagiert. Da hat er die Tür aufgebrochen und Sie im Hausflur gefunden."

„Unsinn, ich ... das kann gar nicht sein ... ich meine, ich bin ja nicht tot, sonst würden wir hier nicht miteinander darüber reden, hm?"

„Oh doch, Sie sind tot, Herr Schneider. Aber Sie haben einen starken Willen." Das Wasser auf dem Boden vor ihr zischte, der feine Wasserdampf stieg empor und bildete die Umrisse eines Mannes nach. Eines alten, hageren Mannes.

„Sehen Sie, ich habe eine Gabe. Ich kann die Stimmen Verstorbener hören."

„Sie sind gar keine Polizistin."

„Das habe ich auch nie behauptet. Sie wissen, dass ich recht habe. Schauen Sie in den Spiegel." Sie trat beiseite und gab den Blick auf einen Spiegel hinter ihr frei.

„Nein!" Ein langgezogener Laut wehte durch den Flur, den jemand anderes als Julia für das Heulen des Windes gehalten hätte.

„Ihre Schwägerin hat mich kontaktiert. Sie ist überzeugt, dass in diesem Haus etwas nicht mit rechten Dingen zugeht. Sie sagte mir, dass Sie Ihre Hand im Spiel haben, wenn plötzlich etwas vom Tisch fällt, eine Tür zuschlägt, die Luft eiskalt wird oder einem einfach nur ein Schauer über den Rücken läuft, sobald man den Flur betritt. Die Maklerin war nach einigen unangenehmen Erfahrungen in diesem Haus zumindest aufgeschlossen dafür, mich einzuschalten. Ihr Neffe übrigens nicht."

„Dem Bürschchen werde ich das Fürchten schon noch lehren."

„Eher nicht. Die beiden kommen nicht mehr hierhin. Ihr Testament ist eröffnet worden, die Umweltschutzorganisation wird das Haus verkaufen. Es gibt keinen Grund mehr für Sie, hierzubleiben."

„Aber ich ..."

„Herr Schneider, im Grunde sind Sie doch schon viel länger tot, oder konnte man das Leben nennen? Und jetzt sind Sie endlich frei von den Menschen und allen Zwängen. Sie müssen nur noch loslassen. Sie müssen nur wollen. Das wollten Sie doch schon immer, oder haben Sie nicht genug Willen, um ins Licht zu gehen?"

„Loslassen?"

„Haben Sie Angst?"

„Ich und Angst? Pah."

„Dann gehen Sie ins Licht."

„Das Licht. Ja, da ist ein Licht … Was liegt dahinter?"

Julia hob die Schultern. „Das kann ich Ihnen nicht sagen. Ich kann nur mit den Verstorbenen auf dieser Seite reden. Sie müssen es schon selber herausfinden."

„Es ist schön, das Licht …" Die Stimme des Geistes wurde dünner.

„Es ist Ihr Licht. Ihres ganz allein."

„So ruhig …" Die Nebelgestalt vor Julia löste sich in Luft auf.

Sie wartete noch eine Weile, bis sie sicher war, dass er sich nicht mehr auf dieser Seite befand. Es war doch einfacher gewesen, als sie anfangs befürchtet hatte. Julia betrachtete die Fotos in ihren Händen. Ihr Herz wurde schwer bei dem Gedanken, wie sehr Alfons Schneider mit dem Leben und seinen Mitmenschen gerungen hatte. Ob er jetzt seinen Frieden gefunden hatte, wo immer er auch war?

Würde sie es erfahren, wenn sie sich eines Tages auf ihre letzte Reise machen würde?

Für immer und ewig

Bis dass der Tod uns scheidet. Und wenn er das nicht tut? Manche Liebe überdauert sogar den Tod. Ich weiß, wovon ich spreche. Obwohl es über fünf Jahre her ist, ist die Erinnerung so präsent, als wäre es erst gestern geschehen. Immer noch schrecke ich in manchen Nächten aus dem Schlaf hoch und frage mich, ob ich zu Hause oder in diesem Haus in Irland bin. In der Nacht ist der Schrecken real. Tagsüber rede ich mir ein, ich hätte alles nur geträumt. Oder es sei eine Sinnestäuschung gewesen. Je mehr Zeit verstreicht, umso überzeugender wird diese Version.

Aber heute fiel mir ein alter Brief von Mary in die Hände, und es war, als würde jemand einen Kübel Eiswasser über mir ausgießen. Zwei Menschen können doch nicht die gleiche Halluzination gehabt haben, oder?

Mary ... Ich habe mich schon lange nicht mehr bei ihr gemeldet ... Daran sind nicht die Entfernung oder der Altersunterschied schuld. Nein, ich denke, es liegt daran, dass der Kontakt uns beide daran erinnert, dass unser Erlebnis kein Albtraum, sondern real war. Ganz deutlich sehe ich mich auf meinem Rad auf meiner Irlandtour in jenem August. An dem Tag war mein Ziel Waterville oder An Coiréan, wie es auf Gälisch heißt, ein Dorf im County Kerry an der Südwestküste. Auf der einen Seite ist das Dorf begrenzt vom Atlantik, auf der anderen vom Lough Curran, einem See mit fast zehn Quadratkilometern Ausdehnung. Das Dorf ist für viele Touristen ein unbedingter Haltepunkt auf ihrer Fahrt über die Panorama-straße Ring of Kerry. Aber auch Cineasten strömen hierhin, denn Waterville war der Lieblingsurlaubsort von Charlie Chaplin.

Ich näherte mich An Coiréan von Osten über eine wenig benutzte Nebenstraße, die an manchen Stellen mehr einem Trampelpfad ähnelte, um die sanft hügelige Wiesenlandschaft der Insel mit den „über vierzig Grüntönen" und den Lough Curran ungestört genießen zu können. Der Fahrtwind wehte mir den Duft von Gräsern um die Nase, aber auch feucht-schwüle Luft, die eine tiefhängende Wolkenfront begleitete. Sie legte einen Grauschleier über Himmel und Land und ballte sich am Nachmittag zu drohenden schwarzen Klumpen zusammen. Ich ließ mich davon nicht abschrecken. Meine Re-gensachen hatte ich stets griffbereit, denn in Irland ist das Wetter oft wechselhaft.

Kurz vor Sonnenuntergang machten die Wolken ihre Dro-hung wahr. Und das mit einem Wüten, wie ich es nie zuvor erlebt hatte. Der Wind rüttelte an mir und meinem Rad. Das letzte bisschen Sonnenlicht saugte der herabstürzende Regen auf. Er trommelte in wildem Takt auf mein Regencape und binnen weniger Minuten war ich nass bis auf die Knochen. Um mich herum pladderte und trommelte der Regen in stock-düsterer Umgebung, während der Wind beständig versuchte, mich vom Rad zu fegen. Innerhalb kurzer Zeit war ich vom Rest der Welt abgeschnitten.

Ich stieg ab und sah mich um. Wie sollte ich auf dem in einen Sumpf verwandelten Weg mit dem Rad weiterkom-men? Ab und an erhellte ein Blitz die Umgebung, doch ich sah nur strömendes Nass. Bei jedem Blitz schrak ich zusammen. Sollte man sich in einer solchen Situation nicht flach auf den

Boden legen? Ich schaute mich angestrengt um, in der Hoffnung, einen Unterschlupf zu entdecken.

Da sah ich das Licht. Ein kleiner, aber heller Schein auf einem der Hügel nahe des Lough Curran. Mit neu gewonnener Kraft stemmte ich mich gegen das Unwetter und schob mein Rad einen schlammigen Pfad hoch.

Es dauerte endlos lange, bis ich das Haus erreichte. In einem Fenster im ersten Stock leuchtete die Lampe, die mich geleitet hatte. Mir schien, sie wäre extra für mich aufgestellt worden. Warum und von wem auch immer, ich dankte demjenigen von Herzen.

Gegen das Tosen des Sturms klopfte ich an die Tür und rief so laut ich konnte: „Hello, hello?!"

Es dauerte nicht lang und die Tür öffnete sich. Mein Blick verlor sich in tiefste Schwärze, die selbst die Dunkelheit von draußen in sich aufzusaugen schien. Irgendetwas regte sich im Dunkel. Eine Stimme drang an meine Ohren, alt und brüchig, mit kaum genügend Kraft, um das Haus zu verlassen. War es die eines Mannes oder die einer Frau? Ich machte einen Schritt in Richtung Tür und hörte ein fragendes: „Brian?" Ein Licht schälte aus der Düsternis das bleiche, runzlige Gesicht einer Frau mit streng zurückgebundenem grauem Haar. Ehe ich antworten konnte, schob sich das Licht blendend zwischen uns, und eine zweite, jüngere Frauenstimme fragte auf Englisch: „Was können wir für Sie tun?"

Mit zusammengekniffenen Augen antwortete ich: „Äh, sorry, dass ich Sie störe, aber ich suche Schutz vor dem Gewitter ..."

„Oh, bitte, kommen Sie herein." Das Licht sank nach unten. „You're welcome." Die Frau leuchtete mir mit ihrer Taschenlampe den Weg. „Sorry", sagte sie, „aber ein Blitz ist ins

Stromnetz eingeschlagen. Just a moment please."

Ich lauschte dem Geräusch ihrer Schritte und sah, wie der Lichtstrahl ihrer Lampe in einen Nebenraum wanderte.

„Brian?" Die brüchige Stimme erklang direkt neben mir. Ich machte vor Schreck einen Satz zurück. Der Kopf der Alten schwebte als bleicher Fleck in der Dunkelheit. Zuckendes Licht drang aus dem Nebenraum und fiel auf graue Augen, die mich eingehend musterten. Ich meinte, in ihrem Blick Enttäuschung zu lesen.

Die jüngere Frau kam, zusätzlich zur Taschenlampe mit einem dreiarmigen Kerzenleuchter ausgerüstet, zurück in den Flur. Die flackernden Kerzen verbreiteten einen warmen Schein. Sie stellte den Leuchter auf einer Kommode ab und wandte sich zu mir: „Sie sind ja pitschnass. Ich hole Ihnen was zum Abtrocknen."

Ich nickte, dann war ich schon wieder mit der Alten allein. Im Kerzenlicht betrachtete ich sie genauer: Sie musste über achtzig sein. Leicht vornübergebeugt stützte sie sich mit ihrer knochigen linken Hand auf der Kommode ab. Ihre dürre Gestalt durchlief ein leichtes Zittern. Sie war in ein graues Tweed-Kostüm gekleidet, ihr silbergraues Haar hatte sie zu einem Dutt zusammengebunden. Ihre Nase war klein und schmal. Um ihren Mund hatten sich nicht nur Fältchen, sondern auch ein deutlich vergrämter Ausdruck eingegraben. Sie musterte mich ebenfalls, und als sie schließlich sprach, zitterten ihre Lippen: „Warum sind Sie hier? Hat er Sie geschickt?"

„Ich, äh, war auf dem Weg nach Waterville ..."

„Nein, ich gehe nicht mit Ihnen. Ich warte!"

„Ähm, ich versteh nicht ganz ..."

„Oh doch, Sie haben mich verstanden. Er wird kommen. Ich weiß es. Er hat es mir versprochen." Mit diesen Worten wandte sie sich von mir ab, stützte sich auf das hölzerne Geländer der Treppe und stieg die knarrenden Stufen ins obere Stockwerk hinauf. Ich sah ihr nach, wie sie allmählich im Dunkeln entschwand.

Etwas berührte mich an der Schulter. Ich schrak zusammen und stieß ein Keuchen aus.

„Habe ich Sie erschreckt?", fragte die andere Frau. Ein schelmisches Lächeln zuckte um ihre Mundwinkel.

Ich schüttelte den Kopf. „Nein ... ich ... na ja, eigentlich doch ..." Ich fasste mir an den Hinterkopf. Ihr Lächeln wurde breiter, und auch ich musste grinsen.

„Hier, bitte." Sie hielt mir ein gefaltetes Handtuch hin und ein paar Anziehsachen.

„Danke." Als ich die Sachen entgegennahm, berührten sich unsere Fingerkuppen. Ich sah auf, direkt in ihre grünen Augen, und ein Kribbeln lief durch meinen Körper. Da senkte ich den Blick, doch vor meinem Geist tanzte weiterhin das Bild ihrer verführerischen Augen, ihrer vollen Lippen und ihrer rötlichen Haarpracht.

„Hier ist das Bad, da können Sie sich abtrocknen und umziehen." Sie wies auf eine Tür neben der Treppe. Ich nickte und ging, den Blick fest auf den Boden gerichtet, ins Badezimmer. Als ich mich umwandte, um die Tür hinter mir zu schließen, begegneten sich unsere Blicke erneut. Obwohl mir das Wasser aus den Haaren tropfte und übers Gesicht lief, glühten meine Wangen wie zwei überhitzte Herdplatten. Hastig schloss ich die Tür.

Dann trocknete ich meine Haare, entledigte mich meiner nassen Klamotten, die ich zum Trocknen über den Badewannenrand legte, und schlüpfte in die Cordhose und den dicken Schafswollpullover, den ich von ihr bekommen hatte. Dabei ging mir durch den Sinn, ob das die Sachen ihres Mannes waren, und eine Woge der Enttäuschung kühlte schlagartig mein überhitztes Gemüt.

Als ich vor die Tür trat, fand ich im Flur nur die zitternden Flämmchen der drei Kerzen vor. Aus dem Nebenzimmer lud mich ein wabernder rötlicher Schein ein, begleitet vom Geruch brennenden Holzes und dem Geräusch knackender Scheite. Ich trat in das Zimmer und entdeckte auf einer Couch vor dem Kamin die geheimnisvolle Schöne. Sie lud mich ein, mich zu ihr zu setzen und hielt mir ein Glas mit einer bernsteinfarbenen Flüssigkeit entgegen. „Paddy's wärmt von innen."

Ich nippte am Glas. Der Whiskey brannte sich meine Kehle hinab, und ich schüttelte mich.

Sie stieß ein helles Lachen aus und streckte mir ihre Hand entgegen. „Ich bin Mary. Mary O'Sullivan." Ihre Hand fühlte sich sanft und warm an.

„Ich heiße Oliver."

„Ein schöner Name." Ihr Blick machte mich verlegen, und ich nippte wieder am Whiskey. „Passt zu einem so netten jungen Mann wie du einer bist. Findet deine Freundin sicher auch, oder?"

„Na ja ... ich ... ich habe keine Freundin ... im Moment jedenfalls nicht, Mrs O'Sullivan."

„Ah, nicht. Das ist schade, isn't it? Und nenn mich bitte Mary."

„Gern, Mary." Sie mochte fast doppelt so alt sein wie ich, doch der Anblick ihrer schlanken Gestalt unter dem eng anliegenden Rollkragenpulli und der Bluejeans machten die Frage nach ihrem Alter überflüssig. Sie wollte wissen, wo ich herkomme und was ich mache. Ich erzählte ihr von meiner

Radtour und dass ich gerade erst meine Ausbildung zum Bankkaufmann beendet hatte. Von Mary erfuhr ich, dass sie vor vier Jahren geschieden worden sei und seitdem als eine Art Betreuerin für Miss McNeill, so hieß die alte Dame, arbeite.

„Ist sie ...?" Ich deutete mit meinem Zeigefinger auf meinen Kopf und machte eine drehende Bewegung.

„Du meinst, ob sie dement ist?" Mary schüttelte den Kopf. „Nein, Miss McNeill ist nur schrullig. Sie legt zum Beispiel großen Wert darauf, Miss und nicht Mistress genannt zu werden."

„Wenn das die Feministinnen hören würden!" Wir lachten. „Sie war also nicht verheiratet?"

„Nein." Mary wirkte auf einmal ernst. „Dazu ist es nicht gekommen."

„Sag mal, störe ich auch wirklich nicht?"

Überrascht sah Mary mich an. „Wieso fragst du das?"

„Ich hatte den Eindruck, Miss McNeill hatte jemand anderen erwartet."

„Bitte?"

„Einen Brian. So hat sie mich angesprochen."

Marys Blick verfinsterte sich. „Ach, sie hat diesen Spleen ..."

„Was für ein Spleen? Nennt sie alle Männer Brian?"

„Nein, nein. Brian war ihr Verlobter. Brian O'Donoghue. Jedes Jahr, am Jahrestag ihrer geplanten Vermählung, versteigt sie sich in die Vorstellung, ihr Brian käme mit seinem Boot über den Lough Curran, um sie endlich abzuholen und zur Kirche zu bringen."

„Was ist passiert? Hat er sie sitzen lassen?"

„Er ist ertrunken."

Ich nahm einen Schluck Paddy's und sah zu, wie Mary wortlos von der Couch aufstand und vom Beistelltischchen eine gerahmte Fotografie in die Hand nahm. Sie reichte sie mir. „Hier, das ist er."

Eine Schwarz-Weiß-Aufnahme zeigte einen Burschen mit dunklem, lockigem Haar. Er musste damals in etwa in meinem Alter gewesen sein. In seinem hageren Gesicht fiel das kräftige Kinn auf. Ernst, und wie mir schien, auch stolz, blickte er in die Kamera. Ob sein Stolz dem Boot galt, neben dem er stand? Es war nur der Bug zu sehen mit dem Namen des Schiffes: „Caitlyn". Der junge Bursche trug Ölzeug wie ein Fischer. In der unteren linken Ecke des Bildes befand sich eine handgeschriebene Widmung:

To Caitlyn
Love of my life
Always and forever yours,
Brian

Ich blickte auf. „Caitlyn ist Miss McNeills Vorname?"

Mary nickte.

„Brian war scheinbar sehr verliebt in sie gewesen."

„Oh ja. Und wie! Unsterblich verliebt."

„Ertrunken", murmelte ich und betrachtete den jungen Mann mit einer Mischung aus Mitleid und Schauder. So jung, so voller Hoffnung, voller Pläne. Er wollte mit seiner Caitlyn eine Familie gründen ... und der Brian auf dem Foto ahnte nicht, dass daraus nichts werden würde. „Was genau ist geschehen?", wollte ich wissen.

„Das Unglück geschah an dem Tag, an dem sie heiraten wollten ..." Mary nippte an ihrem Whiskey. „Am zwanzigsten

August."

Mein Magen zog sich zusammen. „Heute ist der zwanzigste August."

Mary nickte. „Ja, es war genau heute vor sechzig Jahren."

„Sechzig Jahre?" Ich schüttelte den Kopf.

Mary blickte mit bitterem Ausdruck durch das Fenster in die sturmumtoste Dunkelheit. „Und es kam ein ebensolches Unwetter auf wie heute ..." Sie wandte sich mir zu. „Das ist seltsam", murmelte sie.

„Habt ihr um diese Jahreszeit nicht öfter Stürme?"

„Nicht solche." Sie wurde nachdenklich.

„Was war denn nun mit Brian?"

Mary zwinkerte, als müsse sie einen lästigen Gedanken loswerden. Dann fuhr sie fort: „Brian war Fischer. Er lebte drüben in Waterville. Sie haben sich dort beim Tanzen kennengelernt, hat mir Miss McNeill erzählt. Und da war es um beide geschehen. Tja, ein Jahr waren sie verlobt und der zwanzigste August sollte ihr Hochzeitstag sein. Brian wollte seine Braut mit seinem Boot abholen und nach Waterville zur Kirche bringen. Aber ausgerechnet an dem Tag zog vom Atlantik her ein schweres Unwetter auf, und die Leute rieten Brian, nicht ins Boot zu steigen und die Hochzeit lieber zu verschieben. Aber Brian hatte es Mary versprochen, und er wollte sie auf keinen Fall enttäuschen. Allen Warnungen zum Trotz stieg er in sein Boot, obwohl zu diesem Zeitpunkt das Unwetter den Tag bereits zur Nacht gemacht und den See in ein wild brodelndes Ungetüm verwandelt hatte. Die Leute sagten, Brian habe über ihre Furcht gelacht und gesagt, so ein Wetterchen könne ihn nicht davon abhalten, sein Versprechen zu erfüllen und endlich mit seiner Caitlyn zusammenzukommen.

Miss McNeill wartete mit bangem Herzen auf ihn. Sie hatte

eine Lampe ins Fenster ihres Zimmers gestellt, um ihrem Brian den Weg zu weisen. Doch sie wartete vergeblich."

Ein Schauder durchfuhr mich. „Sie hat die Lampe heute wieder aufgestellt. Das Licht hat mich zu euch geführt."

Mary nickte. „Ja. Das macht sie an jedem zwanzigsten August."

„An jedem? Seit sechzig Jahren?"

„Ja."

Ich versuchte nachzuvollziehen, wie ein Mensch sich dermaßen in der Vergangenheit verlieren konnte. Über einen so langen Zeitraum. Sechzig Jahre. Ich war gerade mal kaum mehr als ein Drittel so alt, mein Gott, in sechzig Jahren war ich ein alter Mann, wenn ich dann überhaupt noch am Leben war. „Das ist ... furchtbar", sagte ich. „Sie hat ihr Leben nicht gelebt."

Mary nickte. „Sie konnte nie loslassen. Hat nie einen anderen Mann in ihr Leben gelassen."

„Ihre Jugend ist verflossen ... ihre mittleren Jahre ... und nun ist sie eine alte Frau und hofft immer noch, dass ihr Brian kommt?"

„Ja, aus unserer Sicht ist das schlimm. Aber nicht aus ihrer. Für sie sind keine sechzig Jahre vergangen. Für sie ist heute der zwanzigste August von damals. Verstehst du? Sie ist immer noch Anfang zwanzig."

Ich starrte Mary sprachlos an. Sie seufzte. „Wenn mich diese Geschichte eines gelehrt hat, dann, dass man sein Leben genießen soll, jede Sekunde, jetzt, und nicht in der ständigen Hoffnung auf ein besseres Morgen, das nicht kommt." Sie goss uns Paddy's nach.

„Warum bist du dann noch hier? Du bist in deinen besten Jahren und versauerst in diesem Haus."

„Wer sagt denn, dass ich versauere?" Sie grinste spitzbübisch und rückte so nah an mich, dass unsere Knie sich berührten. Ich hatte Mühe, mein Glas ruhig zu halten.

„Hast du eigentlich ...", begann ich und musste mir einen Kloß aus der Kehle räuspern, „... einen Freund?"

„Ist das so wichtig?"

„Nein, äh, also ..."

„Weißt du, dass heute eine magische Nacht ist? Wenn ein Sturm den Tag zur Nacht macht, wandeln die Wesen der Anderswelt unter uns. Es heißt, die Energie zweier Liebender kann ein Tor zur Anderswelt öffnen und Fand, die Königin der Elfen, herbeirufen, die ihnen ihren sehnlichsten Wunsch erfüllt ..."

Bei diesen Worten spürte ich ihre Hand auf meinem Knie. Oh Mann, Mann, Mann! Ich nippte am Whiskey und schielte auf den Boden des Glases in der Hoffnung, dort etwas Mut zu finden. Als ich aufsah, fingen mich ihre smaragdgrünen Augen ein, und ehe ich mir bewusst wurde, was ich tat, geschweige denn, was ich wirklich wollte, folgte ich ihrem Sog, beugte mich zu ihr und unsere Lippen verschmolzen. Es war magisch. Ich zog sie in meine Arme und verlor mich vollkommen in ihrem Zauber. Unsere schweißnassen Körper, die Couch, der Teppich, oben und unten, das Feuer, alles wirbelte umeinander.

Ein gewaltiges Krachen und Poltern brach mit einem Schlag den Zauber. Wir hielten inne. Ich versuchte, zu begreifen, was passiert war.

„Das kam von der Haustür", flüsterte Mary. Wir lauschten. Etwas kratzte über das Holz der Tür. In meinen Gedanken formte sich ein Bild von scharfen Klauen.

Mary stand auf, wickelte sich eine Decke um ihren nackten

Körper und nahm die Taschenlampe von der Kommode. Ich schlüpfte ungelenk in meine Jeans, folgte Mary in den Flur ... und blieb wie angewurzelt stehen, als plötzlich am oberen Ende der Treppe eine weiße Gestalt auftauchte. Ich hatte noch nie im Leben ein Gespenst gesehen. Jetzt schwebte dort im Dunkel vor mir in einem weiten, weißen Gewand eines die Treppe hinab. Das Gesicht war nur ein verschwommener heller Fleck.

Ich wollte Mary warnen, doch aus meiner Kehle drang bloß ein jämmerliches Krächzen. Trotz des andauernden Kratzens an der Haustür hatte Mary mich gehört. Sie zog die Hand zurück, die sie bereits nach der Türklinke ausgestreckt hatte. Doch statt sich zum Geist umzuwenden, leuchtete sie mit der Taschenlampe in meine Richtung. Die weiße Gestalt in ihrem Rücken hatte den Treppenabsatz erreicht. Ich streckte meine Hand in die Richtung, und der Geist raunte ein Wort: „Brian." Mary wandte sich blitzartig um, und der Strahl ihrer Taschenlampe riss die Gestalt aus dem Dunkel.

„Brian!"

Jetzt erst erkannte ich die alte Miss McNeill. Aber was hatte sie an? Sie trug ein hochgeschlossenes, bodenlanges Kleid mit langen Ärmeln und lauter Spitzen- und Rüschenbesatz. Es musste einst strahlend weiß gewesen sein, ähnelte nun aber ihren grau-weißen Haaren. Diese lagen wie bei einem jungen Mädchen lang und offen über ihren Schultern.

Mary war ebenso perplex wie ich. Die alte Dame schien uns gar nicht wahrzunehmen. In ihren Augen lag ein seltsamer Glanz. Mit einer Hand hielt sie ihren Rock gerafft, so dass der Saum über dem Boden schwebte, und eilte ungehindert an Mary vorbei zur Haustür. „Brian!"

Mich durchzuckte der Gedanke, dass die Tür auf keinen

Fall geöffnet werden sollte. Doch ehe ich oder Mary eingreifen konnten, riss Miss McNeill sie auf und wir sahen ...

„Brian?!"

... peitschende Zweige mit nassen Blättern, die endlich Einlass bekamen und die alte Dame mit einem Hieb zu Boden schleuderten.

„Miss McNeill!" Mary kniete sich neben sie. Eine blutrote Schramme auf der linken Stirn der alten Dame wurde immer roter. „Schließ die Tür!", schrie Mary mich an. Ich kam mir vor wie ein Idiot und zwang mich aus meiner Starre. Mit aller Kraft stemmte ich mich gegen die Tür, doch erst mit Marys Hilfe gelang es, die peitschenden Zweige des umgestürzten Eichenbaums samt Wind und Regen auszusperren.

Als wir uns wieder Miss McNeill zuwandten, fanden wir sie schluchzend und in sich zusammengesunken auf den unteren Treppenstufen hocken. Mary strich ihr tröstend über die Schulter.

„Ich ... ich war so sicher, dass er heute Abend kommen würde", schluchzte die alte Dame. Ihre grauen Augen schwammen in Tränen. „Heute ist doch ... unser Tag!"

„Miss McNeill, niemand wird kommen", sagte Mary.

„Aber er hat es mir versprochen."

„Hören Sie endlich auf damit. Er kommt nicht. Nie mehr."

„Doch, ich weiß es."

„Miss McNeill, er ist ..."

„Doch!" Miss McNeill sprang so plötzlich auf, dass ich vor Schreck zurückwich. „Brian hält sein Versprechen. Ich kenne ihn. Und glaub ja nicht, dass er dich holen wird, schamloses Flittchen."

Mary zog bei diesen Worten die Decke enger um sich zusammen.

Miss McNeills Augen waren weit aufgerissen. „Wie sehe ich nur aus?" Ihr Blick blieb an mir hängen. Dann fuhr sie sich mit ihren Fingern durch ihr zerzaustes Haar. „Oh, meine Frisur, alles ruiniert. Und meine Stirn, oh, du meine Güte ... Ich sehe bestimmt furchtbar aus, nicht wahr? So kann ich ihm nicht unter die Augen treten." Sie stieg die Treppe empor.

„Miss McNeill, warten Sie ..."

„Lass mich, Mary, mir bleibt nicht mehr viel Zeit."

Mary schüttelte den Kopf. „Ich zieh mir erstmal was an."

Ich nickte und wir gingen zurück ins Wohnzimmer. Ich weiß nicht, wie es kam, dass mein Blick zum Fenster ging. Zufall? Instinkt? Eine Ahnung von Gefahr? Was auch immer, ich wünsche mir bis heute, ich hätte nicht hingeschaut. Nicht in diesem Moment.

Das Bild, das ich sah, hat sich mir unauslöschlich eingebrannt und kehrt in meinen Albträumen immer wieder. Es war nur ein Sekundenbruchteil, als ein Blitz das Dunkel zerriss, und ich die Fratze erblickte, die von draußen durchs Fenster herein starrte. Nasses, algenverschmiertes Haar klebte auf einem Totenschädel. In leeren Augenhöhlen wanden sich bleiche Würmer und sein vom Fleisch entblößtes Gebiss grinste diabolisch.

Ich sah ihn nur für die Dauer des Blitzes, dann verschluckte ihn die Dunkelheit.

Mein Schrei ließ Mary zusammenfahren. „Oliver? Was ist?"

Zu keiner Regung fähig, starrte ich immer noch zum Fenster.

„Oliver?" Mary trat vor mich. „Oliver, was ist los mit dir?"

„Da ... da war jemand am Fenster", brachte ich mühsam hervor.

„Was?!" Mary sah sich um. „Wo denn?"

„Da. Er sah mich an."

„Ein Mann?" Mary zog die Decke enger um ihren Körper.

„Das muss er gewesen sein."

„Wer denn, Oliver?"

„Brian."

In Marys Gesicht zuckte es, als wenn sie sich nicht zwischen Lachen und Entsetzen entscheiden könnte. Dann gewann das Lachen die Oberhand. „Du spinnst ja!"

„Nein ich ... ich weiß nicht." War der Alkohol schuld? Die Aufregung? Die Hormone? Ich war bereit, an all das als Erklärung zu glauben, als es plötzlich an der Haustür klopfte. Wir schraken zusammen.

„Oh Mann, das ist doch nur die umgestürzte Eiche", wollte Mary mich beruhigen. Doch dann schwieg sie, als wir beide diese hohle, kratzige Stimme hörten. Eine Stimme, die es gar nicht geben durfte, denn sie war schon vor sechzig Jahren verstummt. Und doch hörten wir, wie sie den Namen des Menschen rief, den sie versprochen hatte, abzuholen: „Caaaiitlyyynnn."

Ich glaubte, keine Luft mehr zu bekommen, stolperte rückwärts, bloß weiter weg vom Flur, von der Haustür, weg von dem, der dort draußen stand und wartete.

Schritte kamen die Treppenstufen hinab. Weder Mary noch ich wagten es, nachzuschauen oder zu rufen. Erstarrt in unserer Angst lauschten wir, wie die Schritte auf den Dielenboden des Flurs wechselten und sich ein Lichtschimmer der Haustür näherte. Nein, nein, bloß nicht die Tür aufmachen! Die Worte blieben mir in der Kehle stecken, klumpten sich zusammen und ließen mich keuchen, als ich hörte, wie die Tür entriegelt wurde.

Einen kurzen Moment stand die Welt still. Das Donnern und Grollen verstummte, der Sturm hielt inne, die Blitze zuckten nicht mehr. Ein kurzer Moment, in dem ich sehnlichst hoffte, nur eine Halluzination zu erleben.

Doch dann hörte ich Miss McNeill, und ich krümmte mich vor Grausen. „Brian. Oh, Brian, ich wusste, dass du kommen würdest."

„Caaaiitlyyynnn."

Mehr verstand ich nicht, doch der Klang der Grabesstimme ließ mir die Haare zu Berge stehen.

Der Lichtschimmer im Flur entschwand und bewegte sich kurz darauf am Fenster vorbei. Ich weiß nicht, woher ich den Mut nahm, doch ich schlich zum Fenster und spähte hinaus. Ich sah, wie sich das flackernde Licht in Richtung des Sees bewegte. Gehalten wurde es von einer weißen Gestalt, die ich für einen Geist gehalten hätte, wenn ich Miss McNeill nicht vorhin in ihrem Brautkleid begegnet wäre. Aber da war jemand bei ihr! Jemand, dessen grausige Gestalt der strömende Regen und die Dunkelheit verbargen.

Ich musste die alte Dame aufhalten, sie durfte nicht zum See!

Ehe Mary mich stoppen konnte, zwängte ich mich durch die Haustür an der umgestürzten Eiche vorbei. Ihre Zweige pressten sich gegen mich, als ob sie mich zurückhalten wollten. Ich kämpfte mich hindurch und achtete nicht auf die blutigen Schrammen, die sie in meine nackte Haut zeichneten. Der Wind fuhr mich kalt und heulend an, der Regen hämmerte auf mich ein, doch all das ignorierte ich und rannte zum See. Da war ein Boot! Ich blieb stehen, sah, wie Miss McNeills Gestalt im weißen Hochzeitskleid hinein zu schweben schien. Nein, sie wurde getragen von ihrem dunklen Geliebten, der ihr ins schaukelnde Boot half.

Ich wollte näher ran, doch eine Hand legte sich auf meine Schulter und Marys Stimme drang an mein Ohr: „Nicht, Oliver!"

Ich wandte mich ihr zu. Ihre Decke eng um sich geschlungen, stand sie mit triefnassem Haar neben mir. Ihre Miene spiegelte Entsetzen und Furcht und noch etwas anderes. Eine Art grausige Faszination. Sie schüttelte den Kopf. „Lass sie gehen. Heute ist ihr Hochzeitstag."

Wir sahen dem Boot hinterher, wie es auf den tosenden See hinausfuhr. Im wilden Takt tanzte es auf den Wellen auf und nieder. Es erklomm eine Welle und verschwand dann in einem Wellental, erklomm eine Welle und verschwand ...

Flüstern

Da ist was

„Mama. Mama, wach auf! Da ist was auf dem Dach."

Nur mit Mühe konnte ich Jonas' Gestalt im Dunkeln aus-
machen, obwohl er an meiner Schulter rüttelte. Ich richtete
mich auf und pulte das Ohropax aus den Ohren, während
Markus neben mir ungerührt einen Baum nach dem anderen
umsägte. Es wurde immer schlimmer mit seiner Schnarcherei.

„Was ist denn, mein Großer?" Ich hielt die Bettdecke hoch,
damit mein Junge zu mir krabbeln konnte. Das war ihm zwar
seit kurzer Zeit unangenehm, aber in dieser Nacht nahm er
das Angebot an.

„Ich kann nicht schlafen, irgendwas trampelt auf dem
Dach herum."

Ich lauschte. Doch Markus' Sägerei überdeckte alle anderen Geräusche, die sonst noch hätten da sein können. Ich gab
ihm einen kräftigen Stups, das Schnarchen hörte auf. Noch ein
Stups, und er drehte sich mit einem unwilligen Laut auf die
andere Seite.

„Ich höre nichts", sagte ich leise zu Jonas. „Ist wohl weg."

„Es war ganz unheimlich, Mama."

„Ach Jonas, du brauchst keine Angst zu haben. Nachts
klingt alles etwas unheimlich. Wahrscheinlich war es wieder
der Marder."

„Das klang aber anders."

„Hm. Sollen wir nachsehen?"

„Kann ich nicht bei dir und Papa schlafen?"

Ich blickte auf die Leuchtanzeige des Weckers. Kurz nach zwei. In nicht einmal vier Stunden musste ich raus. Ich seufzte. „Ja, gut. Komm, wir kuscheln uns gemütlich ein und dann träumen wir was Schönes."

In der nächsten Nacht kam Jonas wieder in unser Schlafzimmer. Nur war Markus diesmal nicht im Tiefschlaf und ich auch nicht.

„Was machst du denn hier?" Markus drehte sich blitzschnell auf seine Bettseite und zog die Bettdecke hoch.

„Es ist wieder da. Ich kann nicht schlafen."

Ich seufzte und zog meinen Pyjama zurecht. Markus murrte: „Das ist doch nur der Marder. Der hört auch bald wieder auf."

„Kann ich nicht zu euch?"

„Mama kann dir was von ihrem Ohropax geben. Komm, lass uns bitte schlafen."

„Ihr habt ja noch gar nicht geschlafen."

„Mensch, Junge", seufzte Markus.

„Es ist voll unheimlich."

„Oh, Mann, mein Sohn ist ein Schisser."

„Markus, schau doch mal nach", bat ich meinen Mann.

Er stöhnte auf, zog sich unter der Bettdecke seine Pyjamahose an und begleitete Jonas dann zurück in sein Schlafzimmer. Ich lauschte ihren Schritten nach, die schmale Trittleiter ins Spitzdach hinauf, wo sich Jonas' Zimmer befand. Ich hörte ihre leisen Stimmen. Doch ich hörte kein Kratzen, Trappeln oder ähnliches. Das Viech war längst weg.

Als Markus zurückkam, überraschte mich daher seine Aussage: „Verdammter Marder! Morgen besorge ich 'ne Falle."

„Hast du ihn gehört?"

„Ja. Du musst das Trampeln doch auch gehört haben."

„Nein, nichts hab ich gehört."

„Hast du schon deine Ohrstöpsel drin?! Schon wieder alles dicht gemacht?"

„He, warum schnauzt du mich an? Und außerdem: Wenn du nicht schnarchen würdest, bräuchte ich keine Ohrstöpsel."

„Tut mir leid, Miri." Seine Finger streichelten meine Wange. „Es war nur weil ... es war so schön vorhin ... und ..."

„... und da muss man sich jetzt so aufführen?"

Er küsste mich auf die Stirn. „Sorry. Ich werde halt ungern unterbrochen dabei. Ich habe mich bei Jonas schon entschuldigt und bin ab jetzt wieder ganz lieb zu dir ..."

Und das war er dann auch.

Am nächsten Tag brachte Markus eine Lebendfalle mit nach Hause.

„Sind die nicht verboten?", fragte ich.

„Nächtliche Ruhestörung ist auch verboten", sagte mein Mann und ging in die Küche. Ich folgte ihm und sah zu, wie er zwei Eier aus dem Kühlschrank holte. Als er meinen fragenden Blick sah, meinte er: „Darauf stehen Marder. Habe ich gegoogelt. Das eine Ei muss man aufschlagen, das lockt ihn an, das andere legt man ..."

„Weißt du, wie das stinken wird?", unterbrach ich ihn. „Du stellst die Falle ja wohl nicht auf die Terrasse."

„Ne, aufs Dach."

Ich brauchte dazu nichts zu sagen, es reichte, dass ich

meine Augenbrauen hochzog.

„Lass mich nur machen, Miri. Dann sind wir den Plagegeist schnell los."

Unser kleiner Plagegeist suchte uns in dieser Nacht erneut heim. „Er ist wieder da", sagte Jonas.

Markus fuhr aus dem Bett. „Na schön. Wollen doch mal sehen, was die Falle taugt."

„Es ist kein Marder, Papa."

„So? Wie kommst du darauf?"

„Er hat geflüstert."

Wir sahen unseren Sohn verdutzt an. „Jonas, komm mal zu mir", sagte ich. Er zögerte. „Nun komm schon." Unser Sohnemann krabbelte übers Bett und ich nahm ihn in den Arm. „Es ist ein Junge, glaube ich", flüsterte er.

Markus, der schon an der Tür stand, brummte: „Du hast nur schlecht geträumt. Pass auf, der geht uns in die Falle, und dann zeig ich dir deinen Flüsterer."

Als Markus aus dem Zimmer war, wisperte Jonas: „Ich hab das nicht geträumt, Mama. Er hat gesagt, ich soll aufs Dach kommen, und ... und dann zeigt er mir was Tolles."

Ich streichelte sein Haar, doch er schüttelte unwillig den Kopf. „Das wirst du geträumt haben, Jonas." Ich lauschte auf Markus, hörte seine Schritte in Jonas' Zimmer. Dann war es eine Zeitlang still. Bis zu hören war, wie Markus das Dachfenster öffnete. „Ha! Hab ich dich!", rief er. Es rumpelte auf dem Dach, runter auf unsere Schlafzimmerseite. Dann hörte ich Markus fluchen: „Oh, Scheiße!"

Ich sprang aus dem Bett und eilte zusammen mit Jonas nach oben. Deutlich war Markus' Stimme zu hören: „Wer ist da?! Komm raus!"

Ich lief ans Dachfenster und schaute über das Dach hinweg nach links und rechts. Im Dämmerlicht des Halbmonds war jedoch nichts und niemand zu sehen. Markus' Schritte erklangen von der anderen Dachseite. „Markus? Was ist los?"

„Da ist ... He, zeig dich, Feigling!"

„Markus?"

Ich hörte ihn über die Dachziegel trampeln. Dann stieß er einen Fluch aus und rief: „Miri, siehst du jemand?"

„Nein. Was ist denn los?"

„Warte, ich komme."

Jonas drückte sich an mich. „Hat Papa ihn verjagt?"

„Ich weiß nicht, er ..." Ich unterbrach mich, als eine dunkle Gestalt auf dem Dach auftauchte. Unwillkürlich machte ich einen Schritt zurück. Doch dann erkannte ich Markus und atmete auf. Er kletterte ins Zimmer hinein und verschloss das Dachfenster.

„Tschuldigung, Jonas. Das ist wohl wirklich kein Marder."

„Wer war denn da?", fragte ich mit zitternder Stimme.

„Ein Junge", antwortete Jonas anstelle von Markus.

Markus sah ihn kurz an, dann hob er die Schultern. „Jonas, was soll denn ein Junge nachts auf dem Dach? Es muss ein großes Tier sein, ich weiß nicht. Jedenfalls ist es weg."

„Was denn für ein Tier?", hakte ich nach.

„Keine Ahnung. Es ist jedenfalls weg. Ich schau morgen im Hellen nach Spuren. Kommt, lasst uns schlafen. Komm mit zu uns, Jonas."

Nachdem Markus unserem Sohn nochmals versichert hatte, dass kein Junge oder Monster auf dem Dach herumgetobt hatte, und jetzt alles gut sei, schlief Jonas endlich ein. Mir konnte mein Mann allerdings nichts vormachen. „Was war wirklich los? Nach wem hast du gerufen, Markus?"

Er antwortete nicht sofort. Und als er es tat, zitterte seine Stimme. „Ich dachte, ich hätte jemanden gehört."

„Wen?"

„Ich weiß nicht."

„Also doch kein Tier?"

Er zuckte die Achseln. „Dachte ich. Es ist nur ... es ist etwas in die Falle gegangen."

„Ich dachte, es ist entkommen?"

„Hm, ja. Aber in der Falle ist eine Katze. Ich glaube, es ist die der Dickmanns."

„Unmöglich, Katzen machen nicht einen solchen Lärm."

„Die sowieso nicht mehr."

„Was heißt das?"

„Sie ist tot. Mausetot, sofern man das über eine Katze sagen kann. Und schau mich nicht so an, ich habe damit nichts zu tun. Das ist eine Lebendfalle. Nein, die hat jemand abgemurkst."

„Und bei uns aufs Dach in die Falle gelegt? Wer soll denn sowas Krankes tun?"

„Ich weiß nicht. Aber ich habe ihn gehört. Er hat mich ausgelacht. Hast du es denn nicht gehört? Dieses Kichern?"

„Nein, ich hab nur dich gehört. Niemand anderen."

„Und keinen gesehen?"

„Nein."

Markus stieß hörbar Luft aus. „Na ja, gesehen habe ich auch niemand. Vielleicht habe ich mir das doch nur eingebildet."

„Und die tote Katze?"

„Ich schau morgen nach, dann sehen wir mehr."

Flüstern in der Nacht

Als Jonas am nächsten Morgen in die Schule gegangen war, kletterte Markus aufs Dach und holte die Falle mit dem Katzenkadaver herunter. Kein Zweifel, darin lag Athena, die wunderschön rot-weiß getigerte Kurzhaarkatze unserer Nachbarn. Ihr Kopf lag seltsam abgeknickt und wackelte, als Markus mit dem Käfig die Trittleiter vom Dachzimmer herunterkam. „Ihr Genick ist gebrochen", murmelte ich.

„Ja. Aber wie?"

„Wenn sie mit dem Marder gekämpft hat und der ...?", suchte ich nach einer Erklärung.

„Siehst du irgendwo Kampfspuren?"

In der Tat deutete nichts auf einen Kampf hin. „Meinst du, jemand hat ihr den Hals umgedreht und sie in den Käfig gelegt? Jonas hat doch gemeint, es wäre ein Junge gewesen."

„Traust du das einem Jungen zu? Und wie soll der aufs Dach geklettert sein? Schließlich klettern Kinder nicht wie Marder senkrechte Wände hoch." Er schüttelte den Kopf. „Das hätten wir doch mitbekommen, wenn da jemand gewesen wäre." Er seufzte. „Ich sag den Dickmanns, ich hätte sie so in unserem Garten gefunden. Kein Wort von dem Käfig. Und erzähl Jonas bloß nichts davon."

An diesem Abend schlief unser Sohn direkt bei uns im Bett. Markus bestand darauf. Jonas fragte, ob der Junge wiederkäme. „Ich habe keinen Jungen gesehen," meinte Markus knapp. Ich hatte auch Mühe, an einen Jungen zu glauben, der nachts auf das Dach anderer Leute kletterte und Katzen abmurkste. Ich fragte Markus, was er vorhabe. „Ich leg mich oben auf die Lauer. Für den Fall, dass wieder was rumtrampelt.“

Als Jonas eingeschlafen war, verließ Markus unser Bett und stieg ins Zimmer unseres Sohnes hoch. Ich lag lauschend da, hörte Jonas' regelmäßige Atemzüge, spürte das Gewicht seines Fußes auf meinem Bein. Stille füllte das Haus, nur ab und an knackte es irgendwo. Ich dämmerte weg und schreckte auf, als ich eine Bewegung neben dem Bett wahrnahm.

„Schhh.“

„Markus?“

„Ja“, flüsterte er und legte sich vorsichtig neben Jonas.

„War er wieder da?“, fragte ich leise.

„Hast du was gehört?“

„Nein, aber ich bin eingeschlafen.“

Markus holte tief Luft. „Ich glaube, da war ein Junge. Aber … das kann nicht sein.“

„Das versteh ich nicht.“

„Ich auch nicht. Ich auch nicht.“ Markus drehte sich weg.

„Markus, was ist denn?“

„Nichts. Ich muss nur nachdenken.“

„Markus, wir müssen darüber reden.“

„Ja, aber nicht jetzt. Morgen.“

Beim Frühstück blieb Markus wortkarg. Abends kam er später als sonst von der Arbeit nach Hause. Sein erster Weg führte ihn zum Kühlschrank, aus dem er sich eine Flasche Bier holte. Jonas kam zu uns und fragte, ob er Schokolade haben dürfe.

„Nicht vor dem Abendbrot“, sagte ich.

„Schokolade ist Nervennahrung“, meinte Markus, holte eine Tafel aus unserem Vorratsschrank und teilte sie mit Jonas.

„Ach, und deswegen dürft ihr mich nerven?", blaffte ich. Markus antwortete nicht, sondern wich meinem Blick aus, stopfte sich mit Schokolade voll, kippte Bier in sich rein und fragte Jonas nach seinem Tag.

„Falls außer mir noch jemand im Raum etwas Vernünftiges essen will, kann er ja Bescheid sagen", meinte ich. Meine Männer versicherten daraufhin, dass sie das sehr gerne wollten, hatten dann aber erwartungsgemäß doch kaum Appetit beim Abendbrot. Jonas verließ bald die Küche, um seine Zeit mit irgendeinem Computerspiel zu vergeuden. Markus holte sich die nächste Flasche Bier aus dem Kühlschrank.

Ich stellte mich neben ihn. „Was ist denn mit dir los?"

„Ich denke den ganzen Tag darüber nach, wer das auf unserem Dach gewesen ist. Und ob ich mir die Stimme nicht eingebildet habe."

„Und die tote Katze? Außerdem hat Jonas auch jemanden gehört."

Markus nickte. „Aber gesehen haben wir niemanden. Deshalb war ich auf dem Nachhauseweg im Baumarkt und habe WLAN-Bewegungsmelder mitgebracht, die verteile ich gleich auf dem Dach. Wenn dort jemand auftaucht, bekomm ich sogar einen Alarm aufs Handy."

„Du meinst, er kommt wieder? Markus, ich habe Angst. Was will er von uns?"

„Ich ... ich weiß es nicht. Ich weiß nur, wir müssen den Scheißkerl schnappen. Miri, wir schlafen heute Nacht alle in Jonas' Zimmer."

„Okay." Ich nickte. „Weißt du eigentlich, was er Jonas zugeflüstert hat?"

Markus' Augenlider flackerten. Er schüttelte langsam den Kopf.

„Dass er aufs Dach steigen soll", sagte ich. „Er wollte ihm etwas Tolles zeigen."

„Was?!" Die Bierflasche knallte auf den Boden. Mein Mann starrte mich aus weit aufgerissenen Augen an.

„Markus, sollten wir nicht besser die Polizei einschalten?"

„Und was sagen wir denen? Wir haben niemanden gesehen, du hast noch nicht mal was gehört."

„Aber Dickmanns Katze ..."

„Lag tot in meiner unerlaubten Falle." Er schüttelte den Kopf. „Wir müssen das selber klären. Heute Nacht."

Ausgerechnet in dieser Nacht veranstaltete der Himmel ein Konzert aus Gewitter und prasselndem Regen. Ich lag zusammen mit Jonas in seinem Bett und starrte im Dunkel auf das Dachfenster, über dessen Scheibe die Nacht in düsteren Strömen hinunterfloss. Markus hatte für sich eine Matratze hochgeschleppt und direkt unter dem Fenster platziert.

„Das hat doch gar keinen Zweck", flüsterte ich. „Wer ist so verrückt, bei dem Wetter auf ein fremdes Dach zu klettern, um Leute zu erschrecken?"

„Ich glaube auch, dass wir heute Nacht nichts sehen und hören." Markus gähnte, schloss die App, die mit den Bewegungsmeldern gekoppelt war und schaltete sein Handy aus. „Wir haben lang genug gewartet. Lass uns schlafen. Gute Nacht, Miri."

„Nacht, Schatz."

Es dauerte nicht lang und Markus' Schnarchen erfüllte den Raum. Ich seufzte, langte nach den Ohropax und sah auf den Wecker. Kurz vor zwei. Ich stöhnte innerlich auf. Im Büro würde ich mich kaum konzentrieren können. Der Halbzeitjob im Steuerberatungsbüro bot mir zwar die Möglichkeit, bei

Bedarf später anzufangen, aber dann war ich nicht da, wenn Jonas von der Schule kam und essen wollte. Ich überlegte, ob ich freinehmen sollte.

Prassel, prassel, prassel. Schnarch.

Der Regen und Markus' Schnarchen machten mich wahnsinnig. Ich knetete das Wachs und versuchte, an etwas Schönes zu denken. Unseren nächsten Urlaub oder ...

... den Marder, der auf dem Dach herumtrampelte.

Ich erstarrte. Das Trampeln war deutlich zu hören. Da, auf der rechten, dem Garten zugewandten Dachseite. Dumpfe Tritte. Nein, das war definitiv kein Marder. Etwas anderes kam übers Dach, überquerte den First und hüpfte auf der linken Seite wieder herunter, genau auf das Dachfenster zu. Ich hätte Markus alarmieren sollen, aber es ging nicht. Selbst Jonas konnte ich nicht anstupsen, um ihn zu wecken. Meine Kehle war wie zugeschnürt und meine Glieder bewegungsunfähig, wie in einen Schraubstock eingeklemmt. Ich wartete darauf, dass die Leuchten der Bewegungsmelder auf dem Dach angingen, doch es blieb dunkel. Da! Fiel nicht ein Schatten über die Scheibe? Aber draußen war kein Licht zu sehen.

Ich spitzte die Ohren, lauschte angestrengt.

Schnarch. Prassel, prassel, prassel. Dann ein Grollen von Ferne. Das Gewitter zog ab.

„... sssfffsss ..."

Was? Was war das? Sprach da jemand? Ich versuchte, es zu verstehen, doch ich konnte nicht mehr als eine Art Wispern wahrnehmen. Waren es überhaupt Worte? Oder das Rauschen aus den Regenrinnen?

Endlich konnte ich mich rühren und tastete nach der Nachttischlampe. Etwas wummerte gegen das Fenster. Ich schaltete das Licht an.

Abrupt hörte das Wummern auf.

Und das Wispern.

Der Regen tröpfelte nur noch sanft.

„Was ist, Mama?" Jonas rieb sich die Augen. „Ist er da?"

Ich schüttelte den Kopf. „Nein. Schlaf weiter, mein Junge."

Markus schien nichts mitbekommen zu haben. Ich schaltete das Licht wieder aus und wartete ab, doch nichts geschah, außer, dass der Regen ganz aufhörte. Ich traute mich jedoch nicht, meine Ohren mit dem Wachs zu verschließen, aus Angst, unser unbekannter Besucher würde dann unbemerkt zurückkehren. Nächtliche Stille eroberte ihr Territorium zurück. Lange lag ich wach, doch das einzige Geräusch, das ich in dieser Nacht noch hörte, war Markus' Schnarchen.

Poltergeist

„Ein was?", fragte ich ungläubig.

„Ein Poltergeist", wiederholte Dorothee so trocken, als spräche sie von einer Grippe oder Ähnlichem. Ich war doch ins Büro gefahren, und natürlich hatte mich meine Kollegin auf meinen desolaten Zustand angesprochen, so dass ich ihr von unseren Erlebnissen berichtet hatte.

„Toll. Das hilft mir überhaupt nicht weiter, Doro." Ich ärgerte mich, ihr davon erzählt zu haben.

„Miri, es ist wissenschaftlich erwiesen, dass es solche Phänomene gibt. Gerade wenn ein Jugendlicher im Haus ist, der in die Pubertät kommt. Der ist meist die Auslöseperson, deren seelische Energien oder Konflikte sich unkontrolliert entladen und den Spuk erzeugen."

„Jonas ist noch nicht in der Pubertät."

„Oh, das hättest du wohl gern, aber das fängt heutzutage früher an als zu unserer Zeit."

„Hm klar, Doro, und dazu gehört, dass Jonas das Dach erzittern und die Wände flüstern lässt."

„Ich empfehle dir, mal ein Buch von Walter von Lucadou zu lesen. Der leitet in Freiburg eine parapsychologische Beratungsstelle und hat solche Phänomene jahrzehntelang wissenschaftlich untersucht."

„Tut mir leid, ich glaube nicht an sowas."

„Das hat doch mit Glauben nichts zu tun. Wirklich, lies mal eins seiner Bücher, dann wirst du verstehen. Meist gibt es eine natürliche Erklärung. Vielleicht steigert ihr euch auch gerade gegenseitig in so eine Art Massenhysterie oder -psychose rein."

„Jetzt übertreib mal nicht, Doro. Ich weiß, was ich gehört habe."

„So, was denn? Du hast gesagt, dass du kein wirkliches Flüstern gehört hast. Nur etwas, das so klang."

„Und Jonas und Markus? Die haben es aber deutlich gehört."

„So ging das meiner Mutter auch, weißt du noch?"

„Entschuldige, aber deine Mutter war dement."

„Und hatte diese akustischen Halluzinationen. Das ist ziemlich verbreitet. Nicht nur bei Dementen."

„Ich habe keine Halluzinationen. Und Markus und Jonas auch nicht."

„Das ist ja das Grausame daran: Man selber merkt gar nicht, dass man sich das alles nur einbildet."

„Die tote Katze war echt. Frag mal unsere Nachbarn."

„Katzen sind empfänglich für solche Energien. Es muss zu viel für das arme Tier gewesen sein. Oder es war wirklich ein

Unfall. Aber weißt du was? Ihr braucht Entspannung. Fahrt doch am Wochenende mal weg. Übernachtet woanders. Ferienhaus oder so. Ich habe dir doch von dem schnuckligen Häuschen in der Lüneburger Heide erzählt, in dem Hans und ich letztes Jahr gewesen sind."

Obwohl ich mich furchtbar über Dorothee geärgert hatte, erzählte ich Markus am Abend von ihrem Vorschlag. Zu meiner Überraschung fand er die Idee gar nicht schlecht.

„Lüneburger Heide, warum nicht?"

Und ehe ich mich versah, hatte Markus auch schon was für das Wochenende gebucht.

In dieser und der kommenden Nacht hielten wir weiter Wache. Markus schlief in Jonas' Zimmer, während unser Sohn bei mir im Elternschlafzimmer blieb. Zwar meinte ich, in beiden Nächten leise Schritte gehört zu haben, aber die Bewegungsmelder schlugen nicht an, und Markus sagte, er habe nichts bemerkt. Er sah mir dabei jedoch nicht in die Augen und wirkte abwesend und fahrig. Meine besorgte Nachfrage wehrte er ab mit den Worten: „Deine Kollegin wird recht haben. Wir steigern uns da gegenseitig rein. Schau, es hätten doch auch Spuren im Garten sein müssen, wenn von da jemand aufs Dach gekommen wäre. Lass uns einfach nicht mehr drüber reden, sonst hört das gar nicht auf."

Nicht mehr drüber reden. Als ob totschweigen schon jemals ein Problem gelöst hätte. Auf so eine Idee können auch nur Männer kommen.

Das Wochenende in der Lüneburger Heide tat uns tatsächlich gut. Der Einzige, der maulte, war Jonas, weil es ganz schlechten WLAN-Empfang gab und ihn die Landschaft anödete. Markus dachte sich ein paar Spielchen für ihn aus, und abends spielten wir drei das erste Mal seit Jahren wieder zusammen Karten. Ich dachte noch mal über Doros Worte über pubertierende Jugendliche und deren seelische Konflikte nach und fragte Jonas, ob ihm etwas auf der Seele liege. Etwas, das vielleicht mit der Veränderung seines Körpers zu tun habe.

Da läge nichts, meinte er knapp.

„Ich versteh schon, dass ein Junge in deinem Alter nicht alles mit seiner Mutter bequatschen möchte, aber Papa hört dir auch zu."

„Mama, du nervst. Ich erzähl euch besser gar nichts mehr."

Wer oder was auch immer zu Hause unsere nächtliche Ruhe gestört hatte, hier im Ferienhaus störte uns nichts und niemand. Es war so entspannend, dass mir bei unserer Rückkehr die Vorkommnisse wie ein schlechter Traum erschienen.

Jonas schlief wieder in seinem Bett und Markus und ich genossen die Zweisamkeit in unserem Schlafzimmer. Es gab nur einen Moment, in dem Markus plötzlich nicht mehr bei der Sache war. Regungslos verharrte er, auf seine Hände gestützt, über mir und lauschte.

„Was ist?", keuchte ich.

Er sah auf mich herab, schüttelte den Kopf. „Ich dachte ..., ach, nichts ..."

„Seit wann kannst du dabei denken? Mach weiter, wo du aufgehört hast." Ich klatschte ihm auf den Po und Markus hörte auf zu denken.

Das Fernglas

Alles hätte wieder gut sein können. Wenn nicht das Fernglas gewesen wäre. Nein, das stimmt nicht, ich hatte mir lediglich vorgemacht, es wäre alles wieder gut, nur weil wir nachts nichts mehr hörten. Das Fernglas war nicht nur eine Warnung, es war eine Drohung.

Ich selbst hatte mir nichts dabei gedacht, als ich Jonas eines Nachmittags im Flur begegnete und es um seinen Hals hängen sah.

„Willst du raus?"

„Ja, ich ... ich wollt nur mal kurz in den Wald."

„Und wozu ist das Fernglas? Von wem hast du das überhaupt?"

„Von einem Freund."

„Geschenkt oder ausgeliehen?"

„Mama, was soll die Fragerei? Sind wir hier in der Schule? Kann ich jetzt raus?"

Ich seufzte innerlich. Wieder so ein Moment, der mir deutlich machte, dass Jonas sich von seiner Kindheit verabschiedete. Es war doch noch viel zu früh dafür.

Als Jonas heimkam, wartete Markus bereits auf ihn. Ich hatte meinem Mann erzählt, dass Jonas mit einem Fernglas in den Wald gegangen wäre. Markus war ganz bleich geworden und wollte wissen, wo genau Jonas hingewollt hatte. Am liebsten wäre er ihm nachgelaufen.

„Was hast du denn, Markus?"

„Ich ... es ist nur so eine Ahnung. Erst muss ich das Fernglas sehen."

„Wieso denn?"

„Das sage ich dir dann."

„Markus!"

„Ich will nicht unnötig die Pferde scheu machen."

„Na, das ist dir ja wunderbar gelungen."

Markus rief Jonas bei seiner Rückkehr direkt zu sich ins Wohnzimmer und verlangte das Fernglas zu sehen. Gegenüber seinem Vater war Jonas kleinlaut. Wortlos streifte er es über den Kopf und gab es ihm. Markus starrte es mit offenem Mund und weit aufgerissenen Augen an, als hätte er einen Geist gesehen.

„Woher hast du das?"

„Von einem Freund", antwortete Jonas mit gesenktem Kopf. Markus packte ihn an den Schultern. „Welcher Freund?"

„Äh ... Emil."

„Jonas, sieh mir in die Augen. So, Freundchen, jetzt sag mir noch einmal, von wem du es hast. Aber diesmal ehrlich."

„Papa, ich ... aua." Jonas zuckte unter Markus' Griff zusammen.

Mich durchfuhr dabei innerlich ein Stich und ich war drauf und dran, die beiden zu trennen. „Markus, was soll das?"

„Moment, Miri, bitte. Unser Sohn lügt, dass es zum Himmel stinkt. Also, von wem?"

„Er ... hat gesagt, ich darf es niemandem sagen."

„Wer?"

„Das darf ich dir doch nicht ... aua."

„Wer?!"

„Tim."

„Was?" Markus zuckte zusammen. „Was?!", wiederholte er lauter, sprang aus dem Sessel und schüttelte Jonas wie eine Spielzeugpuppe. „Welcher Tim?"

Ich ging dazwischen, befreite Jonas aus seinem Griff und schob ihn hinter mich. „Spinnst du?!"

Mein Mann sah mich mit großen Augen an. Seine Lippen bebten, sein Gesicht war schneeweiß. „Welcher Tim?"

„Meine Güte, was soll das denn heißen ‚welcher Tim'? Was ist denn in dich gefahren?"

„Ich muss das wissen. Ist das ein Junge aus deiner Klasse?"

Jonas stand stumm da und schüttelte seinen gesenkten Kopf.

„Ich denke, ich weiß, woher du ihn kennst", sagte Markus mit kratziger Stimme. „Tim schleicht nachts übers Dach und kommt dich besuchen. Er flüstert mit dir. Stimmt's?"

„Markus, bitte ..."

„Stimmt's?!"

„Ja", erklang es kleinlaut hinter meinem Rücken. Ich drehte mich herum. „Wie bitte?" Mich fröstelte es am ganzen Leib.

„Seit wann kommt er wieder zu dir?", fragte Markus weiter.

„Seit ... seit ich wieder oben penne."

„Jonas, warum hast du uns denn nichts gesagt?", fragte ich.

„Ich wollt kein Schisser sein. Und ... und außerdem hat er gesagt, ich brauche keine Angst haben, er wär mein Freund. Aber es müsse unser Geheimnis bleiben." Tränen liefen aus seinen Augen. „Ich hab's ihm versprochen. Und ihr habt mich gezwungen, das Versprechen zu brechen. Jetzt kommt er bestimmt nie mehr. Ich hasse euch!" Jonas wirbelte herum und stürmte aus dem Wohnzimmer.

„He, junger Mann, du bleibst hier!", rief Markus ihm nach. Jonas' Schritte polterten die Treppe hinauf. Markus wollte hinterher, doch ich hielt ihn zurück. „Moment, Markus, in diesem Raum ist noch jemand, der nicht ehrlich war."

Er sah mich mit bebenden Lippen an. Dann wischte er sich übers Gesicht und meinte: „Ich brauch erst mal ein Bier. Dann erzähl ich dir alles."

Wir setzten uns an den Küchentisch, Markus nahm ein paar Schlucke aus der Bierflasche und erzählte endlich: „Es ist dasselbe Fernglas. Dasselbe!"

„Ich versteh nicht, was du meinst."

„Wart's ab. Miri, ich sag dir jetzt was, was ich noch nie jemanden erzählt hab. Miri ...", er holte Luft, „... ich bin ein Mörder."

Es dauerte, bis die Botschaft zu mir durchsickerte. Bis ich verstand, was der Mann, mit dem ich seit über vierzehn Jahren verheiratet war, und den ich gut zu kennen meinte, mir da gerade gestanden hatte. Er gab mir die Zeit, es zu verstehen. Ich schüttelte den Kopf. „Wie ... wen ...?"

„Ich war damals in Jonas' Alter. Mein bester Freund hieß Tim. Wir waren ständig draußen unterwegs, stellten irgendwelchen Unfug an oder hingen nur so rum. Wir sind gern auf Bäume geklettert. Bei uns in Sommerkahl stand damals am Ortsrand ein alter Walnussbaum, da lieferten wir uns oft einen Wettstreit, wer am höchsten oder am schnellsten klettern konnte. Meist gewann Tim, er ertrug es nicht, Zweiter zu sein. Ich sah das sportlicher. Von der Krone aus sahen wir auf unser Dorf oder weit ins Land hinaus. An einem Tag hatte Tim sein Fernglas dabei. Er hatte es auf den Garten von Schäfers gerichtet und machte sich einen Spaß daraus, mir zu berichten, wie sich Erika, Schäfers sechzehnjährige Tochter, oben ohne sonnte. Ich wollte das Fernglas natürlich auch haben, es kam zum Gerangel. Ich riss es ihm aus der Hand und stieß ihn zurück ... er verlor das Gleichgewicht ... Für einen winzigen Moment hoffte ich, er würde sich wieder fangen, oder an einem der Äste unter uns Halt finden. Dann hörte ich den dumpfen Aufprall und das Knacken. Ich wusste nicht, wie es sich anhört, wenn sich jemand das Genick bricht. Aber ich wusste in dem Moment, dass Tim tot war. Als ich nach unten schaute und Tim auf dem Feld liegen sah mit unnatürlich abgewinkeltem Kopf und starrem Blick, da war mir klar, dass ich gerade zum Mörder geworden war ..."

„Markus, wie furchtbar."

„Wenn ich nicht um das dumme Fernglas mit ihm gebalgt hätte ..."

„Das war ein schrecklicher Unfall. Es war doch keine Absicht."

Markus hob die Schultern. „Macht das einen Unterschied? Hier, mit dieser Hand habe ich ihn gestoßen. Nicht nur einmal. Ich habe eine Million Mal diesen Moment erlebt. Immer wieder. Über Monate, Jahre. Bin nachts aufgeschreckt und hab mir immer wieder gewünscht, es wäre nur ein Traum gewesen, oder ich könnte die Zeit zurückdrehen und es ungeschehen machen."

Ich nahm seine rechte Hand in meine Hände. „Schatz, du hast nie mit jemanden darüber geredet? Nicht mal mit deinen Eltern?"

Er schüttelte den Kopf.

„Markus, das kann ein Junge doch nicht allein verarbeiten. Du hättest Hilfe gebraucht. Du hättest darüber reden müssen."

„Ich konnte nicht. Es war ein Unfall, das haben die Erwachsenen damals alle gesagt. Ein tragischer Unfall. Sie wussten nichts von unserer Rauferei, von der Hand, die Tim gestoßen hatte. Er hatte eben beim Gucken durch das Fernglas nicht aufgepasst und das Gleichgewicht verloren. Ich wollte es selber ja auch glauben. Und weswegen musste er sterben? Wegen dem verdammten Fernglas. Und jetzt, nach so vielen Jahren, kommt Tim zurück und schenkt es Jonas."

„Markus, was redest du denn da? Ich gebe zu, dass das unheimliche Parallelen sind. Aber dein Freund ist tot. Und das Fernglas ist nicht dasselbe, es sieht ihm nur ähnlich."

„Es ist dasselbe!" Markus hieb mit der Faust auf den Tisch. „Ich kenne es genau. Es hatte eine Kerbe in T-Form. Tim hat es damit als sein Eigentum gekennzeichnet. Jonas' Fernglas hat ebenfalls diese Kerbe. Miri, es IST das Fernglas."

Ich rieb mir die Schläfen. „Aber", versuchte ich einen letzten Einwand, „wenn der Junge vom Dach nun mal zufällig auch Tim heißt wie dein damaliger Freund, ist es dann nicht wahrscheinlich, dass er ebenfalls ein T reinritzte, um es als sein Eigentum zu markieren?"

„Wie wahrscheinlich soll das sein? Aber ich habe dir noch nicht alles erzählt."

Ich wollte in diesem Moment nicht noch mehr Verstörendes hören, es war so schon genug. Aber Markus sprach weiter.

„Ich höre jetzt jede Nacht dieses Knacken. Erst dachte ich, es ist das Gebälk, doch es hört sich immer gleich an, wie damals. Knack. Genickbruch."

„Markus, es ist das Gebälk. Du interpretierst das nur so, weil die Erinnerungen wieder da sind."

„Erinnerungen? Miri, ich habe den Jungen auf dem Dach flüstern gehört. Erst habe ich ihn nicht verstanden. Aber dann ... Weißt du noch, wie ich dich gefragt habe, ob du nichts gehört hast?"

Ich nickte.

„Weißt du, was er zu mir gesagt hat?"

Ich schüttelte den Kopf.

„Er sagte: Danke für die Einladung, Markus."

Tim

Ich weiß nicht, warum mir diese Worte eine solche Angst einjagten. Es waren doch scheinbar normale Worte, und mir hätten ganz andere Dinge einen Schrecken einjagen müssen, aber sie lähmten mich vor Angst. Genauso wenig begriffen Markus und ich, was es mit dem Jungen namens Tim auf sich hatte. Ich weigerte mich, zu glauben, dass es Markus' verstorbener Freund sei. Das war unmöglich. Wir rätselten, diskutierten Theorien, verwarfen sie wieder.

„Was ist eigentlich damals aus dem Fernglas geworden?", wollte ich wissen.

Markus zuckte mit den Achseln. „Ich glaube, Tims Eltern haben es in den Müll geschmissen. Das verfluchte Ding sollte keiner mehr anpacken oder sehen."

„Und wenn es sich jemand aus dem Müll gefischt hat?"

„Selbst wenn. Das ist fast dreißig Jahre her, derjenige wäre kein Junge mehr, der auf unserem Dach herumlaufen und flüstern könnte. Und außerdem habe ich doch gar keinen Kontakt mehr nach Sommerkahl."

„Hatte Tim Geschwister? Andere Freunde?"

„Nein, keine Geschwister. Da waren zwar noch ein paar andere Freunde, aber die meiste Zeit hat er mit mir verbracht." Markus holte Luft. Dann stand er auf. „Wir reden jetzt erst mal mit Jonas. Er soll uns Tim genau beschreiben und was er gesagt hat."

„Und dann?"

„Sehen wir, ob wir es mit einem echten Jungen zu tun haben. Ich frag mich nur, warum ich keinen Alarm auf der Bewegungsmelder-App bekommen habe."

Jonas saß mit an die Brust gezogenen Beinen vor seinem Bett, seine Arme umklammerten die Knie. Markus entschuldigte sich bei ihm. „Ich mache mir Sorgen um dich, mein Junge. Ich habe Angst, dass dir was passiert, wenn du mit Tim zusammen bist und aufs Dach kletterst. Verstehst du das?"

„Du hast mir weh getan."

„Das tut mir leid, Jonas. Ich verspreche dir, das mache ich nicht wieder. Aber wir wollen wissen, wer dieser Tim ist. Erzähl uns was von ihm."

„Er bleibt immer auf dem Dach", sagte Jonas mit leiser Stimme. „Ich hab ihn gefragt, ob er nicht in mein Zimmer kommen möchte, aber er ist lieber im Dunkeln."

„Wie sieht er aus?", fragte ich.

Jonas hob die Schultern. „Schwer zu sagen, er bleibt halt immer im Dunkeln."

„Aber durch das Licht der Bewegungsmelder musst du ihn doch gesehen haben."

„Die sind kaputt, glaub ich."

„Aber du bist sicher, dass es ein Junge ist?", hakte ich nach.

„Mhm, ja, etwa so alt wie ich."

„Wie kommst du darauf?"

„Na ja, er ist etwa so groß wie ich. Am Anfang hab ich immer nur seinen Schatten gesehen, aber seit zwei Wochen oder so kann ich sein Gesicht erkennen. Er ist irgendwie blass und hat ganz dunkle Augenringe. Als wär er todmüde. Aber sonst wie ein normaler Junge. Und sein Haar ist rot, glaub ich."

Ich bemerkte, wie Markus bei der Beschreibung aschfahl wurde.

„Und über was sprecht ihr?", fragte ich.

Jonas hob die Schultern. „Er fragt immer nach dir, Papa."

„Nach mir?", stieß Markus erschrocken aus. „Was fragt er denn?"

„So komische Sachen. Ob du das immer noch rumschleppst ... Ich hab gefragt, was er meint, du würdest keine Sachen rumschleppen, hab ich gesagt, und da hat er komisch gekichert und gemeint, Schuld wiegt ganz schwer. Besonders, wenn man sie verheimlicht. Du verheimlichst sie, seit du so alt warst wie ich. Was meint er, Papa?"

Markus schüttelte den Kopf. „Ich weiß es nicht. Erzähl weiter, Jonas. Was sagt er sonst noch?"

„Manchmal redet er Blödsinn. Dass er uns schon lange besuchen wollte, schon vor vielen Jahren. Das kann ja gar nicht sein, hab ich gesagt, da wär er ja noch ein Baby gewesen. Aber er meint, es sei so."

„Und weiter?"

„Jedenfalls kann er gut klettern, und er ist schnell. Mann, der verschwindet manchmal, so schnell kannst du gar nicht gucken. Er meint, ich kann das auch lernen."

„Jonas", sagte Markus, „sag ehrlich: Kletterst du aufs Dach?"

„Nein, ich ... na ja, einmal."

„Jonas!" Ich schlug die Hand vor den Mund.

„Es war nur einmal, Mama, ich schwör. Er hat gesagt, er schenkt mir was, wenn ich zu ihm komm. Und da hat er mir das Fernglas geschenkt."

„Jonas", Markus beugte sich vor. „Hör gut zu, ich sage das nur einmal: Du gehst nie, wirklich nie mehr aufs Dach. Und du sprichst auch nicht mehr mit Tim."

„Aber Papa ..."

„Und du schläfst ab sofort wieder bei uns."

„Ach, menno ..."

„Darüber gibt's keine Diskussion!" Markus wandte sich an mich: „Wir müssen Jonas vor sich selbst schützen. Miri, ich denke, ich weiß, warum Tim will, dass Jonas zu ihm aufs Dach kommt."

Mich fröstelte. Auch ich hatte eine Ahnung.

Ohne ein Wort

Markus und Jonas tauschten wieder die Betten. Er überprüfte zudem die Bewegungsmelder und die App. Es schien alles zu funktionieren. Markus war fest entschlossen, diesen ominösen Tim zu fassen, der merkwürdigerweise die gleiche Haarfarbe hatte wie Markus` verstorbener Freund.

Am liebsten wäre ich in dieser Nacht bei Markus geblieben, aber wir wollten Jonas auf keinen Fall oben schlafen und natürlich auch nicht allein lassen. So lag ich mit ihm im Schlafzimmer und lauschte auf das, was sich oben ereignen könnte. Jonas war eingeschlafen, wälzte sich aber hin und her.

Das Haus war von nächtlicher Stille erfüllt. Je stärker ich lauschte, umso stärker rauschte die Stille in meinen Ohren. Ab und an hörte ich, wie Markus sich oben in Jonas' Bett bewegte. Ich hätte gern mit ihm gesprochen, aber ich wollte Jonas nicht wecken, oder unseren erwarteten Besucher vertreiben. So starrte ich in Richtung der offenen Schlafzimmertür. Daneben reflektierte die Spiegeltür des Einbauschranks das Dunkelgrau der Nacht, das in schmalen Streifen durch die Ritzen der

Jalousien sickerte. Der fahle Schimmer schälte die Konturen der Tür aus der Düsternis. Er drang bis in den Flur, wo er von der Dunkelheit verschluckt wurde, die das ganze restliche Haus eingenommen hatte.

Ein lautes Knacken ließ mich zusammenzucken.

Genickbruch.

„Markus?" Ich schaffte nicht viel mehr als ein Keuchen.

„Schhh", kam es von oben, „sei ruhig, Miri."

Ich biss mir auf die Lippen. Es knackte wieder. Leiser diesmal. Verdammtes Gebälk! Oder war er es? Waren da Schritte?

Nein, es blieb still. Nur Jonas' unruhiges Atmen neben mir.

Ich wartete.

Und wartete.

Bemerkte, dass die nachtgrauen Streifen in einem anderen Winkel durch die Jalousien fielen. Die Schatten krochen mit unerträglicher Langsamkeit durch das Zimmer. Ich konnte nicht länger hinsehen und schloss die Augen.

Als ich sie wieder öffnete, wurde mir bewusst, dass ich eingeschlafen sein musste. Und dass etwas mich geweckt hatte. Ich blinzelte und drehte den Kopf müde in Richtung der Zimmertür. Ein Schatten zeichnete sich vor dem Schrankspiegel ab.

„Markus?", murmelte ich. „Gut. Komm, leg dich zu uns ..."

Die Augen fielen mir wieder zu. Ich erwartete zu hören, wie Markus zu uns ins Bett kam. Doch da waren lediglich Jonas' leise Atemzüge.

Ich öffnete die Augen erneut. Der Schatten stand regungslos an der gleichen Stelle. „Markus?" Eigentlich war er zu klein für Markus. Er hatte eher Jonas' Größe. Schlagartig war ich hellwach und setzte mich auf. „Wer ist da?"

Keine Antwort. Doch mit jeder verstreichenden Sekunde wurde das bleiche Gesicht des Schattens deutlicher und seine dunklen Augen, die mich fixierten.

Hektisch tastete ich nach dem Schalter der Nachttischlampe. Die Gestalt regte sich. Im nächsten Moment tauchte die Lampe das Schlafzimmer in warmes Licht. Der Schatten war verschwunden.

Allein gegen Tim

„Doro, jetzt fang ich auch an, Gespenster zu sehen."

„Hm, ich sag ja, Massenpsychose."

„Ich dachte, du meinst, es wäre ein Poltergeist."

„Oh, das dachte ich, ja. Aber der macht Krach, poltert eben und steht nicht still im Schlafzimmer rum. Was hat dein Mann denn erlebt? War da ein Junge auf dem Dach?"

Ich schüttelte den Kopf. „Markus hat niemanden gesehen oder gehört. Die Bewegungsmelder sind auch nicht angegangen." Ich hatte Doro fast alles erzählt, nur nicht von Markus' Geheimnis. Es reichte, wenn Doro wusste, dass Tim damals durch einen Unfall gestorben war.

Wir rätselten und spekulierten herum. Auf Doros Rat hatte ich mir verschiedene Bücher besorgt, die sich mit Poltergeistern und ähnlichen Phänomenen beschäftigten. Durch die Lektüre und das Erlebte war ich inzwischen offener für eine Erklärung, die davon ausging, dass hier psychische Kräfte am Werk waren. Vielleicht ein Zusammenspiel aus Markus' Schuldgefühlen und Jonas' beginnender Pubertät. Laut Lucadou erzeugen Menschen den Spuk, er ist eine psychosomatische Reaktion, eine Wirkung seelischer Energie, wie ein nach außen verlagerter Albtraum. Das Charakteristische an diesen Phänomenen ist, dass sie flüchtig sind; sie lassen sich nicht nachstellen oder bewusst hervorrufen. Sie ereignen sich immer nur dann, wenn man sie nicht erwartet. Wie bei Tim. Auszuschließen war also nicht, dass Jonas seinen Tim nur imaginierte, und wir ihn daher nicht zu fassen bekamen. Und dass Markus' und meine Ängste sich ebenfalls in Geräuschen und Erscheinungen äußerten.

„Nur, wie kommt Jonas an das Fernglas?", fragte ich.

Doro runzelte die Stirn. „Ja, das verstehe ich auch noch nicht. Es sei denn ..."

„Ja?"

„...dass Markus es besorgt hat?"

Ich lachte auf. „Doro! Das ist ja nun wirklich Quatsch."

„So? Unsere Psyche ist eine komplexe Sache, Miri. Man kann nie wirklich wissen, wie ein anderer Mensch tickt."

„Nein, aber so was ... nein." Ich schüttelte den Kopf.

„Dann gibt es noch die andere Spur: Ihr müsst herausfinden, ob damals nicht doch jemand das Fernglas an sich genommen hat."

Abends sprach ich Markus an: „Wir kommen so nicht weiter, wir müssen was anderes versuchen."

Markus kaute auf seinem Butterbrot und sah mich mit leerem Blick an.

„Wir müssen herausfinden, was damals mit dem Fernglas passiert ist."

Er schüttelte den Kopf. „Das haben Tims Eltern weggeschmissen. Es sollte keinem mehr Unglück bringen."

„Bist du dir sicher? Und noch was: Ich denke, es geht hier nicht um Jonas, sondern um dich. Um dich und Tim."

Markus nickte. „So weit war ich auch schon", sagte er mit müder Stimme.

„Markus, es ist an der Zeit, dich deinen inneren Dämonen endgültig zu stellen. Ich denke, das ist der Grund, warum Tim uns besucht."

„Und was soll ich deiner Meinung nach tun? In die Kirche gehen und beichten?"

Ich hob die Schultern. „Ja, beichten wäre ein guter Anfang. Aber nicht in der Kirche. Du musst es seinen Eltern sagen."

Markus fiel das Brot aus der Hand. „Was soll ich?!" Er schüttelte den Kopf. „Wie stellst du dir das vor? Ich klingle bei Tims Eltern und sag ,Hallo, kennen Sie mich noch? Ich muss Ihnen was gestehen. Ich habe Tim damals ermordet.'"

„Mensch, Markus. Zieh es nicht ins Lächerliche. Du bist ein erwachsener Mann, also verhalte dich erwachsen. Rede mit ihnen."

„Miri, hast du wirklich darüber nachgedacht? Das ist bald dreißig Jahre her. Ich würde alte Wunden aufreißen. Was bringt es Tims Eltern? Ich würde ihnen nur weh tun."

„Wahrscheinlich. Aber die Wahrheit muss ans Licht, es muss endlich aus dir raus, sonst hört es nie auf und frisst dich auf. Tims Eltern sind die Einzigen, die dir vergeben können."

„Miri, wenn du anstelle von Tims Eltern wärst: Würdest du mir vergeben?"

„Ich weiß es nicht. Aber wir müssen es versuchen. "

Markus lachte auf. „Entschuldige, aber in was für einer Welt lebst du denn? Das wird nie funktionieren."

„Markus, wir müssen zu ihnen. Sie sind auch die Einzigen, die wissen, was mit dem Fernglas passiert ist. Wenn sie es doch jemand anderem gegeben haben?"

„Und der hat nichts Besseres zu tun, als nach dreißig

Jahren einen Jungen damit zu uns aufs Dach zu schicken?"

„Und wenn derjenige euch damals beobachtet hatte? Und es hat auch in ihm gegärt all die Jahre, und er will sich nun endlich rächen?"

„Auf eine so kranke Art? Warum kommt er dann nicht direkt zu mir? Warum zieht er Jonas mit rein und einen anderen Jungen?"

„Ich weiß nicht ... ich suche doch nur nach Erklärungen. Markus, ich denke wirklich, dass wir zu Tims Eltern fahren sollten."

„Nein. Wenn Tim wegen mir kommt, dann stelle ich mich ihm. Hier, in unserem Haus. Ich penn ab jetzt mit Jonas zusammen unterm Dach. Wenn, wie du meinst, einer von uns der Auslöser ist, oder wir beide zusammen, dann werde ich Tim sicher begegnen. Wenn Tim allein mein Problem ist, dann löse ich das auch allein."

Es war zwecklos, ihm das ausreden zu wollen. Oder darauf zu bestehen, dabei zu sein.

„Nein, bleib unten", sagte er, als er rauf in Jonas' Zimmer ging. „Es hat nichts mit dir zu tun."

Also lag ich wieder einmal wach und konnte nichts tun, außer zu warten. Ich sah zum Spiegelschrank. Wenn dort noch einmal jemand oder etwas auftauchte, war ich vorbereitet. Meine rechte Hand schloss sich um den Griff der Taschenlampe, die ich unter der Bettdecke versteckt hatte.

Ich hörte Jonas und Markus miteinander reden. Ich verstand zwar nicht, was sie sagten, aber der Klang ihrer Stimmen hatte etwas Beruhigendes.

Immer wieder sah ich auf die Leuchtanzeige des Weckers. Es ging auf Mitternacht zu, doch die Minuten dehnten sich.

Die digitale Anzeige auf der Uhr änderte sich kaum, als wäre die Zeit auf einmal zu einem zähen Brei geworden, durch den sich die Ziffern vorwärts mühten.

Oben war es still geworden.

Bis auf einmal das Poltern ertönte. Ich saß schockstarr im Bett. Aufgeregte Worte erklangen und wieder ein Poltern, dann ein leises Quietschen, das vom Öffnen des Dachfensters kommen musste. Dann war es wieder still.

„Tim?", hörte ich Markus rufen. Plötzlich schrie jemand auf. Ich zuckte zusammen, hörte Jonas' wütende Stimme: „Geh runter von ihm!" Ich sprang auf und schaltete die Taschenlampe ein. Wummern und Poltern drangen von oben. „Markus?"

Etwas huschte die Trittleiter hinunter, glitt durch den Schein der Lampe und verschwand die Treppe ins Erdgeschoss hinab.

Dann tauchte eine zweite Gestalt auf.

„Miri!"

„Markus, da war etwas."

Markus' Gesicht war totenbleich. „Er ist im Haus."

„Es lief die Treppe runter."

„Okay. Geh zu Jonas. Ich folge ihm."

„Markus, wer ist das?"

Markus schluckte. „Tim. Es ist Tim."

„Was?" Ich schüttelte den Kopf.

„Miri, geh zu Jonas. Wir dürfen ihn nicht allein lassen." Er packte mich an der Schulter und schob mich dann in Richtung der Trittleiter. Ich machte den ersten Schritt hoch, hielt dann aber inne. „Markus, du musst ..." Aufpassen, hatte ich sagen wollen, verschluckte das Wort aber, denn Markus war schon weg.

Als ich den Kopf in Jonas' Zimmer steckte, schaute er mich ängstlich an.

„Er hat Papa weh getan."

„Was meinst du?" Ich setzte mich neben ihn aufs Bett und nahm ihn in den Arm. „Was ist passiert?"

„Papa hat mit ihm gesprochen. Es war komisch, weil ... ich hab ihn nicht gehört. Und dann hat Papa ihn reingelassen und er .... ich weiß nicht, er ist auf Papa gesprungen, und hat auf seiner Brust gehockt .... ich hab ihn angeschrien, er soll runter gehen ... Ich dachte, er ist mein Freund, aber er hat mich so unheimlich angeschaut ..."

Ich streichelte Jonas beruhigend übers Haar und lauschte auf einen Laut von unten. Aber ich hörte nur mein Blut durch meine Ohren rauschen.

„Markus?", rief ich, doch es kam keine Antwort.

„Jonas, hör zu. Ich gehe jetzt runter zu Papa und helfe ihm, Tim zu fangen. Wenn du jemanden kommen hörst oder siehst, dann rufst du ganz laut. Verstanden?"

Jonas schüttelte den Kopf. „Ich will nicht allein bleiben."

„Jonas, ich muss Papa helfen."

„Ich komm mit. Tim redet bestimmt mit mir."

Ich nickte. Jonas hatte recht. Wir stiegen runter ins Erdgeschoss. Stille und Dunkelheit empfingen uns. Ich schaltete das Licht im Hausflur an. „Markus?"

Ein kalter Luftzug streifte mich, und da er erst bemerkte ich, dass die Haustür offen stand.

„Sie sind nicht hier", wisperte Jonas. Wir schlüpften in unsere Schuhe, ich nahm meinen Wintermantel vom Garderobenhaken und gab Jonas seine dicke Jacke, bevor wir rausgingen. Kühle Luft legte sich auf meine Haut.

Jonas streckte seinen Arm aus: „Ist das Papa?"

Ich folgte der Richtung, in die er wies, vorbei an den Schemen der Doppel- und Einfamilienhäuser unserer Straße hin zu der Laterne, die vor dem kleinen Spielplatz stand. „Wo?"

„Da, an dem Baum."

Ich kniff die Augen zusammen, setzte zögerlich ein paar Schritte in die Richtung. Ja, da stand jemand am Stamm der alten Kastanie und schickte sich an, emporzuklettern. Mit klopfendem Herzen ging ich weiter. Bildete ich mir den zweiten, düsteren Schatten in den von spärlichem Herbstlaub bedeckten Zweigen nur ein?

Ich lief los.

„Markus!" Jetzt erkannte ich ihn. Mit verbissenem Gesichtsausdruck hangelte er sich auf einen dicken Ast. Und er war definitiv nicht allein.

„Markus, komm runter!"

Doch er hörte nicht auf mich. Markus balancierte auf dem Ast und streckte seine rechte Hand nach oben. Wollte er einen anderen Ast ergreifen oder den jungenhaften Schemen über ihm? Es war nicht mehr als ein Schatten, der sich durch das Geäst bewegte, und doch war es mehr. Ich schauderte bei dessen Anblick.

„Tim!", rief Markus, und der Schemen hielt inne. „Tim. Lass meine Familie in Ruhe."

Der Schemen rührte sich nicht. Markus zog sich auf den nächsten Ast, auf dem auch der Schatten hockte.

„Markus, nicht ...", rief ich.

Markus sah irritiert zu uns runter. „Miri, Jonas, geht!"

„Papa, komm runter", wimmerte Jonas.

„Miri, nimm Jonas und verschwinde!"

„Nein", ich schüttelte den Kopf. „Erst wenn du runterkommst."

Markus seufzte schwer. Er wandte sich dem Schemen vor ihm zu. „Tim, es tut mir leid. Ich wollte das nicht." Markus' Stimme zitterte. „Es war ein schrecklicher Unfall."

Der Schatten hockte ohne jede Regung vor ihm. Markus kroch auf ihn zu. „Tim, ich habe gebüßt dafür. Ich habe gelitten, jahrzehntelang, wirklich. Ich habe mir gewünscht, ich hätte es nicht getan, oder ich wäre vom Baum gestürzt, damit die Gedanken endlich aufhören, damit ich Frieden finde. Bitte, lass uns in Ruhe, damit wir beide Frieden finden. Du warst mein bester Freund. Bitte verzeih mir."

Markus war nur noch eine halbe Armlänge von der dunklen Gestalt entfernt. Plötzlich wirbelte sie herum und stürzte sich mit einem markerschütternden Kreischen auf Markus. Der wich mit einem Aufschrei zurück, verlor das Gleichgewicht und stürzte ab ...

Reise in die Vergangenheit

„Was ... was ist passiert?" Markus sah mich verwundert an, fasste sich an den Kopf und richtete sich auf.

„Vorsichtig, Schatz", sagte ich. Jonas und ich knieten neben ihm auf dem Boden und halfen ihm, auf die Beine zu kommen. „Alles in Ordnung? Hast du dir was gebrochen?"

Markus streckte seine Glieder, betastete seinen Rumpf. Er verzog zwar schmerzverzerrt sein Gesicht, schüttelte aber den Kopf. „Nein, nur Prellungen, denke ich." Er richtete seinen Blick auf den Baum. „Wo ist Tim?"

„Er ist weg", murmelte Jonas. „Einfach weg."

Wir lagen in dieser Nacht zu dritt aneinander gekuschelt im

Schlafzimmer. Ich gab Jonas von meinen Ohrstöpseln, damit ihn kein Geräusch mehr wecken und erschrecken konnte. Als er eingeschlafen war, wisperte ich über ihn hinweg zu Markus: „Du hast Glück gehabt, dass du mit Prellungen und blauen Flecken davongekommen bist. Diesmal. Tim wird wiederkommen."

„Er war es", raunte Markus. „Kein anderer Junge, kein Trick, keine Täuschung. Es war Tim. Der tote Tim."

„Ja. Ich begreife das nicht, aber er wird wiederkommen, solange bis ..." Ich konnte es nicht aussprechen.

„Wir müssen Jonas vor ihm schützen", flüsterte Markus. „Unser Junge darf nicht für meine Sünden büßen."

„Und was ist mit dir? Du hättest dir beim Sturz das Genick brechen können. Markus, du musst endlich reinen Tisch machen."

Markus seufzte. „Ja, du hast recht. Wir müssen alles versuchen."

Am nächsten Tag nahmen Markus und ich uns frei und gaben an, es gäbe einen sehr wichtigen privaten Grund. Wir mussten zu Tims Eltern fahren. Jonas wollten wir mitnehmen, doch er beharrte darauf, zur Schule zu gehen und seine Freunde zu sehen. Bevor er ging, fragte er uns: „Was passiert, wenn er wiederkommt?"

„Du brauchst keine Angst zu haben, Jonas", sagte Markus. „Wir sorgen dafür, dass er nicht wiederkommt."

„Aber er ist ein Geist. Du kannst ihm nichts tun."

„Jonas", sagte ich, „wir reden mit seinen Eltern. Sie können uns bestimmt helfen."

„Und wenn nicht?"

„Ich glaube ganz bestimmt, dass sie uns helfen können."

„Ich hab trotzdem Angst."

Ich drückte ihn an mich. „Ich auch, Jonas. Aber wenn du von der Schule zurück bist, ist hoffentlich alles vorbei."

Der Besuch bei Tims Eltern war ein Fiasko. Die Fahrt in Markus' alte Heimat im Spessart kostete uns drei Stunden. Markus hatte vorher angerufen, um sicherzugehen, Frau und Herrn Stenger anzutreffen. Als Grund für den Besuch gab er vor, er würde seine Tante in Schöllkrippen besuchen und wollte gerne einen Abstecher in sein Heimatdorf machen. Tims Eltern freuten sich und baten uns, gegen fünfzehn Uhr zu kommen.

Die Stengers, beide Anfang siebzig, empfingen uns herzlich. Während Frau Stenger uns Kaffee machte, betrachtete ich die Fotos auf der Wohnzimmeranrichte und an den Wänden. Viele zeigten einen rothaarigen Jungen, von seinem ersten bis etwa zu seinem zwölften Lebensjahr. Herr Stenger, der meine Blicke bemerkt hatte, sprang vom Sofa auf und holte eines der Bilder von der Anrichte. „Hier ist auch Ihr Mann mit drauf."

Ich nahm den Bilderrahmen in die Hand und betrachtete die zwei Jungen auf dem Foto. Beide hatten jeweils einen Arm auf die Schulter des anderen gelegt. „Die beiden waren damals unzertrennlich", sagte Herr Stenger mit wehmütigem Unterton. Von Markus kannte ich einige Bilder aus seiner Kinder- und Jugendzeit, doch auf keinem war dieser sommersprossige Junge zu sehen gewesen, der uns mit breitem Grinsen anstrahlte. Der Schatten bekam zum ersten Mal ein Gesicht für mich.

Als Frau Stenger mit dem Kaffee kam, kreiste Markus um das eigentliche Thema, bis ich sagte: „Markus ist hier, weil er Ihnen etwas Wichtiges sagen möchte."

Tims Eltern horchten auf. „Was ist denn plötzlich so wichtig, nach der langen Zeit?", fragte Frau Stenger.

„Es ist nicht einfach für mich ...", begann Markus, und berichtete dann, was damals wirklich passiert war. Danach herrschte Schweigen. Frau Stenger tupfte sich mit ihrer Serviette Tränen von den Wangen. Herr Stenger starrte auf den Tisch und brummte dann: „Warum hast du uns das erzählt?"

„Ich denke, Sie haben ein Recht darauf, es zu erfahren. Und ich wollte Sie um Vergebung bitten."

„Wie kommst du darauf, dass wir das hören wollten und dir vergeben können?", hakte Herr Stenger nach, den Blick immer noch auf die Tischkante gerichtet. „Und warum jetzt?"

„Ich ..." Markus sah mich fragend an. Wir hatten vereinbart, dass wir Tims Eltern nichts von unserem nächtlichen Besucher erzählen würden. „... musste es tun. Verstehen Sie? Die Schuld blieb an mir hängen, all die Jahre. Ich habe nie einem Menschen davon erzählt, dachte, ich würde es irgendwann los. Aber das stimmt nicht. Es war immer bei mir. Vor ein paar Tagen habe ich Miri davon erzählt. Und sie meinte ..."

„Ich meinte, er muss es Ihnen sagen", beendete ich den Satz.

„Wie kommen Sie dazu?", fragte Herr Stenger, und sein Tonfall hatte etwas Drohendes.

„Ich bin auch eine Mutter, und ich dachte ..."

„Er hat Tim umgebracht", sagte Frau Stenger. „Unser Junge könnte noch leben. Tim ist nicht vom Baum gestürzt, weil er nicht aufgepasst hat, sondern weil du ihn gestoßen hast." Sie heftete ihren Blick auf Markus. „Du bist ein Mörder."

„Frau Stenger, es tut mir so leid. Ich war ein Kind ... wir haben gerangelt und ... es war ein Unfall ... ich habe doch nicht

..."

„Es war nicht leicht", brummte Herr Stenger. „Es ist nicht leicht. Wir denken jeden Tag an Tim. Aber wir haben unseren Frieden damit gemacht, weil so etwas passieren kann. So ist die Welt. Jeden Tag verunglücken Menschen überall auf der Welt. Das ist Schicksal. Und jetzt kommst du und wühlst alles wieder auf, sagst, du hast ihn runtergestoßen und bittest auch noch um Vergebung?" Er hob den Kopf und sah Markus an. „Könntest du dem Mörder deines Sohnes vergeben?"

„Ich ... ich weiß es nicht. Aber ich würde verstehen, dass er ein Kind war, und dass es ein Unglück war. Ich würde erkennen, dass er fast dreißig Jahre gelitten hat und noch leidet. Würde versuchen, ihm zu glauben, dass er es so gerne ungeschehen machen würde, wenn er könnte, weil es ihm von Herzen leidtut. Auch wenn mir das meinen Sohn nicht zurückbrächte, so würde meine Vergebung wenigstens mir und ihm den inneren Frieden schenken können."

„Mörder", zischte Frau Stenger.

Herr Stenger erhob sich. „Ihr geht jetzt bitte."

Markus und ich standen auf. „Frau Stenger, Herr Stenger, mein Mann ist kein schlechter Mensch", sagte ich. „Er ist kein Mörder. Solche Unglücke passieren, wie Sie eben sagten."

„Das ist mir gleich." Herr Stenger machte eine eindeutige Geste Richtung Haustür.

Markus stammelte ein paar Worte der Entschuldigung und des Bedauerns und schlich in den Flur. Alles war falsch gelaufen. Ich wusste in dem Moment, dass Tim heute Nacht wiederkehren würde. Aber ich war mir auch sicher, dass Tims Eltern uns helfen könnten. Verzweifelt überlegte ich, was ich sagen oder tun könnte. Wir waren schon an der Haustür, als ich mich zu dem alten Ehepaar umwandte.

„Unser Sohn hat Tims Fernglas."

Herr Stenger runzelte die Stirn, sagte aber nichts, sondern ging an uns vorbei und öffnete die Haustür. Ich wandte mich an seine Frau: „Markus sagte, Sie haben es weggeworfen. Aber jemand hat es unserem Sohn geschenkt. Frau Stenger, haben Sie es damals jemand anderem gegeben?"

Frau Stenger sah mich nur aus großen Augen an. Ihr Mann knurrte hinter mir: „Das verfluchte Ding sollte keinem mehr Unglück bringen. Ich bin nach Aschaffenburg gefahren und hab's in den Main geschmissen."

„Aber jetzt hat es Jonas", sagte Markus. „Ich bin sicher, dass es Tims Fernglas ist, ich kannte es genau."

„Was soll der Schwachsinn? Reicht euch noch nicht, was ihr bereits angerichtet habt?"

„Bitte, hören Sie uns zu. Wir phantasieren nicht." Ich ging auf Frau Stenger zu, nahm ihre Hände sanft in meine. „Bitte, Frau Stenger, ich habe Angst um meinen Sohn. Er ist etwa so alt wie Tim damals, und ich fürchte, jemand will ihm etwas antun. Sie müssen uns helfen."

Frau Stengers Lippen bebten. Ihr Blick war fragend und verständnislos.

„Gar nichts müssen wir!", sagte Herr Stenger. „Warum sollte mich das Kind des Mannes interessieren, der meinen Sohn auf dem Gewissen hat?"

„Eben deshalb", antwortete ich. „Damit Sie nicht meinen Sohn auf dem Gewissen haben."

„Ich habe jetzt genug. Raus hier!"

„Frau Stenger, bitte. Nur Sie und Ihr Mann können uns helfen. Wir glauben, Tim will sich rächen, indem er unserem Sohn etwas antut."

In Frau Stengers Miene wechselte das Unverständnis zu

Wut. „Sie ... Sie haben gar kein Recht, unseren Tim schlecht zu machen. Er hat nie jemandem etwas getan. Tim war ein guter Junge."

„Wir haben ihn gesehen", sagte Markus. „Er ... sucht uns heim. Seit Wochen."

„Was sagen Sie da?" Frau Stenger legte ihre Hände auf die Brust.

„Muss ich erst die Polizei rufen?", knurrte Herr Stenger.

„Er will Rache. Tim will Rache, und er wird nicht ruhen, bis einer von uns tot ist."

„Du Dreckskerl!" Herr Stenger packte Markus am Kragen und beförderte ihn vor die Tür. Dann ging er auf mich los und schubste mich hinterher.

Dröhnend fiel die Haustür hinter uns zu. Ich zuckte zusammen, weil mir klar war, dass sich auch eine andere Tür geschlossen hatte.

Abgedrängt

Als wir ins Auto eingestiegen waren, hieb Markus auf das Lenkrad. „Verdammt, verdammt, verdammt!"

„Und jetzt?"

Er hob die Schultern. „Erst mal zurück nach Haus. Ich will nicht, dass Jonas abends allein im Haus ist."

Markus fuhr los. Ich blickte durch die Frontscheibe auf den dämmrigen Himmel. Es war noch nicht mal fünf Uhr nachmittags, aber die Nacht streckte bereits ihre düsteren Klauen über das Land.

Als wir am Ortsausgangsschild vorbeigefahren waren, trat Markus aufs Gas und schaltete hoch. Die Scheinwerfer stachen Lichtlanzen in die Dämmerung und prallten gegen eine Gestalt, die mitten auf der Straße stand. Markus drehte das Lenkrad hart nach links und trat auf die Bremse. Der Wagen schleuderte von der Straße auf ein Feld. Ich sah den Baum, doch mir blieb keine Zeit für einen Schrei. Es gab einen Knall. Eine unsichtbare Hand packte mich und schleuderte mich nach vorne. Der Gurt zog sich straff. Zugleich traf ein harter Schlag wie von einem Wasserball mein Gesicht.

„Miri? Miri, ist alles okay?"

Ich rang nach Luft. Der Airbag fiel in sich zusammen.

„Ja", keuchte ich. „Denke ich. Und bei dir?"

„Nichts passiert. Warte, ich helfe dir ..." Markus öffnete die Fahrertür und kühle Luft drang ins Wageninnere. Wenig später öffnete sich die Tür auf meiner Seite und Markus half mir aus dem Wagen auf den matschigen Acker.

Nachdem wir uns gegenseitig versichert hatten, dass uns nichts passiert war, suchten wir vergeblich die Umgebung nach der Person ab, der Markus im letzten Moment ausgewichen war.

„Hallo? Halloooo?"

Wir sahen uns an und wussten, dass wir beide das Gleiche dachten. Markus sprach es aus: „Tim."

„Markus, wir müssen so schnell wie möglich nach Hause. Wir dürfen Jonas nicht allein lassen."

Markus nickte und besah sich den Schaden. Das Auto hatte den schmalen Apfelbaum am Feldrain zum Glück nur seitlich gestreift. Das Glas des rechten Frontscheinwerfers war zersplittert, über den eingedellten und zerkratzten Kotflügel und das Seitenteil zog sich ein langer Riss. „Da haben wir Glück gehabt", meinte Markus.

„Und der Baum auch." Ich besah mir das schiefe Bäumchen und dessen lädierten Stamm. „Markus, wir müssen hier weg."

Er nickte. „Ich denke, damit können wir weiterfahren. Los, komm."

Einfacher gesagt als getan. Markus mühte sich mit den Airbags ab, und als wir endlich starten konnten, drehten die Reifen im weichen Erdreich durch.

„Verdammt!" Markus hieb aufs Lenkrad.

Ich biss mir nervös auf die Unterlippe und sah auf die Uhr. Es war schon fast sechs.

Markus schaltete den Motor ab.

„Warum machst du den Wagen aus? Wir müssen los. Markus, uns rennt die Zeit davon!" Ich konnte den kreischenden Unterton in meiner Stimme nicht unterdrücken.

Markus hob beschwichtigend die Hand. „So hat es keinen Zweck. Wir fahren uns nur noch tiefer fest. Wir brauchen Hilfe." Er holte sein Handy hervor.

„Bis der ADAC kommt und uns hier rausholt, können wir nicht warten!" Ich spürte, wie Panik in mir aufstieg. „Die lassen uns doch niemals so weiterfahren. Markus!"

„Ich hole Hilfe aus dem Ort. Tim war nicht mein einziger Freund." Über die Auskunft besorgte sich Markus die Nummer eines alten Schulkameraden. Wenig später hatte er ihn am Apparat und erklärte unsere Lage. Als er das Gespräch beendete, grinste er mich an. „Joachim hat einen Traktor. Er ist in zehn Minuten bei uns."

Mein Adrenalinpegel sank wieder. Zehn Minuten. Die konnten lang werden. Und außerdem ... „Markus?"

„Hm?"

„Wir dachten, Tim würde immer erst mitten in der Nacht auftauchen."

„Ja, so ist es doch auch."

„Und vorhin? Auf der Straße?"

„Scheiße!" Markus saß kerzengerade im Sitz.

„Und wieso kann er so weit weg von Zuhause erscheinen?"

„Ich weiß nicht, Miri, vielleicht, weil er hier lebte oder beerdigt wurde. Aber ich glaube, er wird irgendwie stärker. Zuerst war es nur ein Flüstern, und dann nahm er Gestalt an. Weißt du noch, wie Jonas meinte, er hätte am Anfang sein Gesicht nicht erkennen können?"

„Wenn Geister Energie von pubertierenden Jugendlichen erhalten, dann können sie umso stärker werden, je intensiver die seelischen Konflikte werden. Und sie können sich auch von der Angst anderer nähren." Ich holte mein Handy heraus. „Ich rufe Doro an. Sie soll Jonas zu sich holen."

Markus nickte.

Für Doro war das kein Problem. Als sie hörte, was passiert war, sagte sie nur: „Mach dir keine Sorge. Ich setze mich direkt ins Auto und hole ihn ab."

Dann rief ich Jonas an. Mein Herz klopfte wie verrückt, als er nach dem ersten Rufton nicht annahm. Es tutete zweimal, dreimal ... Ich sah verzweifelt zu Markus hinüber.

Endlich meldete Jonas sich: „Ja, Ma?"

„Jonas! Gott sei Dank. Ist alles in Ordnung bei dir?"

„Ja, doch. Wo seid ihr denn?"

Ich erklärte ihm, dass wir auf einem Acker feststeckten, ohne aber von Tim zu berichten, und dass Doro ihn zu sich holen würde.

„Da muss ich aber nicht übernachten?"

„Nein, wir holen dich ab. Ich will nur nicht, dass du allein im Haus bleibst. Es ..."

„Wegen Tim. Ich weiß."

Mein Herz setzte einen Schlag aus. „War er schon da?"

„Mama, es ist doch noch viel zu früh für ihn."

Mir lag auf der Zunge, dass Tim uns vorhin von der Straße gedrängt hatte, aber ich schluckte die Worte hinunter.

„Jonas, sei trotzdem vorsichtig. Geh bitte runter ins Wohnzimmer oder in die Küche und warte dort, bis Doro da ist. Sie muss in zwanzig Minuten da sein. Verstanden?"

Ein Seufzen vom anderen Ende der Leitung.

„Verstanden?!", fragte ich noch einmal.

„Geht klar, Mama."

„Gut. Ich hab dich lieb, mein Großer."

„Ich hab dich auch lieb, Mama."

Kurz darauf hörten wir das Tuckern eines Traktors. Markus begrüßte seinen Schulfreund Joachim freudig, der nicht recht verstand, wieso der Wagen von der Straße abgekommen war. Joachim hatte mitgedacht und neben einem Abschleppseil ein paar alte Bretter mitgebracht, die er unter unsere Reifen legte. Es dauerte nicht lange, und unser Wagen stand wieder auf der Straße.

Wir bedankten uns und entschuldigten uns zugleich, dass für ein längeres Gespräch leider keine Zeit bliebe, da wir es sehr eilig hätten.

„Na, fahrt vorsichtig und passt nur auf, dass nicht noch was passiert."

„Das passiert uns garantiert nicht noch mal", erwiderte Markus, und brummte in meine Richtung: „Das nächste Mal fahre ich Tim über den Haufen."

Als wir endlich auf der Autobahn waren, atmete ich etwas

auf. Ich starrte die ganze Zeit auf mein Smartphone, weil Doro mir Bescheid geben wollte, sobald sie mit Jonas bei sich zu Hause eingetroffen wäre.

Ich sah auf die Uhr, rechnete nach. Zwanzig Minuten bis zu uns, fünf Minuten zum Abholen, na gut, eher zehn bis Jonas in die Gänge kam, und dann zurück. Trotzdem, sie müsste längst angerufen haben. Mit den Fingernägeln klopfte ich auf das Armaturenbrett, bis Markus genervt murrte: „Ruf schon endlich an!"

Mit zitternden Fingern drückte ich auf Doros Kontaktsymbol. Das Telefon läutete. Und läutete ...

Ich rief Jonas an. Es rauschte und knackte in der Leitung und das Anrufsignal war teils nur abgehackt zu hören. Dann, als ich den Anruf schon beenden wollte, knackte es, als wenn jemand abnähme, und der Signalton verstummte.

„Jonas? Warum gehst du nicht direkt ran? Ist Doro bei dir?"

Rauschen.

„Jonas? Jonas, hörst du mich? Die Verbindung ist ganz schlecht."

Rauschen. Und noch etwas. So leise, dass ich mir das freie Ohr zuhielt, um die Fahrgeräusche auszublenden und mich darauf zu konzentrieren. Es war ein Flüstern. Und es war nicht Jonas' Stimme.

„Jonas?!"

Das Flüstern hielt an, und schließlich verstand ich die Worte: „Komm aufs Dach ... Ich hab was für dich ..."

Tot

Ich konnte mich weder rühren noch etwas sagen, sondern starrte nur auf das dunkle Display. Die Verbindung war abgebrochen. Markus sah nervös zu mir herüber. „Was ist? Miri?!"

Ich nahm alle Kraft zusammen. „Es war Tim."

„Was?! Ruf noch mal Doro an!"

Ich ließ es lange läuten und schließlich ging Doro ran. „Doro, endlich. Wo bist du? Tim ist bei Jonas! Hörst du? Doro?"

Ein raues Atmen kam über die Leitung, und dann die gepresste Stimme eines Mannes: „Hier ist Walter, Doros Mann."

Meine Nackenhärchen sträubten sich. „Walter, hallo. Kann ich Doro sprechen? Sie sollte ..."

„Doro hatte einen Unfall", unterbrach mich Doros Mann. „Ich bin im Krankenhaus. Doro ist in der Notaufnahme. Ich weiß noch nicht ..." Er holte tief Luft. „Sie haben mir ihre Handtasche gegeben, und als das Handy nicht aufhören wollte zu klingeln ..."

„Um Gottes Willen, Walter, was ist passiert?"

„Ich weiß nicht genau. Irgendwie ist ihr Wagen auf die falsche Fahrbahnseite gekommen und in einen entgegenkommenden Bus gerast. Ich ... ich versteh das nicht. Doro fuhr immer so vorsichtig ..."

Ich stammelte ein paar tröstende Worte und beendete das Gespräch. „Doro hatte einen Unfall", informierte ich Markus und tippte bereits die Nummer unserer Nachbarn.

„Frau Dickmann? Ja, hier ist Frau Bludau, richtig. Ich habe eine Bitte ... Frau Dickmann? Hallo?"

Vom anderen Ende der Leitung hörte ich nur Rauschen

und etwas, das wie ein leises Kichern klang, bevor die Verbindung abgebrochen wurde. Ich versuchte es erneut, doch es blieb still in der Leitung. Noch nicht mal ein Anrufton. Ich starrte auf das Display des Handys. Es war pechschwarz. Der Akku konnte unmöglich schon leer sein. Ich drückte an dem verdammten Teil herum, doch es blieb tot.

Dafür drang ein schriller Ton aus Markus' Jackentasche. „Die Bewegungsmelder!" Er tippte auf die Freisprechtaste seines Lenkrads. „Anrufen. Eins, eins, null."

Der Alarmton brach ab, sonst tat sich jedoch nichts. Markus wiederholte den Befehl. „Scheiß Technik!" Er fummelte sein Handy aus der Jacke und reichte es mir. „Ruf die Polizei."

Doch sein Smartphone war so tot wie meins.

Knack

Als Markus den Wagen vor unserem Haus stoppte, riss ich die Beifahrertür auf und stürmte zur Haustür. Die Tür und das Schloss verschwammen vor meinen Augen. Es brauchte drei Anläufe, ehe es mir gelang, den Schlüssel ins Schloss zu stecken.

„Jonas? Jonas?!" Dunkelheit und Stille empfingen uns. Markus betätigte den Lichtschalter, doch es blieb dunkel. „Verdammt", fluchte er, und seine Schritte polterten die Treppe ins erste Stockwerk hinauf.

Ich stolperte hinterher. „Jonas ...", meine Stimme überschlug sich.

Markus' Schemen zeichnete sich vor der Trittleiter zum Spitzboden ab. Meine Augen gewöhnten sich an die Düsternis. Ich folgte ihm die Leiter hoch, und als ich den Kopf in

Jonas' Zimmer steckte, stand Markus bereits am offenen Dachfenster und streckte den Kopf hinaus. „Jonas?" Markus kletterte aufs Dach.

Ich folgte ihm und stemmte mich mühsam am Fensterrahmen hoch. Oh, lieber Gott, betete ich stumm die Worte, die ich die letzte Stunde über ständig im Auto gebetet hatte, lass meinen Jungen leben. Lass ihn nicht vom Dach gestürzt sein. Bitte, lieber Gott.

„Jonas, nein, mach keine Bewegung!", hörte ich Markus' Ruf. Greller Lichtschein blendete mich. Die Bewegungsmelder reagierten auf uns. Ich kniff die Augen zusammen und machte auf dem Schrägdach ein paar vorsichtige Schritte zur Seite. Die Ziegel waren mit erstem Frost überzogen und ich musste aufpassen, nicht ins Rutschen zu geraten. Da sah ich Jonas, er lebte! Ich gefror jedoch in der Bewegung, als ich erkannte, wo er sich befand: Den Rücken uns zugewandt stand er knapp unterhalb des Dachfirstes, keinen Schritt von der Dachkante entfernt. Wenn er sich nur etwas nach vorne beugte oder ausrutschte ...

„Jonas!" schrie ich.

„Jonas, ich komm zu dir. Beweg dich nicht", sagte Markus. Unser Junge ließ nicht erkennen, ob er die Worte verstanden hatte. Er stand seltsam unbewegt da, beide Arme angewinkelt, als ob er sich etwas vor das Gesicht hielte. Ich bewegte mich in Richtung Dachkante und rutschte dabei ungewollt einen halben Meter nach unten. Aus dieser Position erkannte ich jedoch, was er da in Händen hielt: das Fernglas. Er wirkte, als beobachte er konzentriert etwas oder jemand. Im Dunkel konnte das höchstens eines der erleuchteten Fenster der Nachbarhäuser sein.

„Jonas, leg das Fernglas weg." Die Angst schnürte mir die

Kehle so eng zu, dass ich die Worte nur krächzend heraus-
brachte.

Markus bewegte sich langsam und vorsichtig auf ihn zu
und streckte seine Hand nach ihm aus.

„Willst du es haben?", fragte eine Stimme. Sie kam aus Jonas' Richtung, aber sie klang nicht wie er. Es war die eines anderen Jungen. Eines Jungen, der aus einer fremden Welt zu
uns flüsterte.

„Jonas", sagte Markus. „Ich will, dass du dich zu mir um-
drehst. Ganz langsam."

Unser Sohn setzte das Fernglas ab. Dann drehte er sich um.
Sein Blick wirkte leer, seine Mimik erschlafft. Er präsentierte
Markus das Fernglas und sagte: „Wenn du es haben willst,
musst du mich vom Dach stoßen."

„Tim? Du bist das." Markus machte einen vorsichtigen
Schritt.

„Ich wollte noch nicht gehen", sagte die fremde Stimme.
„Lange war ich gefangen, aber dann habt ihr beide mich gerufen."

„Lass Jonas in Ruhe!"

„Aber ich brauche ihn doch."

„Er hat nichts damit zu tun. Bitte!"

„Nicht? Jonas ist mein Freund. Nicht wahr, Jonas?" Jonas
nickte. Er kam mir vor wie eine Marionette. „Ich habe ihm das
Fernglas geschenkt."

„Tim, bitte, es tut mir leid. Ich habe es lange verschwiegen,
aber heute habe ich es deinen Eltern gesagt ..."

Bewegung geriet in Jonas' Gesichtszüge. Ein lebloses Grinsen, als würde man einem Bewusstlosen die Mundwinkel
nach oben ziehen. Er wandte sich wieder um und starrte
durch das Fernglas. „Oh, ich sehe was, was du nicht siehst ..."

„Tim, hör auf! Wir waren doch Freunde ... ich wollte dir doch nichts tun. Wie oft habe ich mir gewünscht, ich hätte nicht nach dem verdammten Fernglas gegriffen. Wie oft habe ich mir gewünscht, nicht du, sondern ich wäre vom Baum gestürzt ...“

„Ich sehe was, was du nicht siehst ...“, wiederholte die Stimme. Markus' ausgestreckte Hand hatte fast Jonas' Schulter erreicht. „Und das ist ...“

Markus packte unseren Sohn an der Schulter.

„... tot!“ Jonas' Gestalt wirbelte herum. Beide gerieten auf den frostigen Ziegeln ins Taumeln und Rutschen.

„Nein!“, schrie ich und eilte auf sie zu.

Markus ruderte hilflos mit seinen Händen in der Luft, und beide rutschten auf die Dachrinne zu.

Ich machte einen Satz und bekam Jonas zu packen. Er schlug um sich, verlor das Gleichgewicht, und wir fielen rücklings auf die Ziegel. Markus wurde mit umgerissen und rutschte an uns vorbei.

„Markus!“

Vergeblich suchten seine Hände Halt auf den Ziegeln.

Dann wurde er abrupt gestoppt. Das Schneefanggitter.

Für einen Moment hielt die Welt inne.

Wir lagen keuchend da. Dann stemmte ich mich auf die Knie, während ich Jonas weiter umklammerte.

Markus stützte sich vorsichtig auf, kam wankend auf die Beine.

Den nächsten Moment sehe ich immer wieder. Jonas schrie auf, Tims totenbleiche Fratze legte sich über seine Gesichtszüge. Er trat mit den Füßen nach Markus und traf ihn am Knie. Markus' Hände wirbelten durch die Luft. Ein bleicher Schatten schoss aus Jonas und hieb Markus das Fernglas gegen die Brust. Mit einem lang gezogenen Schrei stürzte Markus über die Dachkante.

Der nächste Laut zertrümmerte meine Seele: Knack.

Neubeginn

Das Fernglas haben wir nicht mehr gefunden. Ich will dieses verfluchte Ding auch nie wieder sehen.

Jonas und ich sind bald umgezogen. In ein kleineres Haus. Wir besuchen regelmäßig unsere Therapeutin. Vor ein paar Tagen habe ich erstmals das Gefühl gehabt, dass ich es schaffen kann, wieder ins Leben zurückzufinden.

Doro ist aus der Reha zurück, ihr linkes Bein war gebrochen. Sie kümmert sich rührend um Jonas und mich.

Jonas. Er macht mir am meisten Sorgen. Wie oft sitzt er apathisch in einer Ecke seines Zimmers. Einmal sah er mich mit Tränen in den Augen an und sagte mit erstickter Stimme: „Ich wollte das nicht."

„Jonas, das haben wir doch schon besprochen. Das warst nicht du. Dich trifft überhaupt keine Schuld. Es war Tim. Verstehst du das?"

Er hob die Schultern und schüttelte den Kopf.

Es ist noch ein langer Weg.

Letzte Nacht schrak ich aus dem Schlaf und sah eine Gestalt neben meinem Bett.

„Jonas?"

„Mama", flüsterte er mit angsterfüllter Stimme, „da ist was auf dem Dach ..."

Die Rache der Meerjungfrauen

(Anmerkung des Autors: Bei dieser Geschichte handelt es sich um eine Fortsetzung von Hans Christian Andersens „Die kleine Meerjungfrau". Man muss dieses Märchen nicht gelesen haben, um meine Geschichte zu verstehen, doch dessen Kenntnis erhöht den Reiz der Story ungemein.)

Meerschaum. Weißer, kalter Schaum auf den Wellen, der sich allmählich in nichts auflöste. Das war alles, was von ihrer Schwester geblieben war. Die fünf Meerjungfrauen starrten entsetzt und ungläubig im aufgehenden Sonnenlicht auf die flockigen Überreste und dann zum Schiff, auf dem vor wenigen Augenblicken noch ihre kleine Schwester gestanden hatte. Ihre Herzen waren voller Trauer und Wut, und da Meerjungfrauen nicht weinen können, schrien sie ihren Schmerz hinaus in die Welt.

Die Seeleute glaubten, ein Sturm ziehe auf und rannten aufgeregt an Deck. Doch als sie aufs Meer hinausblickten, tauchten die Meerjungfrauen hinab in ihr Reich.

Hätten die Meerjungfrauen noch ihre Haare gehabt, so hätten sie diese jetzt gerauft. Doch sie hatten sie der Meerhexe geopfert, um ihre kleine Schwester zu retten. Umsonst. Den Dolch, den die Hexe ihnen gegeben hatte, hatte ihre Schwester ins Meer geworfen.

„Warum hat sie den Prinzen nicht getötet?", fragte eine der Schwestern. „Sie hätte wieder eine von uns werden können", sagte eine andere. „Sein Blut hätte ihr ihre frühere Gestalt wiedergegeben."

„Sie hätte leben können", sagte die, die nun die Jüngste war.

„Das ist ungerecht", meinte die Älteste von ihnen. „Unsere Schwester hat so viel Leid auf sich genommen. Sie hat ihre wunderschöne Stimme geopfert, ihren schönen Fischschwanz, um bei dem Prinzen sein zu können. Für ihn wurde sie ein Mensch. Sie liebte ihn von ganzem Herzen, doch er zog es vor, eine andere zu heiraten."

„Ja", sagte die Zweitälteste. „Der Prinz würde gar nicht mehr leben, hätte unsere kleine Schwester ihn damals nicht vor dem Ertrinken gerettet."

„Und nun ist er auf Hochzeitsreise mit seiner Menschenbraut und wird ein glückliches Leben führen", sagte die Mittlere. „Und unsere kleine Schwester hat als Dank Schmerz, Abweisung und Tod erhalten. Wir müssen sie rächen."

Die Älteste nickte. „Ja, wenn sie nicht glücklich werden durfte mit dem Prinzen, dann soll der Prinz mit keiner anderen Frau je glücklich werden."

„An was denkst du?", fragte die Jüngste.

„Wir holen seine Braut hinab in unser Reich."

Die Jüngste erschrak. „Sie wird ertrinken. Die Menschen können hier nicht leben."

Die Älteste schüttelte den Kopf. „Nein, wir bringen sie ins Kristallhaus. Dort gibt es Luft."

Die Zweitälteste stimmte zu und hatte eine Idee: „Wir könnten noch einmal zur Meerhexe schwimmen, damit sie die Prinzessin in eine von uns verwandelt. Dann wird sie nie wieder mit dem Prinzen zusammen sein können."

Die fünf Schwestern waren sich einig. Mit schnellen

Bewegungen ihrer Schwanzflossen kehrten sie an die Meeresoberfläche zurück. Das Schiff war noch nicht weit entfernt, da der Wind nur sehr schwach blies. Als die fünf Schwestern sich dem Schiff näherten, hielten die Seeleute, die sie sahen, für Lichtreflexe der Sonne auf den Wellenkämmen. So gelangten sie unbemerkt bis an den Rumpf des Schiffs. Dort stimmten sie einen Gesang an, so lieblich und schön, dass alle, die ihn hörten, die Welt um sich vergaßen und still stehen blieben, um zu lauschen. Er rührte ihre Herzen und ließ ein Verlangen nach den Tiefen des Ozeans in ihnen entstehen.

Doch nicht den Seemännern galt ihr Gesang, sondern der Prinzessin, die davon erwachte. Der Prinz lag in tiefem Schlaf neben ihr und bekam nicht mit, wie seine Braut sich aus dem Bett erhob. Nur in ihr Nachthemd gekleidet verließ sie das Hochzeitszelt, das für sie und ihren Gemahl auf dem Deck errichtet worden war, und ging zur Reling, um dem wunderbaren Gesang besser lauschen zu können.

Die fünf Schwestern sahen die Prinzessin, versammelten sich im Wasser unter ihr und sangen noch intensiver von den Schönheiten und Reichtümern, die am Grund des Meeres warteten. Der Stimme einer Meerjungfrau wohnt ein besonderer Zauber inne, und so wurde das Verlangen der Prinzessin, dies alles zu sehen, übermächtig. Noch ehe sie einer der Seeleute aufhalten konnte, war sie auch schon auf die Reling geklettert und sprang in die Fluten.

Sofort nahmen die fünf Schwestern sie in ihre Mitte und tauchten mit ihr tief hinab, dorthin, wo noch nie ein Mensch lebendig hingekommen war.

Damit die Prinzessin nicht ertrank, bevor sie ihr Ziel erreichten, presste eine Meerjungfrau nach der anderen ihre Lippen auf die der Prinzessin und gab ihr Luft. Die junge

Prinzessin wehrte sich anfangs, doch je tiefer sie kamen, umso mehr sank ihr Mut und sie ergab sich ihrem Schicksal. Schließlich erreichten die fünf Schwestern mit ihrer Gefangenen das Kristallhaus, das aus farbigen, halbdurchsichtigen Quarzen bestand und nur einen schmalen Eingang hatte, durch den sie kriechen mussten wie durch einen Tunnel. Das Innere jedoch war halb mit Luft gefüllt. Und als die Prinzessin im Haus stand, konnte sie wieder atmen.

„Sie sieht unserer kleinen Schwester sehr ähnlich", meinte die Jüngste.

„Ja, es ist nur gerecht, dass sie nun bei uns lebt", sagte die Zweitälteste.

Die fünf Schwestern ließen die Prinzessin alleine im Kristallhaus zurück. Sie konnte ja nicht entkommen, denn sie hätte nicht genug Luft atmen können, um zurück zur Oberfläche zu schwimmen. Auf schnellstem Wege schwammen die Meerjungfrauen ins furchtbare Reich der Meerhexe, mitten durch die brausenden, zermalmenden Strudel, die an ihnen zogen und zerrten, dass es sie auseinanderzureißen drohte. Doch sie gelangten hindurch, schwammen über sprudelnden, warmen Schlamm und weiter durch den Wald aus Polypen, die ihre unzähligen schleimigen Wurmfinger nach ihnen ausstreckten, um sie auf ewig festzuhalten.

Schon einmal hatten die Schwestern diesen Weg auf sich genommen, und wie beim ersten Mal war ihnen bang ums Herz. Sie schwammen dicht aneinandergedrängt und hielten sich an den Händen fest. Am liebsten hätten sie die Augen geschlossen, um nicht zu sehen, was die Polypen im Laufe der Zeit alles mit ihren glitschigen Fingern umschlossen und nie mehr losgelassen hatten. Denn neben Planken und Kisten, rostigen Ketten, goldenem und silbernem Schmuck, Tauen und

Tüchern, sahen sie auch die bleichen Skelette von Menschen, Fischen und anderen Tieren und – am schrecklichsten – den Leichnam einer kleinen Meerjungfrau.

Beim ersten Mal hatten die Polypenfinger eine von ihnen an den Haaren gepackt, und nur mit Mühe hatten die anderen sie losreißen können. Und noch immer krampften sich Wurmfinger um das Büschel Haare, das die Meerjungfrau dabei verloren hatte.

Da sie ihre Haare der Meerhexe geopfert hatten, konnte sie diesmal niemand daran ergreifen, und schließlich gelangten sie vor das Haus der Hexe. Bleich schimmerte es in der dunklen See, denn es war aus den Knochen ertrunkener Seeleute errichtet. Über den schlammigen Platz, auf dem es stand, schlängelten sich dicke, madige Wasserschlangen. Die Hexe kam heraus in Begleitung einer Schlange, die sich um ihren Fischschwanz und ihren wabbeligen Bauch gewunden hatte.

„So, ihr wollt also aus der Prinzessin eine von euch machen", sagte sie zur Begrüßung und blickte die fünf Schwestern aus zusammengekniffenen Augen an. „Was seid ihr bereit, dafür zu geben?"

Darüber hatten sich die Schwestern noch keinerlei Gedanken gemacht und sie beratschlagten. Für den Dolch hatten sie beim letzten Mal ihr schönes langes Haar geopfert. Da war es um ihre kleine Schwester gegangen. Für die Fremde wollten sie daher kein größeres Opfer bringen. Es musste etwas sein, das zu geben nicht schwerfiel, und das wie das Haar nachwachsen würde. Schließlich erklärte die Älteste, sie wolle von ihrem Blut geben.

Der Blick der Hexe wurde grimmig. „Das ist alles, was ihr zu geben bereit seid?"

„Ja", sagte die Älteste. „Es ist mehr als genug für dieses

Menschenkind."

Die Hexe nickte. „Nun denn, so werde ich euch den gewünschten Trank brauen. Komm her", befahl sie der ältesten der Schwestern. Und als diese bei ihr war, ritzte die Hexe ihr mit einem Korallendolch in die Brust. Die Meerjungfrau schrie auf. Sie hatte Angst, dass der Schnitt zu tief gegangen war.

Die Hexe murrte. „Keine Sorge, du überlebst das schon." Das Blut strömte ins Meer, und die Hexe fing es in einer alten, mit Muscheln bewachsenen Amphore auf. Als diese voll war, goss sie das Blut in einen dampfenden Kessel. Dann tat sie noch allerhand andere Zutaten hinein, die die Schwestern wegen des Dampfs nicht genau erkennen konnten, die aber teilweise an Gedärm oder Schlangen erinnerten. Der Dampf wurde dunkel wie Tinte, und die Hexe nickte zufrieden. Sie füllte den Schwestern etwas davon in eine gläserne Phiole und reichte sie ihnen.

„Gebt ihr dies zu trinken, und sie wird die beiden Säulen, die die Menschen Beine nennen, verlieren und stattdessen einen Fischschwanz wie wir erhalten. Auch wird sie im Wasser atmen können wie wir."

Die Schwestern freuten sich und ergriffen die Phiole.

„Aber", fügte das alte Hexenweib hinzu, „die Wirkung wird nicht von Dauer sein."

„Was?!" Die Schwestern waren empört und fühlten sich betrogen.

„Nun, die Wirkung hängt von dem ab, was ihr zu opfern bereit seid", erklärte die Hexe und strich der um ihre hängenden Brüste gewundenen Wasserschlange liebevoll über den Bauch. „Das Blut war kein großes Opfer, nicht wahr? Daher wird die Wirkung des Tranks auch nur einen Monat anhalten. Danach wird sie wieder ein Mensch werden."

„Nun, ein Monat ist besser als nichts", sagte die mittlere der Schwestern. „Das soll uns reichen. Der Prinz wird nicht wissen, dass seine Braut dann wieder zu ihm zurückkehren wird. Er wird bis dahin die schlimmsten Qualen leiden, denn er denkt doch bestimmt, sie sei ertrunken."

„Wir werden sehen", sagte die Älteste. „Es soll uns vorerst genügen. Wenn in einem Monat unsere Trauer und Wut abgeklungen sind, mag sie meinetwegen wieder gehen."

„Ihr wisst, wo ihr mich findet, wenn ihr einen neuen Trank braucht", sagte die Hexe mit einem listigen Grinsen und verschwand in ihrem Knochenhaus.

Die Schwestern aber, froh den Trank zu haben, beeilten sich von diesem grausigen Ort fortzukommen. Sie konnten es zudem kaum erwarten, die Prinzessin zu verwandeln. Als sie endlich wieder beim Kristallhaus ankamen, schlängelten sie sich alle durch den Tunnel hinein.

Die Prinzessin blickte sie aus ihren dunkelblauen Augen traurig an. Die Herzen der fünf Meerjungfrauen durchfuhr bei diesem Anblick ein leichter Stich, denn die Ähnlichkeit mit ihrer verstorbenen Schwester war in diesem Augenblick noch größer. Wie oft hatte sie mit melancholischem Blick in ihrem Garten gesessen und an den Prinzen gedacht.

Die Älteste, die die Phiole trug, gab der Prinzessin zu trinken. Und schon bald durchlief ein Zucken deren Körper. Ihre Beine wuchsen zusammen, die Haut überzog sich mit schillernden Schuppen. Die Prinzessin streifte ihr Nachthemd ab, und die Schwestern sahen, dass sie nun eine der Ihren war.

Die Prinzessin war darüber sehr traurig, doch nun konnte sie keine Tränen mehr vergießen, was ihre Traurigkeit nur noch verstärkte.

„Freu dich, Schwester", sagte die Älteste. „Du bist nun

eine von uns. Du darfst die Schönheit unseres Reiches sehen, darfst mitten unter uns sein. Das ist noch nie einem Menschen vergönnt gewesen."

„Aber", schluchzte die Prinzessin, „aber was wird aus meinem Gemahl? Er wird mich suchen, und ich vermisse ihn so sehr."

„Das vergeht", winkte die Zweitälteste ab. „Und er wird dich sicher nicht suchen, du dummes Kind, denn er wird denken, du seiest ertrunken."

Diese Worte machten die Prinzessin nur noch trauriger, doch die Schwestern tanzten um sie herum und sangen immer wieder: „Der Prinz wird dich vergessen, der Prinz wird dich vergessen."

Nur die Jüngste war etwas verhaltener, denn sie dachte an ihre verlorene kleine Schwester: Nie würde sie sie vergessen. Sie hatte geglaubt, die Rache an der Prinzessin und dem Prinzen würde ihren Schmerz lindern, doch nun erkannte sie, dass es sie nur noch trauriger machte.

Auch der Prinz war von Trauer und Schmerz erfüllt. Ein Seemann hatte ihm berichtet, wie er die Prinzessin in die Fluten hatte springen sehen, und er schwor, dass bei ihr Nixen – so nannten die Seeleute die Meerjungfrauen – gewesen seien, die sie in die Tiefe hinab gezogen hätten. Der Prinz befahl den Männern, sofort nach seiner Gemahlin zu tauchen. Doch sie gehorchten nicht, denn zu groß war ihre Angst vor der unbekannten, dunklen Tiefe und den Nixen, die ihnen sicher ein nasses Grab bereiten würden.

„Dann werde ich selbst hinabtauchen", rief er. Doch als er auf die Reling kletterte, zogen ihn seine Männer zurück an Deck und hielten ihn fest. Sie beschworen ihn, klaren Kopf zu bewahren. Im Meer fände er nur den sicheren Tod. Wenn es den Nixen gefalle, die Prinzessin bei sich zu behalten, dann könne kein Mensch etwas dagegen unternehmen. Der Prinz weinte und schrie, er flehte und bettelte, doch die Männer achteten darauf, dass er der Reling nicht zu nahekam.

Jetzt erst dachte der Prinz an das schöne, stumme Mädchen, das er einst, nur von ihrem Haar bekleidet, am Strand entdeckt und das ihn seither stets begleitet hatte. Wo war sie? Wieso war sie nicht an seiner Seite? Er befahl den Männern sie zu holen. Doch niemand konnte sie finden. Sie wussten ja nicht, dass sie in Wahrheit die Schwester der fünf Meerjungfrauen gewesen war und sich in Meerschaum aufgelöst hatte. Ein Seemann meinte, sie kurz vor Sonnenaufgang an Deck gesehen zu haben, doch wohin sie gegangen war, konnte er nicht sagen.

„Womöglich haben die Nixen auch sie geholt."

„Ach, ich Verdammter!" Der Prinz rang die Hände. „Wieso raubten mir diese Wesen die beiden Frauen, die mir am liebsten auf der Welt sind? Was habe ich ihnen getan?" Er drehte sich in Richtung des offenen Meeres und rief aus Leibeskräften: „Gebt sie mir zurück! Ich will alles dafür geben! Gebt mir meine Gemahlin zurück. Und auch das stumme Mädchen. Ich flehe euch an, ihr Geister der Meere!"

Seine Worte blieben nicht ungehört. Ein Tümmler vernahm sie und schwamm hinab ins Reich der Meerjungfrauen, um ihnen davon zu berichten. Auf dem Weg traf er die Hexe, die sehen wollte, was aus der Prinzessin geworden war. Als sie den Bericht des Tümmlers hörte, kam ihr eine Idee.

„Das hast du gut gemacht, mein Freund", sagte die Hexe. „Nun schwimm wieder zu deinen Kameraden. Ich werde mich schon darum kümmern."

Sie schwamm so schnell sie konnte – das war jedoch nicht mehr so schnell wie früher, als sie so jung wie die Meerjungfrauen gewesen war – zum Schiff des Prinzen. Dies trieb mit eingeholten Segeln auf dem Meer, denn der Prinz hoffte auf ein Zeichen der Nixen und wollte nicht fortsegeln.

Als sie den Kopf aus dem Wasser steckte, starrte der Prinz aus seinen schönen, dunklen Augen verzweifelt auf die Wellen hinab. Zwei seiner Männer standen an seiner Seite, um ihn vor Dummheiten zu bewahren. Die Hexe pfiff jedoch nur dreimal, und die Männer ließen den Prinzen wie auf Befehl los und wandten sich ab.

Der Prinz sah auf. „Nixe, kannst du mir meine Braut wiederbringen?"

Die Hexe schüttelte den Kopf. „Nein, denn du musst wissen, sie ist nun eine von uns. Doch ich kann aus dir einen Meermann machen und dich zu ihr bringen."

Der Prinz zögerte keine Sekunde. „Dann tu es, denn ich vermisse sie so sehr."

„Nicht so schnell", sagte die Hexe. „Ich habe meinen Preis."

„Egal was du haben willst, ich gebe es dir."

„Nun, du hast zwei wundervolle dunkle Augen, die gefallen mir recht gut."

Bei diesen Worten erschrak der Prinz. „Meine Augen? Aber … dann kann ich meine wunderschöne Braut nicht mehr sehen."

„Du weißt doch, wie sie aussieht. Und es ist sogar von Vorteil. Denn so siehst du nicht, wie sie alt und runzlig wird. Für dich bleibt sie immer so jung und schön wie heute."

„Aber wenn ich gar nichts mehr sehen kann …"

„Das ist mein Preis. Und bedenke: Wenn du ablehnst,

siehst du sie auch nie wieder."

Dass diese Worte eine Lüge der bösen Hexe waren, wusste der Prinz nicht. So willigte er also in den Handel ein. „Unter einer Bedingung: Du bringst mich zuerst zu ihr, dass ich sie noch ein letztes Mal sehe. Dann magst du meine Augen haben."

„Der Handel gilt", sagte die Hexe und freute sich insgeheim, dass sie den Prinzen so einfach hatte übertölpeln können. „Spring zu mir ins Meer hinein."

Der Prinz kletterte auf die Reling. Seine beiden Bewacher bekamen davon nichts mit. Es war, als träumten sie mit offenen Augen. Und ehe noch jemand anderes ihn aufhalten konnte, sprang der junge Prinz ins Meer.

„Hier", sagte die Hexe und hielt dem Prinzen eine Phiole mit einer silbrig glitzernden Flüssigkeit hin. „Trink dies, und du wirst ein Meermann. Dann können wir zu deiner Braut hinabtauchen. Doch zuvor zieh deine Kleider aus, sonst können deine Beine nicht zusammenwachsen."

Der Prinz tat wie geheißen. Und schon durchzuckte es ihn wie ein Fieberkrampf. Seine Beine klebten plötzlich aneinander fest und überzogen sich mit schillernden Schuppen wie bei einem Fisch. Die Hexe nahm ihn an der Hand und zog ihn mit sich hinab.

Staunend nahm der Prinz die Welt unter Wasser wahr. Die vielen schillernden Fische, von denen er die meisten nie zuvor gesehen hatte, die fremdartigen Meerespflanzen und schließlich die prachtvollen Häuser des Meervolks.

Die Hexe wies auf ein kleines Haus am Ende der unterseeischen Stadt, vor dem ein Garten aus farbigen Meerespflanzen wuchs. Jemand saß dort auf einer Korallenbank. Das Herz des Prinzen setzte einen Schlag aus. Das war sie! Seine wundervolle Braut. Jedoch hatte sie ihre schlanken Beine genau wie er gegen einen Fischschwanz eingetauscht. Wie traurig sie doch aussah! Er wollte zu ihr, aber die Hexe hielt ihn zurück. „Wir haben eine Abmachung."

Der Prinz zitterte vor Angst, doch er hatte sein Wort gegeben.

„Keine Angst, es tut nicht weh", lächelte die alte Hexe. Und mit zwei schnellen Griffen ihrer langen, spitzen Fingernägel hielt sie die wunderschönen Augen des Prinzen in Händen.

Die Welt um ihn war für den Prinzen nun vollkommen schwarz. Doch er bereute es nicht, denn für seine Braut hätte er sogar sein Leben gegeben.

„Komm, ich bringe dich zu ihr." Die Hexe nahm ihn bei der Hand und führte ihn zum Haus.

„Oh, mein Gemahl! Du bist zu mir gekommen." Seine Braut schrie auf vor Freude und eilte ihnen mit schnellen Schlägen ihrer Schwanzflosse entgegen.

Der Prinz spürte, wie der Griff der Hexe sich löste und ihn zwei schlanke junge Arme umfingen. Aber im selben Moment lösten sie sich wieder von ihm, und er hörte einen Schrei des Entsetzens.

„Deine … deine Augen! Oh Gott, deine Augen! Was ist geschehen?!"

Der Prinz streckte seine Hände nach seiner Braut aus, und sie ergriff sie voller Sorge. „Ich gab sie für dich", sagte er und erzählte ihr, was geschehen war. „Nun können wir beide ein glückliches Leben im Meer führen. Diese Welt ist sonderbar, doch schön."

War das ein Schluchzen, was er hörte? „Sei nicht traurig, wir sind wieder zusammen. Das ist alles, was zählt."

Und tatsächlich gelang es der Prinzessin und dem Prinzen für kurze Zeit, glücklich miteinander zu sein. Hand in Hand erkundeten sie ihre neue Heimat. Die Prinzessin beschrieb dem Prinzen, was sie sah, und er betastete, was ihm in die Hände kam. Verzückt lauschte er dem engelsgleichen Gesang der Meerjungfrauen, der aus manchen Häusern und Gärten drang. Sie hatten wirklich die schönsten Stimmen, die es auf der Welt gab.

Das Meervolk beobachtete die beiden neugierig, und auch die fünf Schwestern beobachteten staunend den Prinzen in ihrem Reich. Jetzt, wo er kein Mensch mehr war, fanden sie ihn schön, trotz seiner fehlenden Augen.

Die Jüngste schloss ihn gar augenblicklich ins Herz und begriff, warum ihre kleine Schwester für ihn ihr Leben aufgegeben hatte. Ja, sie vergaß fast, wie sehr der Prinz ihre Schwester enttäuscht hatte. Es reute sie sogar, was sie und ihre Schwestern ihm und seiner Braut angetan hatten. Doch bei den anderen Schwestern regte sich Unmut. Sie konnten nicht ertragen, dass der Prinz glücklich mit seiner Braut war, gerade hier, mitten unter ihnen, wo einst ihre kleine Schwester gelebt und sich doch so sehr gewünscht hatte, ihr Leben mit dem Prinzen zu teilen.

Sie wollten wissen, wieso der Prinz jetzt einer der ihren war und schwammen zu ihm hin. Die Prinzessin erschrak bei ihrem Erscheinen. „Mein Gemahl, dies sind die Meerjungfrauen, die mich entführt haben."

„Warum habt ihr das getan?", fragte der Prinz.

„Sag uns zuerst, wie es kommt, dass du nun ein Meermann bist."

Der Prinz erzählte es ihnen.

Die älteste Schwester nickte. „Wohlan, deine Liebe zu

deiner Gemahlin ist wirklich groß. Es scheint gar, genauso groß wie die unserer kleinen Schwester zu dir."

„Eure kleine Schwester? Wie kommt es, dass sie mich kennt?", fragte der Prinz verwundert.

„Du kennst sie auch. Sie rettete dich einst vor dem Ertrinken und nahm menschliche Gestalt an, um bei dir an Land bleiben zu können."

Da wusste der Prinz, dass sie von dem schönen stummen Mädchen sprachen. Endlich erfuhr er, woher sie stammte. „Wo ist sie?"

„Sie ist nicht mehr unter uns. Sie konnte nur ein Mensch bleiben, wenn sie deine absolute Liebe erlangen würde. Doch du hast eine andere zur Frau genommen. Sie hätte wieder eine Meerjungfrau werden können, aber dafür hätte sie dich töten müssen. Das konnte sie nicht. Also löste sie sich auf in Meerschaum und nichts als die Erinnerung an sie ist uns geblieben. Daher entführten wir aus Rache deine Braut."

Dem Prinzen war, als hätte ihm jemand ein Messer in die Brust gestoßen. Wie lieb hatte er das Mädchen doch gehabt. Wenn er doch nur ihr Schicksal gekannt hätte! Wenn sie doch nur hätte sprechen können …

„Es tut mir so unendlich leid."

„Oh, nicht leid genug", sagte die älteste der Schwestern. „Du wirst noch mehr leiden, das schwöre ich dir. Denn der Trank der Hexe verwandelte dich auf ewig in einen Meermann. Deine Braut aber wird binnen Monatsfrist wieder ein Mensch. Dann muss sie zurück an Land, und ihr werdet nie mehr zueinander finden."

Bei diesen Worten schluchzte die Prinzessin laut auf, und auch dem Prinzen versagte die Stimme. Nein, das durfte nicht sein, sagte er sich. Das war zu grausam!

„Bitte, es tut mir leid. Ich hatte eure Schwester von Herzen gern, das müsst ihr mir glauben. Und wenn ihr sie auch so lieb hattet, dann helft mir. Denn sie hätte bestimmt nicht gewollt, dass ich dieses Schicksal erleide …"

Da traf ihn ein Schlag ins Gesicht. „Wage nicht, so von unserer Schwester zu reden", fuhr ihn eine Meerjungfrau an.

„Das ist deine gerechte Strafe!", sagte eine andere. Und sie verließen den Prinzen und die Prinzessin, die zusammen wie ein Häufchen Elend am Grund des Meeres hockten und die wenige gemeinsame Zeit, die ihnen blieb, wie Sandkörner durch ihre Finger rieseln spürten.

Schließlich sagte der Prinz: „Wir müssen zur Hexe. Sie kann mich wieder in einen Menschen verwandeln."

Doch sie kannten den Weg nicht, und niemand aus dem Meervolk war bereit, sie zur Hexe zu führen. Und so vergingen die Tage für die beiden viel zu schnell. Ihre Verzweiflung wuchs stärker und stärker und raubte ihnen jede Hoffnung und jedes Stückchen Glück.

Als der Monat verstrichen war, brachten die Meerjungfrauen die Prinzessin an die Oberfläche und setzten sie am Strand aus, wo sie ihre menschliche Gestalt annahm. Die Schwestern tauchten wieder hinab, nur die jüngste verweilte noch und hörte die flehenden Worte der Prinzessin: „Habt Mitleid! Bitte, bringt mir meinen Gemahl zurück. Bitte!"

Nachdenklich tauchte sie hinab. Eigentlich hatte sie die Prinzessin gerngehabt, denn sie war ihrer verstorbenen Schwester sehr ähnlich, und es tat ihr leid, sich von ihr trennen zu müssen. Auch war es nicht einfach gewesen, sie in den vergangenen Tagen so leiden zu sehen. Es kam ihr so vor, als litte ihre kleine Schwester.

Noch mehr aber kümmerte sie der traurige Prinz. Blind und mutlos trieb er zwischen den Häusern der Stadt umher, ein Bild des Elends. Da er nun niemandem mehr hatte, der ihm half, den Weg zu finden oder sein Essen zu besorgen, fasste sie sich ein Herz und bot ihm ihre Hilfe an.

„Du?!", sagte der Prinz in einem Ton, der ihrem kleinen Herzen weh tat. „Ausgerechnet du?! Du bist doch eine der Meerjungfrauen, derentwegen ich in dieser Lage bin."

„Gerade deswegen will ich dir helfen. Ich denke, es war falsch, was wir getan haben. Ich bereue es."

„So? Dann bring mich zu der Hexe. Sie wird alles wieder richten können."

Die Meerjungfrau wich zurück. „Nein, das kann ich nicht."

„Dann lass mich in Ruhe!" Der Prinz wandte sich ab.

„Du brauchst jemanden, der dir hilft. Du … du könntest bei mir wohnen, ähm, wenn du willst, heißt das natürlich." Die Meerjungfrau spürte, wie sie rot wurde.

„Ich will nicht bei dir wohnen. Verstehst du nicht: Ich will wieder zurück an Land, ich will wieder ein Mensch sein und bei meiner Braut leben."

„Das werden meine Schwestern nie zulassen."

„Hätte eure kleine Schwester gewollt, dass ich so ende?"

Die Meerjungfrau senkte den Kopf. Sie kannte die Antwort. Es war dieselbe, die schon seit Tagen in ihrem Herzen wohnte. Doch sie versuchte es noch einmal, und es fiel ihr nicht einfach: „Ich … habe dich sehr … mmh … gern. Ich könnte dich wieder glücklich machen. Wir könnten zusammenleben. Ich würde alles für dich tun."

Der Prinz reichte ihr seine Hand und sie ergriff sie mit klopfendem Herzen.

„Wenn du mich wirklich gern hast, dann bring mich zur

Hexe."

Die Meerjungfrau rang mit sich selbst. Letztlich beschloss sie, ihrem Herzen zu folgen, auch wenn sie dies nicht glücklich machte. „Also gut, ich führe dich hin."

Hand in Hand schwammen die beiden ins grausige Reich der Hexe. Die Meerjungfrau erzählte dem Prinzen nicht, welche Gefahren auf sie lauerten, denn sie wollte ihm nicht noch mehr Sorgen bereiten. Sie zog ihn jedoch fest an sich, damit er nicht vom Weg abkam, und hoffte, dass er ihr wild pochendes Herz nicht spürte.

Als sie schließlich das Knochenhaus der Hexe erreichten, entließ sie den Prinzen nur ungern aus ihren Armen. Wenn er doch nur bei ihr bleiben würde!

Die Hexe erwartete sie bereits und wusste, warum sie kamen. „Du weißt, dass bei mir alles seinen Preis hat."

„Ja, das weiß ich nur zu gut", antwortete der Prinz.

„Nun, diesmal lasse ich dir sogar die Wahl. Willst du mir deine Ohren geben oder deine Zunge?"

Dem Prinzen war bei diesen Worten, als klumpe sich ein Haufen Lehm in seinem Magen zusammen. Wie grausam war doch dieses Weib!

„Du musst es nicht tun", sagte die Meerjungfrau an seiner Seite. „Bleib bei mir."

Der Prinz schüttelte den Kopf. „Nein, das kann ich nicht. Aber was du forderst, Hexe, ist viel. Ohne Zunge kann ich nie mehr mit meiner Liebsten sprechen, und ohne Ohren sie nie mehr hören."

„Du hast die Wahl. Schon einmal gab mir jemand seine Zunge, um ein Mensch werden zu können. Erinnerst du dich, kleine Meerjungfrau?"

Und jetzt erst begriff der Prinz, warum das Mädchen, das er damals am Strand gefunden hatte, stumm gewesen war. Für ihn hatte sie nicht nur ihre Welt verlassen, nein, für ihn hatte sie ihre Stimme geopfert, wohl wissend, dass sie ihm niemals würde erklären können, wer sie war und woher sie kam. Auch nicht, dass sie es gewesen war, die ihm das Leben nach dem Schiffbruch gerettet hatte. Und vor allem würde sie ihm nie ihre Liebe gestehen können.

Die Bestürzung, die der Prinz in diesem Moment spürte, war groß. So groß, dass sie ihn niederdrückte und zu Boden sinken ließ. Er sah in Gedanken das stumme Mädchen vor sich, wie sie anmutig getanzt hatte, wie sie stets an seiner Seite geblieben war. Tief in seinem Herzen hatte er damals schon gewusst, dass sie ihn mehr liebte als alles andere auf der Welt. Und auch er hatte sie geliebt. Doch seine Braut liebte er noch mehr. Wie musste es die kleine Meerjungfrau geschmerzt haben, als er eine andere zur Frau nahm?

Was geschehen war, war geschehen. Doch er schwor sich in diesem Moment, dass nie mehr eine Frau wegen ihm so leiden sollte. Der Prinz erhob sich.

„Also gut, Hexe. Meine Augen habe ich dir bereits gegeben, so dass ich meine Braut nie mehr werde sehen können. So will ich sie wenigstens noch hören können. Und da die kleine Meerjungfrau wegen mir ihre Stimme verlor, erscheint es mir nur gerecht, wenn auch ich dir meine Zunge gebe."

Die Hexe lachte auf.

„Nein!", rief die Meerjungfrau. „Wir haben dir schon so viel Leid angetan, das kann ich nicht zulassen. Hexe, nimm statt seiner Zunge meine."

„Das soll mir recht sein", sagte die Hexe und beäugte die beiden mit einem breiten Grinsen.

„Das kann ich nicht annehmen", sagte der Prinz. „Deine Schwester gab bereits ihre Stimme her für mich. So etwas soll nicht noch einmal geschehen. Damit kann ich nicht leben."

Die Meerjungfrau ergriff ihn bei der Hand. „Dann lass mich dir ein Abschiedsgeschenk geben. Ich möchte für dich singen."

Und sie stimmte einen Gesang an, der so lieblich und sanft war, wie ihn der Prinz noch nie gehört hatte. Er beruhigte ihn fast augenblicklich und webte – ohne dass der Prinz es merkte – einen Schleier der Müdigkeit um seine Gedanken. Es war eine uralte Melodie, die das Meervolk sang, um seine Kleinen in einen ruhigen Schlaf mit süßen Träumen zu wiegen. Der Prinz vergaß, wo er war, was er hier wollte. Vor seinem geistigen Auge erschien ein Strand, jemand wartete dort auf ihn, ja, sie war es, und er fühlte sich wieder glücklich, so glücklich …

Als er zu sich kam, fühlte der Prinz Sandkörner zwischen seinen Lippen und unter seinen Händen. Möwengeschrei und das Rauschen von Wellen drangen an sein Ohr und eine sanfte Brise strich über ihn hinweg. Da die Welt für ihn immer noch schwarz war, dauerte es einen Moment, ehe er begriff, dass er an Land war.

Er stützte sich auf, spuckte den Sand aus und richtete sich langsam auf. Er richtete sich auf! Ja, er spürte wieder seine beiden Beine, dort wo vorhin noch ein Fischschwanz gewesen war. Konnte das wahr sein? Oder träumte er noch immer?

Aber nein, er spürte deutlich den Sand, atmete die salzige Luft, betastete seine Beine.

„Ich bin wieder da!", rief er und breitete die Arme aus. Und schlagartig begriff er: Er war wieder ein Mensch, er konnte hören, er konnte sprechen. Also hatte erneut eine Meerjungfrau einen grausamen Preis für ihn bezahlt.

„Oh nein", stöhnte er. „Bist du da? Bist du da, kleine Meerjungfrau? Hallo?"

Er lauschte, doch da war nur das Rauschen der Wellen. Und die Möwen. Noch einmal rief er. Und diesmal antwortete eine Stimme aus weiter Ferne. Er kannte diese Stimme. Er rief erneut, und die Stimme antwortete, näher diesmal: „Oh mein Liebster, du bist zurück! Du bist zurück!"

Er wandte sich landeinwärts und breitete die Arme aus, um seine geliebte Prinzessin zu empfangen.

Später kam er oft zurück an den Strand. Stundenlang saß er im Sand und lauschte. Lauschte dem, was da war und was fehlte. Manchmal rief er aufs Meer hinaus oder winkte. Und auch wenn er keine Antwort bekam, glaubte er doch ihre Anwesenheit zu spüren. Sie und ihre Schwester würden für immer einen Platz in seinem Herzen behalten.

Und damit niemand ihre Geschichte vergessen sollte, ließ er im Hafen die bronzene Statue einer Meerjungfrau errichten, die heute noch dort zu sehen ist.

Blutspende

„Wieso kann ich seine Leiche nicht noch einmal sehen?! Er ist mein Bruder!" Cornelia war entschlossen, das Büro der Kommissarin erst zu verlassen, wenn diese ihr die Erlaubnis gab, Thomas' ein letztes Mal zu sehen.

„Tut mir leid, Frau Schulte, die Gerichtsmedizin hat ihn noch nicht freigegeben."

In Cornelias Augen funkelte es. „Aha, glauben Sie mir endlich, dass er umgebracht wurde?"

Kommissarin Becker seufzte. „Das hat nichts mit Glauben zu tun. Es ist das Standardverfahren bei ungeklärten Todesfällen."

„Standardverfahren?!" Nun hielt es Cornelia nicht mehr im Besucherstuhl. Sie baute sich vor dem Schreibtisch der Kommissarin auf. „Ist es Standard bei der Polizei, blutleere Leichen zu finden?!"

Die Polizeibeamtin machte beschwichtigende Handbewegungen. „Frau Schulte, wir untersuchen diesen Fall sehr genau. Deswegen ist die Gerichtsmedizin ..."

„Davon merke ich nichts! Haben Sie Aljona gefunden?!"

„Nein, wir haben bislang zu wenig Anhaltspunkte."

„Aber ich habe Ihnen doch seine Mails und Whatsapp-Nachrichten zur Verfügung gestellt."

„Ja. Doch was schrieb Ihr Bruder denn über diese Frau, das uns weiterhilft? Ist Aljona ihr richtiger Vorname? Es gibt niemand, der sie uns beschreiben kann. Selbst Sie haben sie nie gesehen. Es gibt kein Foto, keine Kleidungsstücke, nichts von ihr in seiner Wohnung."

Cornelia rollte mit den Augen und streckte die Hände in einer genervten Geste nach oben. „Dann fragen Sie da nach, wo Thomas sie kennengelernt hat: Im Krankenhaus, beim Blutspenden."

„Haben wir längst, Frau Schulte. Aber dort ist keine Aljona als Spenderin bekannt ..."

„Das gibt es doch nicht!" Cornelia schlug mit der flachen Hand auf den Tisch.

„Frau Schulte, jetzt setzen Sie sich bitte." Cornelia blieb stehen. Kommissarin Becker seufzte. „Wir ermitteln in alle Richtungen. Es steht doch gar nicht fest, dass sie etwas mit dem Tod Ihres Bruders zu tun hat. Hören Sie, ich warte auf die abschließenden Untersuchungsergebnisse der Rechtsmedizin und der KTU, dann komme ich sicher weiter. Mir ist ein Rätsel, wie er diesen immensen Blutverlust erlitten hat."

„Sagten Sie nicht, es war kaum Blut in der Wohnung? Wo ist er dann ...? Ich meine, ist er woanders umgebracht worden?"

Die Beamtin rutschte auf ihrem Stuhl hin und her und senkte den Blick. „Das ist in der Tat ein seltsamer Aspekt ..."

Cornelia versuchte, die grausamen Gedanken und Bilder zu verdrängen, die durch ihren Kopf geisterten. Es machte sie fertig, dass Thomas auf diese Weise gestorben war. Mit seinem Tod war ihre Welt schlagartig eingestürzt. Es war falsch, so jung sollte niemand sterben, der doch mitten im Leben stand. Vielleicht hätte sie es besser verkraften können, wenn es ein Unfall gewesen wäre. Aber das ... Sie sackte in sich zusammen.

„Frau Becker, ich habe jetzt niemanden mehr. Thomas war

mein einziger Verwandter. Ich muss ihn noch einmal sehen, bevor ..." Die Stimme versagte ihr und sie wandte sich ab, um sich die Tränen wegzuwischen.

Kommissarin Becker kam um den Schreibtisch herum und legte ihr eine Hand auf die Schulter. „Frau Schulte, wir finden heraus, was Ihrem Bruder zugestoßen ist und wer dahintersteckt. Ich verspreche es. Doch ich bitte Sie um Geduld."

„Ich will ihn doch nur noch einmal sehen ..."

Die Kommissarin wich ihrem Blick aus. Die Art, wie sie es tat, weckte etwas anderes zwischen der Verzweiflung und Trauer in Cornelia: Argwohn. Kommissarin Becker hatte vorhin schon so seltsam reagiert. Als gäbe es einen anderen Grund, warum sie ihren Bruder nicht sehen konnte oder durfte. Als verschweige sie ihr etwas.

Darüber dachte Cornelia immer noch nach, als sie auf die Straße vor dem Polizeirevier trat und die regenfeuchte Luft atmete. Schiefergraue Wolken zogen über den Himmel, und in der Ferne drohte zwischen den Häuserblocks fahles Gewitterleuchten. Mit schnellen Schritten ging sie zu ihrem Wagen und kaum saß sie drin, prasselten die ersten Regentropfen auf die Windschutzscheibe wie nervöse Finger. Ihr Blick war jedoch in andere Sphären gerichtet. Nein, sie konnte jetzt nicht nach Hause fahren. Sie musste etwas tun. Wenn die Polizei unfähig war, Thomas' Mörder zu finden, dann musste sie den Fall lösen. Das war sie Thomas schuldig.

Keine halbe Stunde später parkte sie ihren Wagen vor dem Mehrfamilienhaus, in dem Thomas' Wohnung lag. Der Himmel hatte inzwischen alle Schleusen geöffnet, und auf den wenigen Metern bis zur Haustür wurde sie bis auf die

Unterwäsche durchnässt. Zum Glück hatte sie seine Wohnungsschlüssel immer dabei. Gebraucht hatte sie diese bislang allerdings kaum. Nur wenn Thomas so krank gewesen war, dass er die Tür nicht hatte öffnen können. Und nie war sie unangemeldet gekommen. Thomas war seine Privatsphäre über alles gegangen.

Ihre nassen Schuhe quietschen bei jedem Schritt und hallten durch ein Treppenhaus, das ihr noch nie derart kühl und leer vorgekommen war. Wie aus Eis fühlte sich das Metall des Treppengeländers an. Cornelia fröstelte.

Ihr war, als sei sie der einzige Mensch in diesem Haus, das einzige Lebewesen ...

Wie gegen einen großen Widerstand ankämpfend, zog sie sich Schritt für Schritt bis in den dritten Stock hoch. Ihr Herz klopfte, als sie die Polizeisiegel auf der Wohnungstür betrachtete. Deutlicher konnte man es den Nachbarn nicht mitteilen: Seht her, hier ist ein Mensch unter verdächtigen Umständen gestorben!

Zitternd führte sie den Schlüssel ins Schloss. Die Siegel gaben ratschend nach, als sie mit etwas Druck die Tür öffnete.

Was?!

Sie fuhr herum. Hatte sie nicht gerade jemanden hinter sich gehört?

Nein, da war niemand. Tief holte sie Luft.

Cornelia, Cornelia, beruhige deine Nerven! Komm runter!

Einfacher gesagt als getan. In ihren Ohren pochte es, als sie einen Schritt in den dunklen Wohnungsflur tat. Der typische Geruch empfing sie: Abgestandene Luft, in der Männerdunst, Staub, der muffige Papiergeruch seiner Comicsammlung und ein Hauch von vergessenem Biomüll klebten. Ihre Hand tastete nach dem Lichtschalter. Erst als die Glühbirne ihr dämmriges Licht verbreitete, traute sie sich, die Wohnungstür zu schließen.

Wie still es war. Wie kalt. Wie einsam.

Er war nicht zu Hause. Thomas würde nie wieder zu Hause sein!

Die neue Realität hieb mit der Wucht eines Keulenschlags auf ihre Gedanken und trieb die lang unterdrückten Tränen hinaus.

Als sich Cornelia wieder gefangen hatte, steuerte sie mit wackligen Knien durch den schmalen Flur ins Wohnzimmer. Hier hatte er meistens gesessen, am Schreibtisch in der Ecke. Der Drehstuhl war nun leer, ebenso das Fach, in dem sein PC gestanden hatte; die Polizei hatte ihn mitgenommen. Der 24-Zoll-Bildschirm würde für immer dunkel bleiben.

Sie wollte sich weiter umsehen, als ein heller Lichtblitz sie blendete. Sie schloss die Augen. Hatte sie einen Überwachungsmechanismus ausgelöst? Dann hörte sie zwischen dem Regen, der unentwegt gegen die Fensterscheibe prasselte, ein Grummeln von draußen. Cornelia schüttelte über sich selbst den Kopf. Ein weiterer Blitz riss den Kaktus auf der Fensterbank, den sie Thomas vor drei Jahren geschenkt hatte, aus dem Halbdunkel. Immer noch die einzige Pflanze der Wohnung.

Cornelia drückte den Lichtschalter. Grelles Weiß überflutete die Regale voller DVDs, Bücher und vor allem seiner heiß geliebten Comics. Das einzige Foto an der weißen Wand zeigte sie beide in unbeschwerten Kindertagen. Ein warmes Gefühl stieg in ihr auf und zugleich Bedauern. Sie hätte so gern erlebt, dass die Handschrift einer Frau sich dauerhaft in Thomas' Leben wiedergefunden hätte. Hätte es ihm so sehr gegönnt. Aber konnte man aus einer schmucklosen Wohnung auf ein schmuckloses Leben schließen?

Was hoffte sie hier überhaupt zu finden? Was konnte sie sehen, was die Polizei nicht sehen konnte?

Im Schlafzimmer hatten sie ihn gefunden, auf seinem Bett. Halbnackt. So hatten sie ihr gesagt. Im Leichenschauhaus hatte ihr Bruder auf sie gewirkt, als liege er in friedlichem Schlaf. Doch nun sah sie vor ihrem geistigen Auge sein schneeweißes, angststarres Gesicht, in dem die toten Augen bis in alle Ewigkeit den Schrecken seiner letzten Minuten spiegeln würden.

Mit aller Gewalt zwang sie die Vorstellung in eine finstere Kammer ihres Geistes zurück, bevor sie das Schlafzimmer betrat. Die aufgewühlten Laken mit den Blutflecken entrissen ihr ein lautes Keuchen. Sie taumelte hinaus zum Bad.

Doch bevor sie es erreichte, blieb sie stehen. Cornelia lauschte. Hatte nicht gerade jemand leise gelacht?

Ich werde hier noch wahnsinnig!, durchzuckte es sie und ein Schüttelfrost überkam sie. Ihre nassen Klamotten zogen sich um sie zusammen wie eine Zwangsjacke. Sie musste sie trocknen, doch erst einmal musste sie ihre Nerven beruhigen. Zielstrebig steuerte sie in die Küche und öffnete die Schranktür, hinter der Thomas immer ein paar Spirituosen aufbewahrte. Ja, zwei Flaschen Wein standen dort und das, was sie suchte: Whisky. Nach ein paar Schlucken breitete sich vom Magen eine angenehme Wärme in ihr aus. Sie ging ins Bad, zog ihre nassen Klamotten aus und trocknete sich mit einem Badehandtuch ab. Dabei grübelte sie darüber nach, wo sie einen Hinweis auf Thomas' Freundin finden konnte. Aljona war ihr einziger Anhaltspunkt. Sie musste Thomas als Letzte gesehen haben. Seit er sie vor über drei Monaten getroffen hatte, hatte Thomas für seine Schwester kaum noch Zeit gehabt. Die

Telefonate und Videochats waren weniger geworden und in den beiden letzten Wochen hatte es sich auf knappe E-Mails und Whatsapps beschränkt. Sie dachte an ihr Gespräch mit Kommissarin Becker. Die Polizei hatte sein Handy und seinen PC mitgenommen, Zugriff auf seine Accounts angefordert, aber angeblich keine einzige Mail oder Nachricht von oder an Aljona gefunden. Als würde es sie gar nicht geben, jedenfalls nicht in der digitalen Welt. Kommissarin Becker hoffte auf die Auswertung der Telefonverbindungen, doch konnte oder wollte sie Cornelia noch nichts Näheres sagen. Verdammt, es musste doch eine Spur zu finden sein! Dann kam ihr ein Gedanke: Wenn es schon keine Nachrichten an Aljona gab, dann doch welche über sie. Cornelia griff sich den Bademantel und saß kurz darauf auf der Wohnzimmercouch über ihr Handy gebeugt. Zwar hatte sie der Polizei auch ihren gesamten Mail- und Nachrichtenverkehr mit Thomas zur Verfügung gestellt, aber wer weiß, vielleicht hatten sie was übersehen. Cornelia öffnete die letzte Mail, die Thomas ihr geschrieben hatte, und las sie noch einmal:

... Schwesterherz, die Frau ist einfach göttlich! Unfassbar krass. Ein blonder Engel. Und eine Seelenverwandte. Wir sind uns in vielem so ähnlich. Sie ist halt genauso menschenscheu wie ich, hab also Geduld, du wirst sie schon noch kennenlernen.
Die Arbeit stresst momentan voll, ich bin total ausgepowert und müde, aber wenn Aljona bei mir ist, bekomm ich einen Energiekick. Kennst du das? Blöd, dass sie selbst am Wochenende stets tagsüber zu tun hat. Wir sehen uns immer noch erst abends. Sie hat einen aufreibenden Job im Gesundheitswesen. Im Dienst der Menschheit, sagt sie. Ist das nicht

irre? Ich bin gespannt, wie du sie findest. So, Schluss für heute.

Bleib anständig Solargirl und mach die Welt besser.

(Solargirl. Das war sie, seit er Superhelden-Comics lesen konnte.)

Dein Powerman!

(Das war er, seit er Superhelden-Comics lesen konnte.)

Sie ging seine letzten Whatsapps an sie durch:

Hey Solargirl!

Sorry, muss unser Treffen am Samstag cancelln. Bin krankgeschrieben. Nix Ernstes, keine Sorge. Wirklich nicht. (Zwinkersmiley).

Aljona kümmert sich aufopfernd um mich. (Herzsymbol).

Bin so (Gähnesmiley). Ich vertrage (Sonnensymbol) nicht gut (Sonnenbrillensmiley). Arzt meint, Überarbeitung oder so. Wird schon wieder.

Pass auf die Welt auf.

Powerman – bald rette ich wieder die Welt! (Muskelarmsymbol)

Seine letzte Nachricht:

Liebes Schwesterherz!

Hab voll das schlechte Gewissen (Smiley mit roten Wangen), aber ich hoffe, du verstehst mich. Es geht mir schon wieder besser, dank meinem Engel. (Zwinkersmiley)

Arzt hat mir geraten, Urlaub zu nehmen und wegzufahren. Fahre morgen los. Weiß noch nicht, wohin und wie lange (Grübelsmiley), einfach treiben lassen.

Melde mich bei dir.

LG (Kussmundsmiley)

Cornelia biss sich auf die Unterlippe. Diese Nachricht war ihr direkt seltsam vorgekommen. Das war einfach nicht seine Art. Und die Worte entsprachen auch nicht seinem Stil. Auf ihre Antwort hatte er sich dann nicht mehr gemeldet. Sie hatte Kommissarin Becker davon berichtet. Die Kommissarin hatte genickt und gesagt, ihr Bruder hätte die Nachricht am Tag seines Todes geschrieben. Wer weiß, wann sie ihn gefunden hätten, wenn der Nachbarin über ihm nicht der Waschmaschinenschlauch geplatzt wäre und der Verwalter nicht hätte die Tür öffnen lassen, um den Schaden zu begrenzen ...

„Thomas, ich hätte direkt zu dir kommen sollen", sagte sie leise.

„Keine Sorge, Cornelia. Es geht mir gut ..."

Sie blickte auf. „Thomas?"

Verwirrt sah sie sich um. Das war doch Thomas' Stimme gewesen! Das war ... wohl einfach zu viel für sie. Sie fing schon an, Gespenster zu sehen.

Der nächste Tag brachte Sonnenschein und einen klareren Kopf. Cornelia versuchte, sich durch ihre Arbeit im Einwohnermeldeamt abzulenken, doch das funktionierte nur bedingt. In der Mittagspause und nach Ende der Publikumszeit kreisten ihre Gedanken wieder um Thomas und seinen grauenhaften Tod. Wie konnte sie bloß Aljona finden? Bevor sie gestern gegangen war, hatte sie sich durchgerungen, alle Schubladen und Schränke zu durchwühlen. Aber keinerlei Hinweis auf diese Frau. Kein Foto, kein persönlicher Gegenstand, nichts! Als hätte es sie gar nicht gegeben ...

Für einen Moment hatte sie tatsächlich daran geglaubt, dass Thomas diese Person erfunden hatte. Doch nein, so abgedreht war er nicht.

Sie hatte nur eine Spur. Nach Feierabend fuhr sie zu dem Krankenhaus, in dem Thomas regelmäßig seine Blutspende abgegeben hatte. „Mein kleiner Dienst an der Menschheit", hatte er immer gesagt.

Als sie ankam, dämmerte es schon. Sie wusste, dass heute einer der regulären Spendetermine war. Am Empfang wies man ihr den Weg. Im zweiten Stock wurde sie von einer freundlichen Schwester empfangen.

„Sie sind zum ersten Mal hier?"

Cornelia nahm den Fragebogen entgegen. „Ja. Ehrlich gesagt habe ich ein bisschen Angst. Ich kann kein Blut sehen."

Die Schwester lächelte. „Dann ist das aber mutig! Finde ich toll. Und keine Angst, wir haben da schon unsere Tricks. Denken Sie daran: Sie retten Leben."

„Damit hat mich mein Bruder auch immer überzeugen wollen. Ich denke, ich schulde ihm was."

Die Schwester nahm ihren Personalausweis entgegen und schaute fragend auf. „Frau Schulte, Ihr Bruder heißt nicht zufällig Thomas?"

Sie nickte. „Sie kennen ihn?"

„Oh ja, er kommt ja regelmäßig hierher. Grüßen Sie ihn von mir."

Grüßen ... „Sagen Sie ... kennen Sie auch eine Frau namens Aljona?"

Die Schwester schürzte die Lippen und ein lauernder Ausdruck blitzte in ihren Augen auf. „Nein. Warum fragen Sie?"

„Mein Bruder hat sie hier kennengelernt."

„Was ist denn mit dieser Aljona?"

„Ich muss sie unbedingt sprechen."

„Warum fragen Sie nicht Ihren Bruder?"

Cornelia rang um eine Antwort. Die Wahrheit? Was hatte sie zu verlieren?

„Ich kann ihn nicht mehr fragen. Er ist tot."

„Nein!" Die Schwester hielt sich die Hand vor den Mund. Dann sah sie Cornelia an, als wäre ihr mit einmal etwas klar geworden. „Das war ihr Bruder? Meine Kollegin hat mir erzählt, dass die Polizei hier gewesen ist und auch nach dieser Aljona gefragt hat. Oh, Frau Schulte, das tut mir so leid. Was ist denn passiert?"

Cornelia schüttelte den Kopf. „Wir stehen vor einem Rätsel. Aljona ist die Einzige, die uns helfen kann, es zu lösen. Sie muss ihn zuletzt gesehen haben."

Die Stimme der Schwester bekam einen verschwörerischen Ausdruck: „Eine Spenderin?"

Cornelia kam die Aussage der Kommissarin in den Sinn: Keine Spenderin dieses Namens. Dazu Thomas' Mails und Nachrichten ... Im Dienst der Menschheit ... „Vermutlich eine Angestellte. Und blond ist sie."

Die Frau schüttelte den Kopf. „Tut mir leid, aber eine Aljona arbeitet hier nicht. Und die Daten der Spender sind vertraulich." Sie wies auf den Fragebogen. Cornelia füllte ihn stumm aus. Was hatte sie erwartet? Wenn selbst die Polizei nicht weiterkam? Trotzdem war es richtig, hier zu sein. Eine letzte Geste gegenüber ihrem Bruder.

Die Schwester maß ihre Temperatur und nahm ihr ein Blutströpfchen aus dem Ohr ab. „Damit messen wir den Hämoglobinwert."

Sie wurde gebeten, zu warten und dann in einen Nebenraum geführt, in dem ein Arzt Puls und Blutdruck maß und mit ihr den ausgefüllten Bogen durchging.

„Kein Aids, keine Hepatitis, keine anderen Krankheiten. Keine Auslandsaufenthalte. Schön. Ihr Blut wird dennoch untersucht, bevor es zur Spende freigegeben wird. Dies dient nicht nur dem Schutz der Empfänger, sondern auch Ihrem eigenen."

Sie wurde in den eigentlichen Spenderraum geschickt. Ein großes Zimmer, dessen heruntergelassene Jalousien es in dämmriges Licht tauchten. Sie sah mehrere Liegen, die alle leer waren. Cornelia suchte sich eine aus, doch kaum lag sie dort, kribbelte es im ganzen Körper. Plötzlich kam ihr die Idee idiotisch vor. Wo sie doch kein Blut sehen konnte! Jetzt konnte sie noch aufstehen und einfach gehen. Aber sie zögerte einen Moment zu lange. Eine blonde Helferin trat ins Zimmer, begrüßte sie und desinfizierte ihre linke Armbeuge. Cornelia fühlte, wie sich ihr Magen zusammenklumpte. Sie wollte der Frau sagen, dass sie dringend auf die Toilette müsse, als sie deren Namensschild las: „A. Schreiber."

Auf einmal schlugen ihre Gedanken einen Salto und drängten die Panik zurück. „Aljona?"

Es war nur ein kaum merkliches Zucken, ein Zögern, das den Bruchteil einer Sekunde zu lange währte. Für Cornelia reichte es.

„Entschuldigen Sie, meinten Sie mich?" Ein Lächeln huschte über das engelsgleiche Gesicht der Schwester, dessen einziger Makel die schon ungesund wirkende Blässe war.

„Sie sind doch Aljona", versuchte es Cornelia.

Ein entschuldigendes Lächeln und Kopfschütteln. „Nein, tut mir leid. Das A steht für Anna." Cornelia blickte in die Augen der Frau. Eine grün-braune Iris umschloss ihre Pupille, wie ein Brunnenrand einen tiefen Schacht. Etwas lauerte am dunklen Grund, das Cornelia nicht einordnen konnte. Etwas, das so gar nicht zu dem freundlichen Lächeln passte und Cornelia jegliche Kraft raubte.

„So und jetzt entspannen Sie sich bitte. Es tut nicht weh."

Ehe Cornelia reagieren konnte, stach die Nadelspitze durch ihre Haut. „Au!"

„Verzeihung. Tut mir leid." Cornelia sah ihr Blut in eine Spritze fließen und ein flaues Gefühl überschwemmte von der Magengegend ihren Körper. Hilfesuchend blickte sie auf, genau in die Augen der Schwester. Als würde ein Raubtier sie anstarren. Cornelia rang nach Luft. Die Schwester senkte ruckartig den Blick, zog die Spritze ab und klemmte einen schmalen Schlauch an die Kanüle, der das Blut in einen Plastikbeutel führte. „Bleiben Sie bitte ruhig liegen. In fünf Minuten ist alles vorbei."

Oh Gott, was passiert hier?! Cornelias Herz arbeitete wie eine Dampframme, ihr Mund trocknete aus. Sie wandte ihren Kopf nach der Schwester um, doch die war nicht mehr zu sehen.

„Ich ... ich habe es mir anders überlegt. Hallo? Hören Sie?! Ich will aufhören! Schwester?!"

Keine Antwort.

„Hallo?!"

Cornelia richtete sich auf, darauf bedacht, sich die Spritze nicht tiefer in den Arm zu rammen oder den Schlauch abzureißen. „Hört mich jemand?!"

Es kam ihr wie eine Ewigkeit vor, bis der Doktor auftauchte.

„Ach du meine Güte, Frau Schulte! Was ist denn mit Ihnen?"

Von der angebotenen Stärkung hatte sie nur das Wasser angenommen und sich mit vorsichtigen Schritten in die Eingangshalle hinunterbegeben. Der Arzt hatte sie zwar noch nicht gehen lassen wollen, aber nichts hielt sie eine Minute länger als nötig in diesem Krankenhaus.

Schwester Anna blieb verschwunden. Auch der Arzt wusste sich nicht zu erklären, wohin sie gegangen war. Für Cornelia stand fest, dass sie Aljona gefunden hatte. Wie hatte sich Thomas nur mit dieser unheimlichen Frau einlassen können? Einen Engel hatte er sie genannt. Cornelia kam sie mehr wie ein Todesengel vor.

Als sie auf aus dem Gebäude heraustrat, streckte das Dunkel der heranziehenden Nacht seine Finger auch nach ihr aus. Nur das trübe Licht der Straßenlaternen und die gelb-weißen, lidlosen Augen der vorbeirasenden Autos setzten Kontrapunkte. Doch da waren noch andere Augen, die den Abend durchdrangen. Wach und aufmerksam. Auf sie starrend. So kam es Cornelia zumindest vor. Sie drehte sich zur Fassade des Krankenhauses um. Stand dort an einem der zahllosen Fenster jemand und beobachtete sie? Schwester Anna-Aljona?

Cornelia achtete kaum auf den starken Verkehr, als sie über die Straße zu dem Parkplatz rannte, auf dem ihr Wagen stand. Dort musste sie kurz innehalten und Luft holen. Ihr war schwindelig. Sie hätte wohl doch auf den Arzt hören sollen. Gleich würde es schon wieder gehen. Und dann nichts wie weg von hier.

Als sie sich hinter das Lenkrad setzte und losfuhr, war die Welt noch immer nicht zur Ruhe gekommen. Wenn sie langsam und vorsichtig fuhr, würde schon nichts passieren. Es war ja keine halbe Stunde bis nach Hause.

Halt! Hätte sie hier nicht abbiegen müssen?

Verdammt, wo konnte sie jetzt drehen? Sie hasste es, im Dunklen durch Straßen zu fahren, die sie nicht kannte.

Okay, an der nächsten Möglichkeit rechts ab. Ja, dort vorne. Eine schmale Straße. Wo führt die hin? Was ist denn mit den Straßenlaternen? Wieso flackern die?

Was ist da mitten auf der Straße? Eine Gestalt. Eine Frau? Was macht die da?! Weg!!!

Bremsen quietschten, sie riss das Lenkrad herum. Ihr Wagen krachte durch einen Vorgartenzaun und kam vor einer Hauswand zum Stehen.

Für Cornelia versank die Welt in kompletter Dunkelheit. Würde sie jetzt ihren Bruder wiedersehen? – Thomas?

Als sie die Augen aufschlug, fragte sie sich verwundert, wie sie aus dem Auto gekommen war. Unter ihren Fingern fühlte sie feuchtes Gras.

„Bleiben Sie ruhig liegen, die Ambulanz kommt gleich", hörte sie eine männliche Stimme.

Sie hob den Kopf, bereute es jedoch im nächsten Moment, da sich ein dumpfer Schmerz wie Nebel über ihr Bewusstsein legte. Vor ihren Augen wurde es einen Moment schwarz, dann sah sie wieder Umrisse. Ein unbekanntes Gesicht sah sie besorgt an. „Bewegen Sie sich besser nicht, junge Frau. Sie sind ganz blass. Was macht der Kopf?"

Jetzt erst bemerkte sie, dass sie einen Verband um die Stirn trug. Er klebte seltsam feucht an ihrer Haut.

„Was ... was ist mit der Frau?"

„Welche Frau?"

„Die blonde Frau. Sie stand auf der Straße ..."

Der Mann schüttelte den Kopf. „Nein, da stand niemand. Ich habe Sie gesehen, junge Frau. Ich dachte noch, wo fährt die denn hin, da wars schon passiert. Als ich ankam, hatte ein junger Mann Sie bereits aus dem Wagen geholt und Ihnen aus seinem Hemdsärmel einen Verband umgelegt. Hab gar nicht gesehen, wo der herkam. Ja, und die Hausbewohner riefen den Notarzt. Der muss jeden Moment da sein … Junge Frau, hallo …?"

Dieses Mal erwachte sie unter dem grellen Schein von Neonröhren.

Ein Mann im weißen Kittel stand neben ihr. Sie kannte sein Gesicht.

„Ich sagte Ihnen doch, Sie sollten sich noch etwas ausruhen. Warum waren Sie nur so unvernünftig?!"

„Ist es schlimm, Doktor?", wollte Cornelia wissen.

„Eine Platzwunde und Verdacht auf leichte Gehirnerschütterung. Jetzt bleiben Sie erst mal hier. Können wir jemanden benachrichtigen?"

Cornelia deutete ein Kopfschütteln an und schlug die Augen nieder.

Die Nacht verbrachte sie allein im Krankenzimmer. Der Schlaf brachte keine Erholung. Träume und Erinnerungsfetzen verwoben sich. Der blonde Todesengel. Blut. Ein Meer von Blut. Sie trieb darin, drohte zu ertrinken. Nein, ich will nicht sterben! Sie riss die Augen auf. Thomas? Bist du da?

Bin ich auf der anderen Seite?

Dunkelheit. Leere. Erschöpfung.

Was genau an dem Abend des Unfalls passiert war, ließ sich nicht rekonstruieren. Hatte sie tatsächlich diese Frau auf der Straße gesehen? Aljona? Oder hatte sie sich diese nur eingebildet? Sie hätte gern den jungen Mann gefragt, der sie aus dem Auto gezogen hatte, doch der war nicht auffindbar.

Je mehr sie darüber nachdachte, umso überzeugter wurde sie, dass Anna-Aljona etwas mit dem Tod ihres Bruders zu tun hatte: Hatte sie nicht gelernt, Leuten Blut abzunehmen, und war Thomas nicht an Blutverlust gestorben? Dazu noch ihr Verhalten. Seitdem war sie angeblich nicht mehr im Krankenhaus gewesen. Cornelia hatte den Arzt noch einmal befragt, doch der wollte oder konnte nichts sagen.

Cornelia informierte Kommissarin Becker, doch die meldete zunächst nur, dass in Köln weder eine Aljona noch eine Anna Schreiber gemeldet seien.

Als Cornelia am übernächsten Tag entlassen wurde, führte ihr Weg sie nicht nach Hause.

„Cornelia? Was machst du denn hier? Ich dachte du wärst krankgeschrieben?"

Ihre Kollegen im Einwohnermeldeamt reagierten erschrocken auf ihr Erscheinen. Das erst machte Cornelia bewusst, dass sie wie eine wandelnde Leiche wirken musste. Sie murmelte etwas von unerledigter Arbeit und dass sie gleich noch beim Chef reinschauen wolle. Doch sie wollte nur eines. Sie setzte sich an ihren PC und suchte alle Adressen raus, bei denen eine A. Schreiber gemeldet war. Sicher, der ganze Name könnte falsch sein, doch es war die einzige Spur. Obwohl Köln eine Großstadt war, war das Ergebnis doch sehr überschaubar. Fünf Adressen, von denen sie drei auf Grund der Geburtsdaten direkt aussortieren konnte. Blieben Anne und Arianne Schreiber.

Keine Stunde später konnte sie auch Anne Schreiber aussortieren. Sie war zu der Adresse gefahren, hatte geklingelt und einer Frau gegenübergestanden, die nicht Anna-Aljona war.

Mit wenig Hoffnung klingelte sie nun an der Tür von Arianne Schreiber. Würde sie wirklich ihren echten Nachnamen benutzen, wenn der Vorname schon erlogen war?

Niemand öffnete.

Cornelia trat ein paar Schritte zurück und sah zu den Fenstern des Mehrfamilienhauses, hinter denen sie die Wohnung Arianne Schreibers vermutete. Heruntergelassene Rollläden. War sie in Urlaub? Dann wars das.

Unschlüssig wartete sie noch eine Zeit lang vor dem Haus. Es dämmerte. Der Eifer, der sie bis jetzt angetrieben hatte, war erlahmt, und ihr geschwächter Körper meldete seine Bedürfnisse nach Ruhe und Schlaf an.

Sie setzte sich in ihr Auto und bemerkte erschrocken, wie zittrig und schwach sie war. Was machte sie hier eigentlich? Warum überließ sie das nicht alles der Polizei?

Zu Hause genehmigte sie sich ein großes Glas Rotwein, schlüpfte in ihr Nachthemd und sank völlig ermattet in das Kissen.

Die Alpträume, die sie im Krankenhaus durchlebt hatte, kehrten wieder, intensiver noch als zuvor. Sie sah Anna-Aljonas bleiches Gesicht vor sich, spürte den Stich der Nadel und wie das Blut aus ihr herausfloss. Dann war da Thomas. Thomas! Er und diese Frau. Ihre Stimmen vermischten sich, laut, aber undeutlich. Sie stritten. Er warf sie zu Boden. Sie griff Halt suchend nach der Gardine und riss diese beim Sturz mit herunter.

Dann wieder Schwärze und Leere.

Das Erwachen war mühsam. Schleier um Schleier musste sie zerreißen, um ins Bewusstsein zu gelangen. Wozu? Warum nicht wieder einschlafen?

Nein, reiß dich zusammen, Cornelia! Was ist denn los mit dir?

Wie Bleideckel fühlten sich ihre Lider an, ähnlich wie der Rest des Körpers. Doch Sonnenstrahlen tanzten durch die Ritzen des Rollos und strichen über ihr Gesicht, wie um zu sagen: Steh auf, Schlafmütze, der Tag ist da!

Das Licht fühlte sich warm an. Unglaublich warm. Unerträglich warm! Als läge sie in brütender Hitze an einem südlichen Strand und bekäme einen Sonnenbrand. Das half ihr auf die Beine. Sie torkelte zum Fenster. Kurz davor verfingen sich ihre nackten Füße in einem langen Stück Stoff, das auf dem Boden lag. Fast wäre sie gestolpert. Sie blinzelte nach unten: Die Gardine.

Die Gardine?! Auf einmal war der ganze Traum wieder da: Anna-Aljona über ihr, Thomas, der sie packte und zu Boden warf, die Gardine ...

Cornelia taumelte einen Schritt zurück. War es möglich ...? Oder war sie im Traum geschlafwandelt und hatte dabei selbst die Gardine herab gerissen?

Es konnte nur so sein. Es musste so sein!

Himmel, ich verlier den Verstand!, dachte sie und griff sich an die Schläfen, als würde das helfen. Dann stürzte sie zum Fenster, zog das Rollo hoch, um den Tag einzulassen und alles Dunkle zu vertreiben.

Cornelia schrie auf.

Die Sonne brannte sich in ihre Haut und färbte sie puterrot.

Sie ließ das Rollo runterknallen und torkelte durch das dunkle Schlafzimmer in Richtung Bad, um die Haut mit kaltem Wasser zu kühlen. Auf dem Weg dorthin merkte sie, dass der Schmerz allmählich abebbte.

Tränen bahnten sich ihren Weg. Cornelia musste um ihr Gleichgewicht kämpfen, stützte sich an der Wand ab. Ihr war hundeelend.

Irgendwann war es nicht mehr ganz so schlimm und sie taumelte weiter ins Bad; nur um dem nächsten Schrecken ins Auge zu blicken. Sie starrte in den Spiegel und verstand nicht, was sie sah. Sie verlor den Verstand. Sie blickte durch das Spiegelbild ihres Gesichtes hindurch, sah die Umrisse der Tür hinter sich. Als wäre sie ein Geist!

Nur mühsam konnte sie den Würgereiz unterdrücken. Ihr Magen krampfte sich zusammen und sie suchte die Toilette auf. Dort kamen die Tränen.

Wie konnte ihr Leben nur derart aus den Fugen geraten? Wieso nahm Thomas' Tod sie so stark mit, dass sie reif für die Klapsmühle wurde?

Nein, ich bin bei Verstand!

Ach ja?, antwortete eine Stimme in ihr. Und warum hockst du dann hier?

Irgendwas geht hier vor, das ich nur noch nicht verstehe.

Aha, dann hast du gar nicht die Gardine heruntergerissen? Wenn nicht ich ...

Ihre Gedanken drehten sich wie ein Kreisel, immer schneller, immer gefährlicher, immer irrsinniger.

Schluss!

Sie stand auf. „Ich bin nicht verrückt!" Dann beweise es, forderte die innere Stimme.

„Das werde ich."

Wie denn?

„Kommissarin Becker, endlich kommen Sie!" Die Stimme des

Mannes drückte eine Mischung aus Verzweiflung und Erleichterung aus. „Sie will einfach nicht gehen. Reden Sie mit ihr, vielleicht schaffen Sie es."

Die Kommissarin trat auf Cornelia zu, die, mit Sonnenbrille, Hut und Mantel bekleidet, auf dem Linoleumboden vor dem Zugang zur Pathologie hockte.

„Frau Schulte, stehen Sie bitte auf."

„Ich will ihn sehen. Ich muss ihn sehen!"

„Das kann ich verstehen. Aber so geht das nicht. Bitte, stehen Sie auf. Wir klären das schon."

„Uns trifft keine Schuld, das möchte ich schon mal feststellen!", warf der Mitarbeiter der Pathologie hastig ein. „Ist hier noch nie vorgekommen, dass einer wieder verschwindet. Wer rechnet denn mit ..."

„Seien Sie still!", schnitt ihm die Kommissarin das Wort ab. Cornelia saß kerzengerade. Was hatte der Mann gesagt? „Was ist mit meinem Bruder? Ich will ihn sehen. Sofort."

„Ehrlich, ich weiß nicht, wie ..."

„Seien Sie endlich still!", blaffte die Kommissarin den Mann an. Der schluckte seine unausgesprochenen Worte herunter und schaute wie ein geprügelter Hund.

Cornelia sprang auf die Beine und starrte die beiden abwechselnd an. „Was ist los? Sagen Sie es mir, Frau Becker! Ich habe ein Recht zu erfahren, was mit meinem Bruder geschehen ist."

Die Kommissarin nickte und machte eine beruhigende Geste. „Sollen Sie auch, Frau Schulte. Aber dies ist nicht der richtige Ort. Kommen Sie, wir ..."

„Nein, ich will es hier und jetzt erfahren!" Sie verschränkte die Arme vor der Brust. Der Mann hüstelte und schaute zu Boden. „Also, was ist?!"

Kommissarin Becker seufzte. „Der Grund, warum Sie Ihren Bruder nicht sehen können, ist der, dass seine Leiche nicht mehr da ist. Sie ist ... verschwunden."

Cornelia hatte diese Antwort erwartet. Dennoch traf es sie wie ein Schlag in die Magengrube.

„Frau Schulte, was haben Sie?" Die Kommissarin stützte Cornelia, die immer noch nach Luft rang. „Meine Güte, Sie sehen aus, als bräuchten sie einen Arzt."

Nein, verrückt war sie womöglich wirklich nicht. Aber die Welt, die Welt war verrückt ...

Was war der Sinn? Cornelia starrte auf die winzige Flamme, die die Kerze nach und nach aufzehrte und in Luft auflöste. Es war nur noch ein kleiner Stumpen übrig, und wenn der verschwand, würde auch die Flamme sterben.

Sie war die einzige Lichtquelle in ihrem Wohnzimmer. Tapfer aber vergeblich kämpfte sie gegen das immer stärker werdende Dunkel der Nacht. Es kroch durch die Fenster und fand ungehindert seinen Weg in jeden Winkel von Cornelias Wohnung. Und auch in die Winkel ihres Inneren. Seit die Nacht angebrochen war, fühlte sich Cornelia besser. Sie konnte auf Sonnenbrille und die verhüllende Kleidung verzichten und endlich wieder frei durchatmen. Es gab jetzt keinen körperlichen Schmerz mehr. Dafür einen anderen.

„Thomas, wohin hast du mich nur geführt?", flüsterte sie.

„In ein neues Leben."

Vor Schreck hätte sie fast die Kerze umgestoßen. Sie drehte sich um, in die Richtung, aus der die Stimme erklungen war. Thomas' Stimme. Und erschrak erneut. Dort, im Halbdunkel, stand eine bleiche Gestalt.

„Thomas?"

Aus dem Dämmer schälten sich die Umrisse eines ihr wohl bekannten Gesichts.

„Hi Solargirl."

Sie grub ihre Fingernägel tief in ihre Handballen, bis der Schmerz ihr Tränen in die Augen trieb. Doch als sie diese wegwischte, stand Thomas' Gestalt noch immer dort.

„Was passiert hier?!"

Er hockte sich vor ihr nieder. „Tut mir leid, dass es so gekommen ist. Ich wollte es nicht. Ehrlich. Aber du bist Aljona zu nahe gekommen. Sie fühlte sich bedroht. Also gab es nur zwei Möglichkeiten, den Tod oder die Wandlung." Seine blauen Augen schauten sie traurig an. Sie kannte diesen Blick, und doch war er ihr fremd. Das war nicht der Thomas, den sie in Erinnerung hatte. Es war, als wäre noch etwas anders, jemand Fremdes in ihm. „Ich wollte sie davon überzeugen, dass es einen dritten Weg gibt", fuhr er fort. „Sie könnte sich woanders eine neue Blut- und Datenbank aufbauen, könnte dich in Ruhe lassen. Du würdest es schon vergessen, dachte ich. Wir gerieten in Streit. Aber Aljona hat recht. Wie solltest du Ruhe finden, wenn du weißt, dass meine Leiche verschwunden ist?"

„Wieso lebst du?", hauchte Cornelia.

Das Gesicht ihres Bruders verzog sich zu einem gequälten Lächeln. „Manche nennen es ewiges Leben, andere ewige Verdammnis. Aljona hat mich zu einem der Ihren gemacht. Sie trank mein Blut, und gab mir ihres.

Ich starb ... und erwachte wieder. Mann, das war schon ein Schock, da in dem Leichenschauhaus." Er zog die Schultern hoch und schüttelte sich.

„Wie kann das sein?"

Thomas schüttelte den Kopf. „Ich weiß es nicht. Aber wie

kann überhaupt Leben sein? Dies ist lediglich eine weitere Spielart. Nur, dass wir das Blut der Menschen brauchen, um weiter zu existieren. Ohne vergehen auch wir wieder irgendwann. Aljona hat versucht, es mir zu erklären. Hat was damit zu tun, dass wir keine Blutkörperchen bilden können oder so."

Wahnsinn! Cornelia glaubte, ihr Schädel müsse platzen. Aber irgendwie logischer Wahnsinn, wenn es so etwas gab. Ja, es bekam nun Sinn.

„Deshalb war sie also bei den Blutspenden. Sie ernährt sich davon."

Thomas wiegte den Kopf. „Nicht direkt. Nein, sie untersucht das Blut lediglich und wählt dann jemanden aus, dessen Blut frei von Krankheiten ist, und dessen Blutgruppe passt, so dass sie sich von demjenigen wieder eine Zeit lang ernähren kann."

„Wie bei dir."

Thomas nickte. Cornelias Hand fuhr an ihren Hals. Mit den Fingerkuppen ertastete sie zwei kleine Male nahe der Halsschlagader. „Mein Blut ist also auch in Ordnung?"

„Es ist köstlich", raunte eine weibliche Stimme in ihr Ohr. Sie fühlte eine eisige Hand auf der Schulter, sah aber nicht auf. Thomas nickte ihr zu. Cornelia erwiderte die Geste. Dann schloss sie die Augen, um sie in einem anderen Leben wieder zu öffnen ...

Die Bäume der Ahnen

Wieso?

Ich verstand es lange Zeit auch nicht.

Ich weiß noch, wie ich vor der Kastanie stand. „Du kommst auch weg." Ich wollte einen neonroten Strich auf die Baumrinde sprühen. Doch die Sprühdose spuckte lediglich zwei, drei Flecken und rosafarbene Luft aus. Egal. Das würde reichen. War sowieso der letzte Baum.

Mit dem Förster hatte ich in den Tagen zuvor den größten Teil des Waldbestandes aufgenommen. Wir hatten dabei bereits die Bäume markiert, von denen der Förster meinte, dass sie abgeholzt werden sollten.

„Reich werden Sie damit nicht, Herr Olewski", hatte er mir direkt jegliche Hoffnung genommen. „Ihr Wald ist zwar gut durch die Trockenperioden und die Borkenkäferplage gekommen, und Sie haben keine anfälligen Monokulturen, aber andererseits ist er auch nie ordentlich bewirtschaftet worden. Katastrophal. Das ist ein Urwald. Die Holzindustrie braucht schöne, gerade gewachsene Bäume mit wenigen Astlöchern und nicht so einen Wildwuchs." Er hatte den Kopf geschüttelt und mir dann seine Vision erläutert, wie wir diesen Wald, den Generationen von Olewskis mehr oder weniger sich selbst überlassen hatten, in eine ordentliche und auch halbwegs profitable Kapitalanlage wandeln könnten. Mit der nötigen Zeit und dem nötigen Startkapital.

Das allerdings war das Problem. Onkel Fred hatte mir

außer dem Wald und seinem Haus nichts vermacht. Das Haus war in ähnlichem Zustand wie der Wald. Bereits vor seinem Verschwinden hatte Onkel Fred es dem Verfall überlassen. Wilde Weinreben und Efeu hatten sich fest ins Mauerwerk verbissen und umklammerten das Haus bis zum Dach. In ihrem Schutz war haufenweise Ungeziefer eingezogen, mit dem ich nun zu kämpfen hatte. Das Dach war unter einem Teppich aus Moos und vermodertem Laub verschwunden, und im feuchten Keller blühte munter der Schimmel an den Wänden.

Das war kein Erbe, das war eine Last. Am liebsten hätte ich alles verkauft, aber diese verdammte Klausel in Onkel Freds Testament ließ das nicht zu. Wald und Haus sollten für immer im Familienbesitz bleiben, so wie schon seit Jahrhunderten. Auch war es untersagt, den Wald zu bewirtschaften; nur maximal ein Dutzend Bäume pro Jahr durften geschlagen werden. Aber ehrlich: Wer wollte das kontrollieren? Wer würde protestieren? Vom Rest der Familie bestimmt keiner, die waren ja froh, dass ich mich um alles kümmerte.

Das Einzige, was mich hindern könnte, war dieser dumme, kleine Zweifel, ob der liebe Onkel nicht eines Tages doch wieder auftauchen würde. Das Gericht hatte ihn zwar vor zwei Wochen offiziell für tot erklärt, aber er war eben immer noch nicht gefunden worden. Oder das, was inzwischen noch von ihm übrig sein mochte. Außer mir zweifelte eigentlich niemand mehr daran, dass er nicht mehr unter uns weilte. Nachdem die Ärzte uns bestätigt hatten, dass er an unheilbarem Nierenkrebs gelitten hatte, gewannen die Worte in seinem Abschiedsbrief noch mehr Sinn. Seine Zeit sei abgelaufen, und er wolle dem nächsten Olewski Platz machen.

Jetzt war also ich am Zug. Wenn ich das Ganze hier beherrschen wollte, bevor es mich beherrschte, musste ich handeln.

Also hatte ich direkt Kontakt mit dem Forstamt aufgenommen, und wir hatten etliche Bäume markiert, die abgeholzt werden sollten. Dazu gehörten auch die Buchen und Kiefern, die viel zu nah am Haus standen. Die äußersten Zweige der großen Buche kratzten bereits an den blinden Fenstern im ersten Stock und über das Dach.

Heute Morgen hatte ich beschlossen, noch ein paar mehr fällen zu lassen. Sie schluckten mir zu viel Licht um das Haus. Dagegen würde der Förster schon nichts haben. Auch wenn er beeindruckt gewesen war vom Alter der Bäume.

Den letzten Baum auf meiner Liste, eine uralte Kastanie, hatte ich gerade markiert. Als ich sie mir anschaute, war mir für einen Moment, als schüttele sich der Baum, wie ein schlafender Riese, der gerade einen schlechten Traum hat.

„Träum du nur", sagte ich. „Morgen früh hast du ausgeträumt, dann geht's ab ins Sägewerk."

Im Haus setzte ich mir Wasser für einen Tee auf und schaute zu, wie die Abenddämmerung durch den Wald schlich und nach und nach alle Farben aufsaugte, bis nur noch Grau- und Schwarztöne übrig waren. Durch das Küchenfenster blickte ich auf eine schier endlose Mauer schwarzer Stämme und dunkler Kronen. Sie erinnerten mich an eine Armee, die vor dem Haus aufmarschiert war, um sich trotzig meinen Abholzungsplänen zu widersetzen.

Ich habe nie richtig verstanden, was meinen Onkel und unsere Vorfahren geritten hat, sich diese Last aufzubürden. Sicher, es gibt viele Waldbesitzer, doch sicher keine Familie, die, seit sie sich erinnern kann, ihren Wald sich selbst überlassen hat, obwohl sie mehr als einmal um die nackte Existenz hatte kämpfen müssen. Was hatte unsere Familie davon? Warum sollten wir nie mehr als ein Dutzend Bäume pro Jahr schlagen?

Mein Onkel hatte zwar oft mit mir darüber gesprochen, doch schaffte er es immer, irgendwie unkonkret zu bleiben. Ich erinnere mich noch gut an einen Nachmittag im Wald. Ich muss damals zwölf oder so gewesen sein.

„Das alles wird einmal dir gehören, mein Junge", hatte Onkel Fred gesagt, und ich weiß noch, wie mich damals der Besitzerstolz gepackt hatte. Alles mein! Für einen Jungen von zwölf Jahren war der Gedanke verlockend.

„So wie mir, wie meinem Vater, Großvater und dessen Vater und all den Generationen davor", hatte Onkel Fred erklärt. „Er ist ein Teil unserer Familie, Frank. Er gehört untrennbar zu den Olewskis wie wir zu ihm. Wir haben eine Verantwortung ihm gegenüber. Du fragst dich sicher, was ich meine, nicht?"

Ich hatte heftig genickt.

„Es ist wie zwischen dir und mir. Du gehörst zu meiner Familie und ich zu deiner. Ich passe auf dich auf, und eines Tages, wenn du erwachsen bist und ich ein alter Mann, wird es umgekehrt sein. Die Familie sorgt füreinander. Und so ist es auch mit diesem Wald."

„Was tun wir denn für den Wald?"

„Nun, wir schützen ihn vor den Menschen. Sie würden ihn nach ihren Vorstellungen umformen oder abholzen, wie alle anderen Wälder der Umgebung. Doch dieser ist ein besonderer Wald. Seit Urzeiten ist er nahezu unberührt von menschlicher Hand gewachsen. Als die ersten Menschen Hand an ihn legen wollten, hat er einen Pakt mit ihnen geschlossen. Kannst du dir vorstellen, wie das Leben für die Menschen damals gewesen ist?"

Ich hatte den Kopf geschüttelt. „Bestimmt gefährlicher als jetzt. Die hatten ja nur Äxte aus Stein und trugen Felle und keine richtige Kleidung wie wir."

Onkel Fred hatte gelächelt. „Ja, so ungefähr. Es gab zum Beispiel noch keine Äcker, die mussten sie erst anlegen. Ganz Deutschland war eine riesige Waldfläche, und es lebten damals viele Raubtiere darin. Die Welt war voller Mühsal und Gefahren für die Menschen. Dieser Wald aber schützte die, mit denen er den Pakt schloss, vor mancher Gefahr, und im Gegenzug schützten ihn unsere Vorfahren vor den anderen Menschen. Je stärker die Menschheit die Natur kultivierte und die Wälder dezimierte, umso wichtiger wurde der Schutz für den Wald."

„Aber wir müssen jetzt doch keine Angst mehr vor der Natur haben, oder? Was tut der Wald denn jetzt für uns?", hatte ich wissen wollen.

„Dasselbe, was die Großeltern für die Familie tun."

Ich hatte keine Ahnung, was er meinte.

„Sie sind das Gedächtnis der Familie. Durch sie leben unsere Vorfahren fort, sie halten die Erinnerung daran wach, von wem wir abstammen. Sie erst geben dir ein Gefühl für deine Herkunft und Geschichte." Seine Stimme sank zu einem Flüsterton herab. „Wenn du in den Wald gehst, Junge, besuchst du deine Ahnen. Ich werde es dir eines Tages zeigen, wenn du älter bist."

Vielleicht war ich damals wirklich zu jung dafür. Ich verstand meinen Onkel nicht. Das war mir alles zu abstrakt.

Interessant wurde es, wenn Onkel Fred von seinem Lieblingsplatz im Wald erzählte. „Es ist ein ganz besonderer Platz. Uralt und magisch. Ich könnte dir davon erzählen, doch du würdest mir wahrscheinlich nicht glauben. Du musst es selbst sehen. Dann wirst du verstehen, was er für uns und unsere Familie bedeutet."

Doch dazu war es nie gekommen. Denn als mein Onkel mit mir an einem jener seltenen Tage in den Wald gegangen war, um einen Baum zu schlagen, hatte ich den Wald fürchten gelernt.

Ich weiß nicht mehr, was für ein Baum es gewesen war, doch ich erinnere mich, dass bereits etliche Äste, Zweige und Blätter um ihn verstreut am Boden gelegen hatten, als hätte ein großes Unwetter getobt. Aus dem Stamm hatten abgebrochene Aststümpfe geragt. Das war mir merkwürdig vorgekommen, da ich mich an kein Gewitter hatte erinnern können, und außer ihm nur zwei oder drei umstehende Bäume beschädigt gewesen waren, allerdings nicht so schwer. Ich hatte Onkel Fred gefragt, was hier passiert sei.

„Er hat verloren, mein Junge. Er muss gehen."

„Verloren? Gegen wen?"

Mein Onkel hatte es nicht ausgesprochen, doch seine Geste hatte mir einen eisigen Schauer über den Rücken gejagt und ich hatte den Wald danach gemieden. Denn Onkel Fred hatte auf die umstehenden Bäume gedeutet.

Als ich ihn Jahre später einmal darauf angesprochen hatte, warum er nicht mehr Bäume abholzen würde, hatte er mich an jenen Tag erinnert und gesagt: „Das liegt nicht an uns. Der Wald bestimmt selbst, welche Bäume wegmüssen. Wir müssen nur aufmerksam auf die Zeichen achten. Weißt du, in der Natur herrscht ein ständiger Kampf ums Überleben, mein Junge. Wer verliert, muss weichen." Er sah mich eindringlich an.

Ich fragte nie wieder danach.

Immer wieder hatte mich Onkel Fred ermahnt, niemals eigenmächtig Hand an den Wald zu legen. Lange hatte ich versucht, einen Sinn dahinter zu ergründen. Schließlich war ich zu dem Schluss gekommen, dass er einfach nur sehr naturverliebt und zudem ein Trottel gewesen war. Seine blinde Liebe zu diesem Wald hatte ihm irgendwann den Sinn für alles Reale vernebelt und ihn zuletzt als todkranken Mann aus dem Haus getrieben, um dort seine letzte Ruhe zu suchen. Seinem Abschiedsbrief war zu entnehmen gewesen, dass er – wie hatte er noch geschrieben? – ja, dass er „die Ewigkeit mit seinem Lieblingsbaum inmitten unserer Ahnen erwarten werde." Und dass er hoffe, ich könne meine Angst ablegen und den Platz finden. Dann würde ich verstehen.

Natürlich haben wir alle angestrengt überlegt, wo dieser Ort zu finden sein mochte, und welcher sein Lieblingsbaum gewesen war. Es war eine dieser uralten Buchen, das wussten wir, doch das nutzte nichts, denn der Wald wimmelte nur so von diesen verdammten Dingern. Keiner von uns war je mit ihm an diesem besonderen Ort gewesen, er hatte immer nur davon erzählt. Ich hatte keine Ahnung, was daran und an dieser Buche so besonders war. Das Herzstück der Familie oder so, hatte er immer gesagt. Klar hatten wir tief im Innern des Waldes gesucht. Ich bin allerdings nicht sehr weit mitgegangen, da mir der Wald immer noch unheimlich war.

In der Nacht schlief ich schlecht. Wind war aufgekommen und ließ die Blätter unablässig rascheln. Die Buchenzweige kratzten über das Fensterglas wie die Krallenhand eines Vampirs, der beharrlich um Einlass bittet.

Es verfolgte mich bis in meine Träume. Es kratzte an meiner Tür, an meinem Fenster, an meinem Bett. Und es kam näher, kroch höher. Jeden Moment erwartete ich, das Kratzen auf meinem Rücken zu spüren. Ich wollte aufspringen und schreien, aber es ging nicht. Ich war wie gelähmt. Dann ließ der Wind plötzlich nach, das Kratzen verstummte, doch das raschelnde Wispern der Blätter blieb. Der Wald rief mich mit unzähligen Stimmen. Erst undeutlich, wie von weit her. Doch dann immer klarer je länger ich lauschte. Mein Herz pochte bis zum Hals. Die unterschiedlichen Stimmen verschmolzen zu einer einzigen. Ich kannte sie. Er lebte noch, wie ich vermutet hatte, und er rief mich.

„Fraaannnk."

Ich stand auf, fand mich im Arbeitszimmer meines Onkels wieder. Es roch noch nach seinem Pfeifentabak. Ich erwartete, ihn am Kamin in seinem Ohrensessel sitzen zu sehen. Doch sein Platz war leer.

Aber ich hörte seine Stimme. Sie kam von draußen.

„Koohoomm", rauschten die Blätter. Ich trat vor das Haus. Die große Buche beugte sich zu mir hinunter und wies mit mehreren Ästen und Zweigen auf die dunkle Phalanx der Bäume, die unter dem Sternenlicht auf mich wartete. Ich zögerte. Ein sanfter Stoß in den Rücken trieb mich vorwärts. Ich sah mich um. Einer der Äste der Buche streckte sich mir entgegen, und dessen Zweige drückten gegen meine Brust.

„Koohoomm", raschelte es aus dem Wald. Ich wandte mich um, folgte dem Ruf meines Onkels. Als ich an der Kastanie mit der Fleckenmarkierung vorbeikam, stolperte ich über eine Wurzel. Ich versuchte aufzustehen, doch etwas legte sich schwer auf meinen Rücken und drückte mich zu Boden.

„Fraaannk."

„Onkel Fred … ich … ich …" Der Druck nahm zu. Ich bekam keine Luft mehr. Verzweifelt versuchte ich, Kopf und

Oberkörper anzuheben, aber unzählige biegsame und blättrige Hände drückten mich nieder.

„Lass ihn!"

Der Druck verschwand, und ich konnte wieder atmen.

„Onkel Fred?" Er war ganz nah gewesen. Ich rappelte mich auf und sah mich um. Nein, ich war allein. Ich musste ihn finden. Im Wald. Obwohl es immer düsterer wurde, fand ich meinen Weg. Die Stimme meines Onkels führte mich. Tiefer und tiefer in den Wald hinein, bis ich meine Hand nicht mehr vor Augen erkennen konnte. Und weiter ging es. Durch dorniges Gestrüpp, sperriges Unterholz, über modrige Baumstümpfe und durch laubfeuchte Kuhlen.

Bis ich auf die Lichtung trat. Der volle Mond und das Sternenlicht tauchten die umgebenden Bäume in einen überirdischen Glanz. An diesem Ort war ich noch nie gewesen. Die Bäume hier waren Riesen, überzogen mit grauer, moosbewachsener Rinde. Einige waren von der Zeit mit tiefen Furchen übersät worden. Alle Stämme waren unförmig, wiesen Beulen und seltsame Auswüchse auf.

„Fraaannk." Ich drehte mich um. Die Stimme war von der alten Buche gekommen. Etwas war seltsam an ihr. Diese Ausbuchtung … sie sah aus wie ein Gesicht. Ein Gesicht, das ich kannte …

Ich hatte ihn gefunden!

„Fraank", erklang die Stimme meines Onkels, ohne dass sich der Mund des Gesichts bewegt hätte. „Du darfst ihnen nichts tun. Sie sind unsere Familie."

Familie? Eine Erkenntnis reifte in mir. Ich wandte mich den anderen Bäumen zu, sah mir die merkwürdigen Verformungen näher an. Da, da war noch ein Gesicht. Und dort, war das nicht ein Arm? Und da, ein Bein, eine Hand, ein weiteres

Gesicht, ein Oberkörper und, und …

Ich kannte die anderen Gesichter nicht – und dennoch kannte ich sie.

„Sie sind unsere Familie."

Ich verstand. Und auf einmal fühlte ich tiefe Geborgenheit. Sachte strich ich über die Rinde des nächsten Baumes. Das würde einmal mein Platz werden. Ein angenehmer Gedanke, wie ich überrascht feststellte. Verborgen in der Tiefe und Ruhe des Waldes würde ich ein Teil davon werden, ein Teil des Mysteriums, Teil der Ewigkeit, an der Seite meiner Ahnen. Es war, als füge sich ein letztes fehlendes Puzzlestück in mein Inneres, eines, von dem ich vorher nicht gewusst hatte, dass es fehlt. Doch erst jetzt fühlte ich mich komplett und angekommen.

Ich erwachte.

Und fand mich in stockdunkler, kalter Nacht wieder. Meine Füße standen auf feuchtem Boden, rings um mich lauerten die Bäume des Waldes. Was machte ich hier? Hatte ich geschlafwandelt?

Ich versuchte, mich zu orientieren, zurück zum Haus zu finden, als etwas mich am rechten Fußgelenk packte und zog. Ich schlug zu Boden. Ehe ich mich besinnen konnte, wurde ich über den Waldboden geschleift. Ich suchte nach Halt, klammerte mich an einem vermodernden Baumstamm fest und spähte hinter mich. Die Kastanie!

Eine ihrer Wurzeln war um meinen Fuß gewunden und zerrte an mir mit unglaublicher Kraft. Ich versuchte, dagegen zu halten. Dann aber packte mich etwas auch am linken Fuß. Dieser geballten Kraft hatte ich nichts entgegenzusetzen. Meine Finger rutschten ab, und ehe ich neuen Halt suchen konnte, waren plötzlich unzählige Wurzeln über mir und zogen mich wie die Tentakel eines Kraken ins Zentrum. Ich wurde erdrückt von hölzerner Schwere und Schwärze. Mein Schrei nach Hilfe wurde erstickt von etwas Wurzelähnlichem. Es drang in meinen Mund, wuchs schlängelnd meine Kehle hinab …

… und ich fuhr keuchend und schweißgebadet aus meinem Bett hoch.

Oh Gott, was für ein Albtraum! Mein Herz pochte wie wild in meiner Brust, als schrie es mir zu: Du bist noch am Leben!

Ich nahm einen tiefen Atemzug, sah mich um, und erkannte beruhigt mein Schlafzimmer. Dann schwang ich die Beine über die Bettkante und wollte aufstehen, hielt jedoch inne, als ich meine Füße sah. Sie waren blutig zerkratzt und dreckverschmiert!

Mein Blick wanderte weiter über die Holzdielen. Spuren aus Dreck führten von der Tür zum Bett. Eine eiskalte Hand umklammerte mein Herz. Mir war, als fiele ich in einen dunklen Schacht, an dessen Ende mich Onkel Freds Baumrindengesicht erwartete. Und ich begriff endlich: „Du bist wirklich dort."

Metallisches Kreischen antwortete mir. Es drang von draußen herein und ließ mir die Nackenhaare zu Berge stehen. Das schrille Kreischen einer Säge. Oh nein, die Holzfäller!

Ich sprang auf, stürmte aus dem Schlafzimmer und die Stufen hinunter in den Hausflur. Als ich aus dem Haus trat, verstummte das Geräusch.

„Nein, stopp! Aufhören!", brüllte ich. Verflixt, wo waren die Holzfäller?

Ein Schrei wies mir den Weg. Dort, bei der Kastanie! Ich

sah einen Mann, der mir den Rücken zuwandte. Er hob die Motorsäge und richtete sie gegen einen der Äste über ihm. Im nächsten Moment schrillte sie todbringend durch den Morgen.

„Stopp!" Zwecklos, er hörte mich nicht. Ich hatte ihn fast erreicht. Doch ich konnte nicht riskieren, ihn von hinten zu berühren. Wenn er sich erschreckte und die Säge umriss ...

Ich lief einen Bogen und erreichte den Mann in dem Moment, in dem der amputierte Ast der Kastanie zu Boden krachte. Dort lag bereits ein weiterer. Ich musste den Mann stoppen! Sofort!

Der Holzfäller nahm mich im ersten Moment nicht wahr, denn er hantierte wie wild mit der Säge am Ast herum. Ich wollte ihn wieder anrufen, doch die Worte erstarben auf meinen Lippen, als ich sein Gesicht sah.

Es war blutrot angelaufen und spiegelte blinde Wut.

Er bemerkte mich, hielt inne und rief etwas, das jedoch im Lärm der Säge unterging. Ich schüttelte den Kopf und bedeutete ihm, den Gehörschutz abzunehmen und die Säge abzuschalten. Er senkte sie zu Boden, ließ sie aber im Leerlauf weitertuckern.

Wieder rief er mir etwas zu. Ich verstand: „Sie hat ihn sich geholt!"

Ich blickte ihn hilflos an. „Hören Sie auf! Aufhören!"

Er schüttelte den Kopf. „Mein Kumpel ist da drin!" Er wies auf die Kastanie. „Ich hole ihn raus." Ich schwöre, das sagte er.

Er ließ die Säge wieder aufheulen und hob sie hoch. Ich begriff, dass ich ihn mit Worten nicht stoppen konnte. Zu meinen Füßen lag eine Axt. Ich hob sie auf und stellte mich ihm in den Weg.

„Niemand rührt meine Familie an."

Der Mann fuchtelte mit der Motorsäge in meine Richtung. Ich holte aus mit der Axt. Er rief etwas, das ich nicht verstand. Ich sah nur seine weit aufgerissenen Augen, als ich mit der Schneide auf seinen Kopf zielte und zuschlug. Er wehrte den Angriff mit der Motorsäge ab. Der Axtstiel zerfiel in zwei Teile. Die Säge kreischte knapp an meinem Ohr vorbei. Dann stieß er mich zu Boden und wandte sich der Kastanie zu. Er ließ die Motorsäge vor Mordlust aufheulen. Ich hätte ihn nicht stoppen können. Doch da wurden seine Arme von mehreren Zweigen gepackt und festgehalten. Der Mann fluchte und schrie, kam aber nicht los. Andere Zweige packten die verkürzte Axt, hoben sie auf und drangen damit auf den Holzfäller ein. Die Motorsäge fiel ins Gras. Dann in einem Schwall von Blut sein rechter Unterarm. Er quiekte wie ein Schwein, das geschlachtet wird.

Es war furchtbar aber unvermeidbar.

Und es war eindeutig: Er hatte verloren. Er musste weichen.

Ich hob die Motorsäge auf, trat zu dem am Boden liegenden Körper und vollendete das Werk.

Verstehen Sie denn nicht? Sie sind unsere Familie. Ich lasse nicht zu, dass ihnen jemand etwas antut.

Wenn ich entlassen werde, zeige ich den anderen, wo unsere Ahnen sind. Wo wir zusammenbleiben und auf die Ewigkeit warten dürfen.

In der Hexenhütte

Es war ein Mal aus verkrustetem Blut, das Hannes genau dort an seinem Hals ertastete, wo der Schmerz am heftigsten war. Fingernagelgroße Punkte, die ein Oval formten. Während er sachte mit den Fingerkuppen darüber glitt, klopfte aus dem Nebel des Vergessens eine schemenhafte Erinnerung an die Fenster seines Gedächtnisses. Hannes wagte nicht, sie genauer in Augenschein zu nehmen, denn eine düstere Aura umgab sie. Und so verschmolz sie wieder mit dem grauen Nebel, der sein Hirn durchwogte und seinen Körper mit bleierner Müdigkeit füllte.

Das Zwitschern eines Vogels und das Knacken von Holz brachten ihn ins Hier und Jetzt. Hannes blinzelte. Helles Tageslicht blendete ihn. Mit der rechten Hand schirmte er seine Augen ab und konzentrierte sich auf den Duft, der ihm in die Nase stieg. Vertraut und doch fremd. Es roch nach Badezusatz und Pilzen. Überrascht stellte er fest, dass er auf einem Bett aus feuchter Erde und alten Kiefernnadeln lag. Um ihn herum eine seltsame Stille. Nur ab und an zwitscherte ein Vogel.

Er war definitiv nicht mehr in der Stadt.

Vorsichtig nahm er die Hand von den Augen. Lichtlanzen einer tief stehenden Sonne stachen durch die Wipfel und Äste der umgebenden Bäume, tasteten über Unterholz und vorbei an dunklen Schatten.

Hannes atmete herbstliche Düfte ein.

Wie war er hierhergekommen? Er fasste sich an die Stirn,

als könne er nach der Erinnerung greifen. Im selben Moment durchzuckte ihn ein Gedanke wie ein Blitz: Grit!

Hannes schnappte nach Luft, sah sich um. Grit! Wo war sie?! Die Sorge um seine Schwester ließ alle Müdigkeit verfliegen. Er rappelte sich auf die Beine. Dort, hinter dem Baumstamm! Sein Herzschlag trommelte einen wilden Takt, als er die rosafarbenen Hello-Kitty-Schuhe und die reglosen Beine in den Bluejeans entdeckte.

„Grit!"

Er stolperte durch das Unterholz, sah ihren braun-weiß-rosa gestreiften Rollkragenpulli, die schlaffen Arme und Hände. „Grit!" Ihr langes blondes Haar verdeckte wie ein Totenschleier ihren auf der Seite liegenden Kopf.

Keuchend kniete sich Hannes neben sie. Er streckte seine zitternde Hand nach seiner Schwester aus und strich ihr Haar aus der bleichen Stirn. Ihre Haut fühlte sich kalt an.

„Grit, Schwesterherz, wach auf. Grit …"

Unter seiner Berührung zuckte sie zusammen. Hannes stieß ein keuchendes Lachen aus. Ihre Lider flatterten.

„Hannes?"

Ihre blauen Augen schauten ihn erstaunt an, strahlend wie ein Sommerhimmel. Seit dem Tod ihrer Eltern spiegelten sie jedoch auch eine ständige Traurigkeit und Verlorenheit. Und noch etwas las er jetzt in ihnen: Verwirrung, Erschrecken und Angst.

„Grit. Haben sie dir weh getan?"

„Sie?", hauchte seine Schwester.

Ja, sie! Die Erinnerung war auf einmal wieder da. Sie, Anja und Stefan, ihre Adoptiveltern. Erst vor zwei Wochen hatten die beiden sie aus dem Waisenhaus abgeholt. Grit und Hannes hatten kaum noch Hoffnung gehabt, dass jemals ein Paar sie zu sich holen und ihnen ein Zuhause bieten würde. Babys und Kleinkinder, ja, die fanden schnell eine andere Familie, aber sie beide ... Für neue Eltern zu alt, doch viel zu jung, ohne die eigenen Eltern durchs Leben gehen zu können. Dann war dieses Paar gekommen, er hager, mit kurz geschnittenem, grau-schwarzem Haar und ernstem Blick, sie wunderschön, grüne Augen, langes kastanienbraunes Haar und ein Gesicht wie Angelina Jolie oder vielmehr, wie Angelina Jolie in zehn oder zwanzig Jahren aussehen würde. Denn ebenso wie ihr Mann besaß sie eine ungesund wirkende fahlgraue Haut, wie man sie oft bei Rauchern sieht. Vermutlich sah sie älter aus, als sie tatsächlich war.

Grit mochte die beiden von Anfang an nicht. Hannes hätte dem Instinkt seiner Schwester vertrauen sollen. Doch er sah nur das Leben vor sich, von dem sie so lange geträumt hatten. Er überredete seine Schwester, ihre Bedenken beiseitezuschieben. Hannes biss sich bei dem Gedanken daran auf die Unterlippe. Alles war allein seine Schuld. Dabei war es anfangs wie ein wunderbarer Traum gewesen: Das Haus, in dem sie wohnten, war riesig, mit einem herrlichen Garten. Jeder von ihnen hatte auf einmal ein Zimmer ganz für sich allein, brauchte es nicht mit anderen Kindern teilen. Darin erwarteten sie schicke Klamotten, Laptops, HD-Fernseher und Stereoanlagen, über die sie unbegrenzt Filme und Musik streamen konnten, Spielzeug, Spielekonsolen, und, und, und ...

Es war fast zu viel.

Und dann begannen die düsteren Träume ...

„Hannes, haben sie uns hierhergebracht?" Offensichtlich erinnerte sich Grit jetzt ebenfalls. „Wo sind wir?"

„Ich weiß nicht."

„Mir ist kalt."

Hannes nahm seine Schwester in den Arm. Sie zitterte. Und erst jetzt merkte er, dass auch er fror. Unter seinem Pulli trug er nur ein dünnes Unterhemd. Wenn sie wenigstens ihre Jacken hätten. Er erinnerte sich, dass er sein Smartphone zuletzt in der rechten Innentasche hatte stecken lassen. Damit hätten sie die Polizei rufen und über die GPS-Kartenanzeige herausfinden können, wo sie sich befanden. Grit hatte ihres auch nicht. Natürlich nicht.

Unweigerlich drängte sich ihm die Frage auf, wieso sie noch am Leben waren. Er behielt sie jedoch für sich.

Eng umschlungen hockten sie auf dem Waldboden. Die Kälte der nahenden Nacht griff unter ihre Kleidung. Doch noch etwas breitete sich aus, das alle anderen Empfindungen überlagerte: Hunger und Durst.

Hannes starrte in den Wald. Wie sollten sie – zwei Großstadtkinder – hier etwas Essbares oder zu trinken finden? Er rückte von Grit ab und sah ihr in die Augen.

„Wir müssen raus aus dem Wald. Kannst du aufstehen?"

Sie nickte, stützte sich an ihm ab und erhob sich wankend. Doch anstatt nun loszulassen, krallten sich ihre Hände schmerzhaft in seine Arme.

„Ich will nicht zurück zu ihnen." Ihr Blick war flehend.

„Ich doch auch nicht."

„Warum können wir nicht im Wald wohnen? Ohne schlimme Träume."

„Wir brauchen was zu essen."

„Wir suchen uns Beeren und Nüsse. Wie damals im Ferienlager."

Hannes seufzte. „Das wird auf Dauer nicht reichen."

„Doch." Grit wirkte auf einmal entschlossen. „Komm, wir suchen erst mal Wasser, einen Bach oder so."

„Okay." Das Wichtigste war jetzt, den Durst zu löschen. Danach konnten sie in Ruhe weiter überlegen. Während sie Ausschau hielten, wuchsen die Schatten immer länger. Und im gleichen Maße Hannes' Sorgen. Wie sollten sie im Dunklen etwas zu trinken oder essen finden? Er leckte über seine Lippen. Sein Mund war trocken wie die Sahara. Der Hunger krampfte schmerzhaft seinen Magen zusammen, und der Durst wurde mit jedem Schritt unerträglicher, breitete sich aus wie ein Fieber, das durch seine Adern raste und in seinen Eingeweiden brannte. So etwas hatte er noch nie verspürt. Schweiß trat ihm auf die Stirn.

„Sie wollten uns loswerden", sagte Grit.

Hannes überlegte. „Sie ... haben etwas mit uns gemacht."

Seine Schwester blieb stehen und sah ihn an. „Ich will mich nicht daran erinnern. Sprich nicht mehr davon."

Hannes nickte und fragte sich, an was sich Grit erinnern konnte. Alles, was vor seinem geistigen Auge auftauchte, waren nur schemenhafte Bruchstücke: schlängelnde Schatten, unangenehme Berührungen, widerliche Lippen, Angst, Schmerzen ...

Er schüttelte den Kopf. Es war besser, nicht weiter darüber nachzudenken. Die düstere Wahrheit lauerte auf der Schwelle seines Bewusstseins und ließ sein Herz gefrieren. Sie hatten andere Sorgen. Wo sollten sie heute Nacht schlafen? Feuer, schoss es ihm durch den Kopf, mein Gott, sie brauchten ein Feuer! Wer wusste schon, welche wilden Tiere in diesem Wald hausten? Im Ferienlager hatten sie ihnen gezeigt, wie man Feuer mit zwei Stöcken und etwas Wolle machte. Er hielt nach geeigneten Hölzern Ausschau und nahm das ein oder andere Stöckchen auf.

Die Oktobersonne sank schneller, als ihnen lieb war. Schon

bald verlor ihre Umgebung jegliche Farbe, wurde dunkelgrau, verschmolz mit den Schatten.

Zugleich wühlten Hunger und Durst immer stärker in ihm. Eine Mattigkeit überkam ihn, die seine Beine und Füße zu Blei werden ließ. Jeder Schritt war eine Herausforderung. Allein schon, die Augen offen zu halten, kostete ihn Kraft. Wäre da nicht Grit, er wäre auf der Stelle niedergesunken. Doch er durfte ihr nicht zeigen, wie schwach er war. Er spürte ihre Angst. Ihr musste ebenso klar sein, dass sie an diesem Abend kein Wasser und keine Nahrung mehr finden würden. Und es wurde immer kälter. Ihr Atem kondensierte zu kleinen Dampfwölkchen.

Sie betraten eine Lichtung. Im fahlen Licht erkannten sie zwischen Gräsern und Sträuchern die Umrisse eines umgestürzten Baumstammes, auf dem sie sich niederließen. Hannes beschloss, ein Feuer zu machen. Er wählte aus seinem gesammelten Holzvorrat zwei geeignete Stücke aus, zupfte Fäden aus seinem Pullover und versuchte, es so zu machen, wie sie es im Ferienlager gezeigt bekommen hatten. Das Einzige, was er jedoch erntete, waren aufgerissene Handflächen. Mit einem Fluch warf er die Stöcke davon.

Grit schluchzte. Hannes wollte sie in den Arm nehmen, doch beim Blick auf ihr Gesicht schrak er zurück. Es war nicht das seiner Schwester, sondern Anjas Gesicht. Sie hatte ihn getäuscht. Es gab kein Entkommen. „Es ist soweit", echote Anjas Stimme in seinen Gedanken nach.

„Nein!" Abwehrend hob er die Hand.

„Hannes ...?"

Aber es war Grits Stimme ... Er ließ die Hand sinken und sah in Grits tränennasses Gesicht.

„Hannes, was ist denn?"

Er schüttelte den Kopf. „Schon gut." Hannes rückte zu seiner Schwester und umarmte sie. Was Hunger und Durst einem doch vorgaukeln konnten.

So saßen sie eine Weile eng aneinandergeschmiegt, als ein Geräusch Hannes alarmierte. Es kam vom Rand der Lichtung. Hannes griff sich einen dicken Zweig, bedeutete Grit still zu sein, und schlich in Richtung der Laute. Es raschelte, hörte auf, raschelte erneut. Hannes starrte ins Dunkel. Er machte einen Schritt. Es raschelte stärker, und etwas flitzte davon in den Schutz des Waldes. Hannes versuchte, zwischen den Baumstämmen und dem Unterholz zu erkennen, was es war. Aber es war so düster … Was war das …?

Er blinzelte. Da flackerte und schimmerte doch etwas. Ein Licht, das war ein Licht!

„Grit! Grit, komm!"

Seine Schwester sprang auf. Er wies mit der ausgestreckten Rechten auf das Licht. Oder waren es zwei? Er rieb sich die Augen. Nein, doch nur eines. Vor lauter Erschöpfung konnte er kaum geradeaus schauen.

„Da ist jemand!"

„Und wenn sie es sind?", hauchte Grit.

„Das glaube ich nicht. Was wollen sie hier? Du hast doch vorhin selbst gesagt, dass sie uns loswerden wollten."

„Vielleicht haben sie noch nicht genug."

Wieder streckten düstere Erinnerungsfetzen ihre dürren Beinchen in seinem Bewusstsein aus, wie eine Spinne, die nach ihrem Opfer tastet. Er spürte kalte, tote Haut auf seiner, hörte Worte in einer ihm unbekannten Sprache, eine Zunge, die sein Ohr leckte … Er schüttelte sich.

„Wir müssen nachsehen." Er ging los, blieb aber nach fünf

Schritten stehen, da Grit ihm nicht nachkam. „Komm, wir werden vorsichtig sein. Wenn sie es sind, werden sie uns nicht sehen."

Grit sah ihn flehend an.

„Versprochen."

Sie kam zu ihm. Hannes nahm ihre Hand, und gemeinsam bewegten sie sich so leise als möglich durch den Wald auf das flackernde Licht zu. Bald nahmen sie den Geruch von Rauch wahr. Hannes schwankte, stützte sich an einem Baumstamm ab.

„Hannes!"

Er winkte ab. „Keine Panik. Mir … ist nur schwindelig."

Sie gingen weiter. Das Licht wurde stärker, größer und bald erkannten sie, dass es aus einem Fenster drang.

„Eine Hütte. Grit, da bekommen wir bestimmt was zu essen!"

„Wir wissen nicht, wer da wohnt."

„Ach komm, die werden uns schon nichts tun."

„Das weißt du gar nicht!"

„Wir schauen durchs Fenster, bevor wir anklopfen, okay?"

Geduckt betraten sie die Lichtung, auf der die Hütte stand. Ihr schwarzes, altes Holz machte sie im Dunkel fast unsichtbar. Ein weiteres Fenster glotzte düster und reglos wie ein totes Auge in den Wald. Die Geschwister schlichen zu dem Fenster, durch das warmes, tanzendes Licht auf die Lichtung fiel. Mit angehaltenem Atem spähten sie in die Hütte.

Hannes sah als Erstes einen Tisch voller Dinge, die er nicht direkt identifizieren konnte. Dahinter flackerte das Feuer in einem Kamin. Ein Schatten erhob sich rechts davon. Hannes zuckte erschrocken zurück.

„Eine Frau", flüsterte Grit.

Hannes wagte einen erneuten Blick ins Innere. Ja, da war eine Frau. Sie wandte ihnen den Rücken zu. Ihr grau-weißes Haar reichte ihr bis auf die Schultern.

„Sie bewegt sich wie der Glöckner von Notre-Dame", sagte er.

Grit zeigte zum ersten Mal an diesem Tag so etwas wie ein Lächeln. „Ja, sie ist alt."

„Siehst du sonst noch jemanden?"

Grit schüttelte den Kopf. „Nein. Ob sie ganz allein hier wohnt?"

„Komm, wir klopfen an."

Grit hielt ihn zurück. „Wir müssen vorsichtig sein, hörst du Hannes? Egal wie nett sie vielleicht tut, wir dürfen ihr nicht trauen."

„Schon klar. Aber keine Angst, die kann uns nichts tun, die ist schon zu alt."

Sie schlichen zur Haustür. Hannes warf Grit einen kurzen Blick zu, hob die Hand und klopfte. Mit angehaltenem Atem lauschten sie. Von drinnen erklang das Geräusch schlurfender Schritte. Dann wurde es abrupt still. Hannes klopfte erneut.

„Wer ist da?", hörten sie eine hohe Stimme.

„Wir brauchen Hilfe und haben Hunger und Durst. Bitte."

Knarrend öffnete sich die Tür und das faltige Gesicht der Alten erschien.

Durch Brillengläser dick wie Flaschenböden blickten ihnen misstrauisch zusammengekniffene Augen entgegen, deren Blick sich jedoch weitete, als die Frau erkannte, wer da vor ihrer Tür stand.

„Ach, du meine Güte, Kinder! Was ist denn mit euch geschehen? Kommt rein, kommt rein!" Sie winkte die Geschwister herein. Als beide an ihr vorbei waren, warf sie einen raschen Blick nach draußen. „Seid ihr allein unterwegs?"

Die beiden nickten.

„Wo sind denn eure Eltern?"

„Die sind tot", antwortete Grit.

Die Alte schlug die Hände vor dem Mund zusammen.

„Sie sind schon vor ein paar Jahren gestorben", fühlte sich Hannes verpflichtet zu erklären. „Wir … waren allein unterwegs und … haben uns verlaufen …"

„Jetzt setzt euch erst mal." Die Alte wies auf den Tisch, an dem zwei Stühle standen. „Das Feuer und eine kräftige Suppe werden euch wärmen."

Die Geschwister nahmen Platz und sahen sich aufmerksam um. Über dem Kaminfeuer hing ein Topf, in dem eine Flüssigkeit dampfte, deren Geruch ihnen das Wasser im Mund zusammenlaufen ließ. Das flackernde Licht des Feuers mühte sich beständig, die spartanische Einrichtung aus dem Dunkel zu reißen. Sie sahen einen Schrank und daneben ein Regal voller Dosen und Teller. Darunter ein Herd und eine Anrichte, auf der eine Waschschüssel stand. Vor dem Fenster eine hölzerne Truhe.

„Wie heißt ihr denn?"

Die beiden nannten ihre Namen. Die Alte nickte. „Ich bin Inga."

Sie füllte ihnen zwei Tonschalen mit Suppe. Der Tisch, an dem sie saßen, war bedeckt mit getrockneten Kräutern, einem Mörser und verschieden großen Tiegeln. Hannes' Blick blieb an dem Messer hängen, das auf einem Schneidebrett lag. Die Alte schob die Kräuterbündel mit dem Ellbogen beiseite und stellte ihnen die dampfenden Schüsseln vor die Nase.

„Moment, ich hol euch Löffel." Sie nahm das Messer vom Tisch und schlurfte zurück zu dem Schrank, aus dem sie die

Tonschalen geholt hatte. „Wer passt denn auf euch auf? Wo lebt ihr denn?"

Hannes fing den Blick seiner Schwester auf. Sie sah ihn eindringlich an und schüttelte fast unmerklich den Kopf. „Wir …", begann Hannes, „wir wohnen …"

„… bei unserer Tante und unserem Onkel", beendete Grit.

„Die werden sich sicher Sorgen machen." Die Alte stand nun neben Hannes und reichte ihm den Löffel. Er schrak zusammen, als er ihre Augen sah. Sie glühten wie die eines Drachen.

„Was ist denn, mein Junge?"

Erst jetzt begriff er, dass es das Feuer war, das sich in den Gläsern ihrer Brille spiegelte.

„Nichts."

„Lasst es euch schmecken." Die Alte grinste seltsam und schlurfte mit gebeugtem Rücken zu der Truhe am Fenster, auf der sie sich niederließ und den beiden interessiert zuschaute.

Hannes gelang es für den Moment, seine Umgebung zu vergessen. Es gab nur noch die Suppe, diese herrlich duftende Suppe. Sie war zwar heiß, doch er schlang sie im Eiltempo runter. Ihre Hitze breitete sich in seinem Körper aus und trieb ihm Schweißperlen auf die Stirn. Als die Schüssel leer war, stellte er fest, dass es ihm zwar etwas besser ging, aber der Durst brannte nach wie vor in ihm.

„Kann ich noch was haben?", fragte er.

„Ich bitte auch."

„Du liebes bisschen, aber sicher." Sie schlurfte zu ihnen und nahm die leeren Schüsseln entgegen. „Wie lange seid ihr denn schon unterwegs? Und wieso habt ihr keine Jacken?"

„Den ganzen Tag. Unsere Jacken … haben wir verloren."

„Eure Tante und euer Onkel werden sich Sorgen machen.

Leider habe ich kein Telefon und auch kein Handy, hier ist sowieso kein Empfang."

Sie stellte den beiden die neu gefüllten Schüsseln hin.

„Heute Nacht schlaft ihr hier bei mir, und morgen früh gehen wir ins Dorf. Das sind drei Stunden Fußweg, also esst nur kräftig."

Hannes wollte sich einen weiteren Löffel Suppe einverleiben, als eine plötzliche Welle der Übelkeit von seinem Magen aus aufstieg. Er ließ den Löffel fallen, krümmte sich und erbrach sich über den Tisch.

„Hannes!" Grit sprang auf.

„Ach herrje!" Die Alte kam heran. Sie putzte Hannes den Mund mit einem Lappen sauber und fühlte seine Stirn. „Du hast Fieber, Hannes. Hm, komm, du kannst dich in mein Bett legen. Ich mach dir einen schönen Kräutertee, dann wirst du gut schlafen."

Hannes folgte ihr mit wackligen Knien, gestützt von seiner Schwester. Er hielt sich den Magen, in dem es furchtbar zwickte und zwackte. Die Alte schlurfte vor ihnen her zu einer schmalen Diele, von der zwei Türen abgingen. Für einen kurzen Moment flackerte das Kaminfeuer heller auf. Hannes stockte der Atem, als er die Füße der Alten erblickte: Das waren nicht die Füße eines Menschen, das waren Hufe! Er wollte einen Schrei ausstoßen, brachte jedoch nur ein Keuchen zustande. Seine Schwester verstand es falsch und strich ihm besorgt über die Stirn. Er nickte mit dem Kopf in Richtung der Alten. „Ihre Füße …", flüsterte er.

Grit sah ihn verständnislos an.

„Ihre Füße, sieh hin."

Seine Schwester wandte den Blick und hob die Schultern. „Was ist denn damit?"

Hannes schnaufte, wollte Grit auffordern, genauer hinzusehen. Doch er verschluckte die Worte, denn vor sich sah er die Füße einer alten Frau in Wollsocken und Pantoffeln.

„Alles in Ordnung bei euch?", fragte ihre Gastgeberin und wandte sich nach ihnen um. Durch ihre gebückte Haltung war sie fast kleiner als Hannes, und er sah ihr in die durch ihre Brillengläser stark vergrößerten Augen. Wieder meinte er, ein unheimliches Funkeln darin zu erkennen. Und dort, an ihrem Hals … etwas pochte unter der dünnen Haut, pochte, als wolle es hinaus …

Er kniff die Augen zusammen, und als er sie öffnete, hatte die Alte eine Tür geöffnet und winkte sie hinein.

„Komm, leg dich hin."

Er ließ sich auf die Bettkante nieder.

„Grit, hilf mir, deinem Bruder die Sachen auszuziehen. Wir werden sie waschen, nicht wahr?"

Es war Hannes mehr als unangenehm. Auf einmal waren wieder die Erinnerungen an tastende Hände, nackte Haut, Lippen, Speichel und Schlimmerem da. Er versteifte sich, war aber zu schwach, um sich zu wehren. Als er nur in Unterhemd und Unterhose dasaß und die Luft seine bloße Haut streifte, glühte er wie ein Kohleofen und schien jeden Moment in Flammen aufzugehen. Er wollte nur, dass es aufhörte.

Ingas runzlige Hand strich über seinen Hals. „Was hast du denn da?"

Sie betastete das Mal. Es brannte unter ihrer Berührung. Hannes sagte nichts, saß nur mit gesenktem Kopf da.

„Hm, hm. Das wird schon alles wieder. Komm, leg dich hin."

Er sank in das weiche Bett, und die Alte deckte ihn sorgsam zu. Er schloss die Augen und hörte noch, wie sie zu seiner

Schwester sagte: „Dein Bruder braucht jetzt Ruhe. Du schläfst heute Nacht besser mit mir im Wohnraum. Ich habe ein paar Decken und genug Heu und Stroh, da machen wir es uns vor dem Feuer schön gemütlich …"

Die Stimmen entfernten sich immer weiter von ihm, und sein Körper wurde schwer wie Blei. Er versank tiefer und tiefer im Bett, wo ihn Morpheus' Arme empfingen und er endlich Ruhe fand …

Als er erwachte, fiel helles Tageslicht durch das kleine Fenster rechts von ihm. Hannes fühlte sich immer noch fiebrig, aber es war nicht mehr ganz so schlimm. Die Übelkeit war verflogen, doch eine tiefe Mattigkeit hielt ihn umfangen. Er musste sich regelrecht überwinden, seinen Kopf zu drehen oder zu heben, um wenigstens einen Eindruck von seiner Umgebung zu erlangen. Viel war nicht zu sehen. Das alte Holz der Zimmerwände umschloss einen kleinen Raum, in dem gerade mal das Bett und ein Schrank Platz hatten. Neben dem Bett stand ein Schemel mit einem Becher und einem Krug. Erst bei diesem Anblick bemerkte er, dass er völlig ausgetrocknet war. Er versuchte zu schlucken, doch er spürte nur ein Brennen in seinem wunden Hals. Seine Zunge schien auf das Doppelte ihrer Größe angeschwollen zu sein und klebte bleischwer an seinem Gaumen.

Mühsam stützte Hannes sich auf seinen rechten Ellenbogen und griff mit der linken Hand nach dem Krug. Ihn anzuheben, fiel ihm schwer. Er goss den Inhalt in den Becher, bis dieser fast überlief. Es war Wasser. Klares Wasser. Sein ganzer Körper lechzte nach Flüssigkeit. Mit zitternder Hand führte er den Becher an seine Lippen und trank in gierigen Schlucken.

Dann stellte er den Becher ab und ließ sich wieder ins

Kissen sinken. Sein Durst war jedoch nur leicht gemildert, und schon nach wenigen Minuten quälte er sich erneut hoch und wiederholte die Prozedur.

Als er den Becher abstellte, öffnete sich die Tür. Grit und die alte Inga traten herein. Seine Schwester sah blass und verschwitzt aus. Sie wirkte traurig, lächelte aber, als sie ihn aufrecht im Bett sitzen sah.

„Hannes, Gott sei Dank, du bist wach." Sie eilte zu ihm.

Die Alte kam hinterher, setzte sich auf die Bettkante und fühlte seine Stirn. „Hm, du hast immer noch Fieber." Sie reichte ihm einen Becher mit einer warmen Flüssigkeit. „Hier, das wird dich stärken."

Hannes trank, ohne zu fragen, was es war. Ein leicht bitterer Geschmack machte sich in seinem Gaumen breit. Doch die Flüssigkeit verbreitete eine angenehme Wärme in seinem Körper. Er sah Grit an.

„Du wirkst aber auch nicht gesund."

„Ich hab nicht gut geschlafen …"

„Deine Schwester macht sich Sorgen um dich", sagte Inga. „Dabei gehört sie selbst ins Bett. Sie hatte heute Nacht Fieber und schlimme Träume. Sie glüht immer noch. Aber sie weigert sich, dieser Sturkopf." Sie seufzte. „Ihr habt euch im Wald ganz schön was eingefangen." Die Alte fühlte seinen Puls. „Na bitte, es wird schon wieder, Hannes. Aber du und Grit werdet euch noch ausruhen und zu Kräften kommen müssen." Sie befühlte sein Handgelenk. „Ach herrje, wie mager du bist. Kein Wunder, dass du umgekippt bist. Na, ist kein Problem, ihr bleibt eben noch ein paar Tage bei mir."

Hannes schloss die Augen. Ja, es war ihm ganz recht, und wo sollten sie auch hin? Ohnehin hatte er keine Kraft mehr, weiter zu laufen.

„Ich kann auch allein zum Dorf und dort Bescheid geben, damit eure Tante und euer Onkel sich nicht weiter sorgen", sagte Inga.

Hannes' Müdigkeit verflog mit einmal. Nein, das musste er verhindern! Er öffnete den Mund, brachte jedoch nur ein Krächzen zustande.

„Hannes, was ist denn?"

Er räusperte sich. Sein Hals tat so weh. „Kann … ich … bitte … was zu trinken ...?"

„Natürlich." Inga wollte aus dem Krug nachschenken, doch der war leer. „Oh. Grit, würdest du …"

Seine Schwester griff sich an die Stirn. „Mir ist so schwindelig …"

Die Alte seufzte. „Das kommt davon, dass du nicht auf mich hörst. Am besten legst du dich auch gleich hin." Sie erhob sich. „Ich hol euch was."

Als sie aus dem Zimmer geschlurft war, sagte Grit: „Sie will uns vergiften."

Hannes starrte seine Schwester perplex an.

Sie nickte. „Sie ist eine Hexe, ich hab's gesehen." Grit schauderte bei der Erinnerung. „Sie mischt Kräuter und lässt dich davon trinken. Mir wollte sie das Zeugs auch andrehen, aber ich fall nicht auf sie rein. Bitte, Hannes, trink nichts außer Wasser."

„Aber … aber warum …"

„Hör einfach auf mich, ja?"

Hannes nickte. Ihm fiel wieder ein, was er gestern Abend gesehen hatte. „Sie hat Bocksfüße."

Grit schien wenig überrascht. „Ich habe gestern Nacht gesehen, wie sie wirklich aussieht. Sie dachte, ich schlafe, aber ich war wach." Grits Stimme war kaum lauter als ein säuselnder Windhauch. „Sie hatte ihre Brille auf die Stirn geschoben und aus den Gläsern waren Augen geworden! Schwarze, glänzende Insektenaugen. Aus ihrem Buckel sind vier lange Arme gewachsen. Sie hat ganz dicht neben mir gelauert, auf ihrem Strohbett, wie eine dicke Spinne, die ihre Beute mustert." Grits Stimme erstarb für einen Moment. Sie schüttelte sich. „Ich hatte solche Angst! Wenn sie gewusst hätte, dass ich nicht schlafe ... Ich hab mich nicht gerührt. Ich dachte die ganze Zeit, dass sie mich gleich auffrisst ..."

„Grit, wir müssen hier weg."

Sie nickte und wischte sich über die feuchte Stirn.

„Was hast du?", wollte Hannes wissen.

„Ach, nichts."

„Du siehst gar nicht gut aus. Wir haben uns ordentlich erkältet im Wald."

„Ach, es geht schon. Es ist nur dieser Durst. Ich habe das Gefühl zu verbrennen und zu vertrocknen. Es wird immer schlimmer. Ich hab bereits Wasser ohne Ende getrunken."

Die Gedanken in Hannes' Kopf schlugen Purzelbäume. „Ich habe auch diesen Durst. Meinst du, sie hat uns was in die Suppe ..."

Er unterbrach sich selbst, denn die Alte erschien in diesem Moment im Türrahmen. „So, hier habe ich einen ganzen Krug frischen Wassers ..."

Sie schenkte Hannes einen Becher voll ein.

„Ich denke, du solltest dich weiter ausruhen. Und du auch Grit."

Grit schüttelte den Kopf. „Nein, nein, es geht schon wieder. Ich will Ihnen lieber beim Kochen helfen."

Die Alte hob die Brauen. „So? Na gut, dann komm und lass deinen Bruder schlafen. Ist eigentlich schön, mal Hilfe zu haben. Es fällt mir schwer, die Zutaten zuzubereiten, weil ich sie so schlecht erkennen kann. Ach, das wird immer schlimmer mit meinen Augen."

Sie seufzte. „Wenn ich doch noch mal so junge Augen wie eure hätte …"

Hannes fuhr bei diesen Worten ein Schauder den Rücken herab. Wie meinte sie das?!

„Komm Grit." Die Alte nahm seine Schwester bei der Hand.

Hannes wollte sich aufstemmen und aus dem Bett steigen, doch seine Muskeln versagten ihm den Dienst. Die bleierne Müdigkeit kehrte zurück. „Sie will dich vergiften", tönten die Worte seiner Schwester noch in seinen Ohren nach, ehe er in wilden, düsteren Träumen versank. Träume von Teufelsgestalten, einer Frau mit leeren Augenhöhlen, die tastende Spinnenbeine und Dutzende knochige Finger nach seinen Augen ausstreckte. Er drehte sich um und rannte, rannte, rannte …

Doch sie verfolgte ihn, mit hölzernen Beinen, tack, tack, kam sie hinter ihm her. Tack …

„Hannes."

Tack.

„Hannes, komm zu dir. Es ist nur ein Albtraum."

Hannes öffnete die Augen und sah das Gesicht seiner Schwester. „Nur ein schlimmer Traum", sagte sie.

„Was? Habe ich …?" Er rieb sich über das schweißnasse Gesicht.

„Kind, was ist mit ihm?" Die krächzende Stimme der Alten riss ihn vollends ins Hier und Jetzt zurück. Sie stand hinter Grit und starrte ihn seltsam an. Etwas war anders an ihr. Sie … hatte ihre Brille nicht auf. Das war es. Mit ihren zusammengekniffenen Augen wirkte sie blind wie ein Maulwurf.

„Er hat nur schlecht geträumt, alles in Ordnung."

„Wo ist nur meine verflixte Brille geblieben? Beim Kochen hatte ich sie doch noch …"

„Ich bin ja da, Inga. Keine Sorge, ich gebe meinem Bruder zu essen, und helfe Ihnen dann beim Suchen."

„Ja, bitte. Ohne sie komm ich hier doch gar nicht zurecht. Und wie soll ich denn ins Dorf?!" Mit ihrem Gehstock tastend rückte sie ans Bett heran und streckte ihre faltige Hand aus, um über Hannes' Stirn zu fühlen. „Ach du je, mein Junge. Aber das Fieber ist gesunken. Iss nur, dann wird es dir wieder gut gehen."

„Ist schon okay, ich gebe ihm zu essen. Gehen Sie ruhig zurück in die Stube."

Die Alte nickte und tastete sich zurück in die Wohnstube. Tack, tack.

Grit nahm den Teller Suppe, der auf dem Schemel stand, ging damit aber am Bett vorbei, hin zu dem Fenster. Verblüfft sah Hannes ihr zu, wie sie es öffnete und die Suppe hinaus kippte. Dann schloss sie es und kehrte mit dem leeren Teller zu Hannes zurück. „Sie hat seltsame Sachen hineingetan", flüsterte sie ihm zu. „Hier, ich habe ein Stück Brot für dich. Und Wasser. Gleich bring ich dir noch was anderes, aber sie darf es nicht wissen, verstehst du?"

Hannes nickte. Er trank begierig das Wasser, denn noch immer wütete dieser feurige Durst in ihm.

„Wo bist du nur?", hörten sie die Stimme der Alten aus der Wohnstube.

Grit sah Hannes tief in die Augen. „Sie wird sie nie finden." Sie kicherte. „Ich habe ihre Brille ins Feuer geworfen, als sie kurz eingenickt war."

„Das … das ist aber ganz schön clever von dir." Hannes

erstaunte seine kleine Schwester immer mehr. So kannte er sie gar nicht.

„Wir hauen ab, wenn es dunkel ist", raunte sie ihm zu. Sie leckte sich über die Lippen, dann nahm sie den Wasserkrug und trank daraus.

„Was hat sie mit uns gemacht?", fragte Hannes.

„Wir müssen zu einem Arzt. Es hört gar nicht mehr auf." Die Stimme seiner Schwester klang verzweifelt.

Hannes ergriff Grits Hand. „Und was ist mit ihr?"

„Was soll mit ihr sein?"

„Wir können sie nicht alleine hier lassen. Ich mein ... ohne Brille ... sie ... ist doch hilflos ..."

Grit schnaubte verächtlich. „Du machst dir Sorgen um die Hexe?!" Sie schüttelte den Kopf. „Die kommt schon zurecht. Mach dir lieber Sorgen um uns, und dass sie uns nicht kriegt."

„Grit, wo bleibst du denn?", rief die Alte. „Ich sehe doch nichts. Grit! Der Rauch riecht so seltsam. Da stimmt was nicht."

Grit lächelte ihren Bruder verschwörerisch an. Für einen Moment erschien sie ihm vollkommen fremd. Sie erhob sich.

„Ich bringe dir gleich was zu essen. Deine Klamotten hängen im Schrank. Halt dich bereit."

Als sie das Zimmer verließ, schloss sie die Tür. Hannes versuchte vorsichtig, sich zu erheben. Es ging besser als gedacht. Als er sich von der Bettkante erhob, packte ihn für einen Moment ein Schwindel, doch er verflog rasch. Er schluckte trocken. Seine Kehle fühlte sich wund an. Wenn er doch endlich diesen verdammten Durst löschen könnte!

Er griff nach der Wasserkanne. Nach nur einem Schluck war sie leer. Hannes stellte sie zurück und bewegte sich langsam auf den Schrank zu.

Gedämpft drangen die Stimmen der Alten und seiner Schwester von nebenan an sein Ohr, vermischt mit nicht identifizierbaren Geräuschen. Hannes erreichte die Schranktür. Die Stimme der Alten schrillte durch die Wand: „Hol sie raus! Hol sie raus!"

Die Antwort seiner Schwester verstand er nicht, doch die Alte schrie wieder: „Du! Du hast meine Brille ..." Die nächsten Worte gingen in einem Gepolter unter. Ein Schrei. Hannes erstarrte. Grit!

Weitere Schreie, Fluchen, dumpfe Geräusche. Hannes ließ die Schranktür los, taumelte zur Tür. Ein schriller Laut erklang, der ihm durch Mark und Bein ging. Als er endlich die Tür erreichte, war nebenan alles verstummt. Mit wild klopfendem Herzen packte er den Türgriff. Knarrend öffnete sich die Tür. Er trat in die Diele. Von links drangen seltsam schmatzende Geräusche an sein Ohr. Hannes traute sich kaum, den nächsten Schritt zu machen. Langsam wandte er den Kopf, spähte nach links, um die Ecke der Diele und ... die Welt gefror. Träumte er immer noch? War er seinem Albtraum nicht entkommen? Er sah die alte Inga bäuchlings auf dem Boden liegen. Und er sah seine Schwester. Seine Schwester? Grit hockte auf dem Buckel der Alten wie ein Raubtier auf seiner erlegten Beute und saugte an deren Nacken. Das Mal auf seinem Hals fing an zu pochen. Für einen Moment sah er statt seiner Schwester seine Adoptiveltern über die Alte gebeugt. Er spürte ihre Zähne an seinem Hals, den Schmerz, als sie ihn bissen, fühlte, wie sie leckten, saugten ...

Das Wimmern der alten Frau verdrängte das Bild. Ein Zucken durchlief ihre Arme und Beine.

„Grit!"

Seine Schwester ließ ab von Inga und wandte ihm ihr blut-verschmiertes Gesicht zu. Der Anblick weckte etwas in ihm, etwas, das die ganze Zeit darauf gewartet hatte, auszubrechen. Sein Durst wurde übermächtig, erfüllte seinen Körper wie ein Fieber. Sein Mal brannte.

Seine Schwester grinste ihn an und winkte ihn zu sich. Er trat näher, sah das herausströmende Blut, die offen liegende, pulsierende Ader und konnte sich nicht länger beherrschen. Er sprang auf den Rücken der alten Frau, versenkte seinen Mund in der Wunde und saugte. Und endlich, endlich konnte er seinen Durst stillen.

Engelshaar

Feuer schimmerte in ihrem kastanienbraunen Haar. Sarah nahm eine Strähne nach der anderen in die Hand, betrachtete sie im runden Spiegel ihres Frisiertischs und bürstete sie sorgsam. Durch das Fenster links von ihr beobachtete die Morgensonne sie bei ihrem allmorgendlichen Ritual, streckte zärtliche Lichtfinger nach ihr aus, streichelte über ihr Haupt und ließ ihr seidiges Haar noch feuriger glänzen. Zwischen Daumen und Zeigefinger drehte Sarah eine Locke, genoss deren Sanftheit und verlor sich im Anblick ihres eigenen Spiegelbilds. Jedes Mal faszinierte es sie aufs Neue, wie schön ihre Haare waren. Das Einzige an ihrem Körper, mit dem sie wirklich zufrieden war.

Besonders zufrieden machte sie immer der Blick in diesen großen Spiegel mit dem reich verzierten Silberrahmen. Kein anderer gab ihrer Meinung nach die Farbbrillanz und den seidigen Glanz so gut wieder, wie ihr Frisierspiegel. Sie war froh, dass sie ihn vor drei Wochen im Antiquitätenladen erworben hatte. Seitdem machte ihr die tägliche Haarpflege noch mehr Spaß und sie ertappte sich dabei, wie sie oft deutlich länger als die übliche halbe Stunde morgens und abends davor verbrachte. Ihr war, als wäre er ein Teil ihrer selbst geworden.

Sarah ließ ihren Blick wandern: Vom Scheitel über den Pony bis zu den langen Locken, die ihr über die Schultern bis aufs Dekolleté flossen. Vor dem unteren Rand des Spiegels nahm sie die Digitalanzeige des Weckers wahr: 6.46 Uhr. Die halbe Stunde war fast um, Zeit sich für die Arbeit fertig zu machen.

Noch eine Strähne, dann … Sie erstarrte, sah genauer hin. Ein graues Haar. Schon wieder eins! Sarah schnitt es vorsichtig mit einer Nagelschere heraus und betrachtete es angewidert wie einen faulligen Apfel. Dann ließ sie es in den Papierkorb zu ihren Füßen gleiten. Sie seufzte. Es half nichts, sie musste sich eingestehen, dass sie langsam in das Alter kam, in dem sie ihre Haare regelmäßig tönen oder färben musste. Ihr Blick wanderte über die Fläschchen, Döschen und Flakons, die vor dem Spiegel aufgereiht standen: Kur, Öl und andere Pflegemittel gegen trockenes und glanzloses Haar, Haarspray und -schaum sowie mehrere Parfums, Cremes, Lotionen und anderes. Davor die notwendigen Utensilien wie Haarglätter, Kamm, verschiedene Bürsten, Haarklammern, Haarbänder, Scheren, Handspiegel.

„Bis heute Abend", winkte sie ihrem Spiegelbild zu, und es winkte zurück.

„Was machst du denn da? Komm endlich wieder ins Bett!"

Sarah ignorierte Max' Ruf und hob mit beiden Händen ihr Haar über den Schultern an. Es war total zerzaust. Das hatte sie nun davon: Zwanzig Minuten Spaß aber mindestens eine halbe Stunde, um zufrieden einschlafen zu können.

„Sarah, nun komm schon. Du hast vorhin schon ewig vor dem Spiegel gehockt. Deine Haare kannst du doch auch morgen früh kämmen."

„Du weißt, dass ich es nicht haben kann, ungekämmt schlafen zu gehen", antwortete sie, ohne zur Seite zu sehen. In einer Ecke des Spiegels sah sie das Bett und Max darauf, den Kopf auf den rechten Arm gestützt, den linken nach ihr ausgestreckt.

„Ach komm, ich mach ihn dir eh wieder wuschelig", grinste er.

„Untersteh dich!"

„Freust du dich denn nicht, dass ich heute Nacht bei dir bleibe? Ich meine, wir haben die ganze Nacht, um Spaß zu haben …"

„Max, wir hatten unseren Spaß. Ich muss morgen früh um sechs Uhr aufstehen."

„Na und, ich doch auch. Warum soll man denn immer nur am Wochenende etwas mehr Zeit für Zärtlichkeit haben?"

Sie bemerkte Max' Blick, der auf das Spiegelbild ihres offenen Seidenmantels gerichtet war. Oder vielmehr auf das, was dazwischen zum Vorschein kam. Mit einem raschen Griff verhüllte sie ihre Blöße.

Er richtete seinen nackten Oberkörper auf und kroch auf die Bettkante zu: „Ich verspreche dir, das wird eine wunderbare Nacht mit uns zweien."

Im Stillen verfluchte sich Sarah dafür, zugestimmt zu haben, dass ihr Freund heute bei ihr übernachten dürfe. Sie versuchte, ihn zu ignorieren und Ordnung in ihr Haar zu bekommen. Aus den Augenwinkeln sah sie Max aus dem Bett steigen und … sie blinzelte. Seltsam, sie hätte schwören können, dass sie sich selbst gesehen hatte, wie sie ihm die Haarspraydose an den Kopf warf.

Sie wollte sich umdrehen, da fühlte sie seine Hände durch ihre Locken streichen und noch mehr Unordnung hineinbringen. Etwas, das sie gar nicht leiden konnte.

Ihr Spiegelbild funkelte sie mit bösem Blick an. „Wirf ihn raus", schien es zu sagen. „Wirf den verdammten Kerl endlich raus!"

Max' Hände hielten inne. „Was hast du gesagt?"

Sarah saß steif auf ihrem Stuhl. „Ich? Nichts. Wieso?"

„Ich hab's gesehen. Im Spiegel. Du … hast richtig böse geschaut." Er wich einen Schritt zurück.

Sie wollte sich nach ihm umdrehen, doch irgendetwas zwang sie, noch einmal in den Spiegel zu schauen. Sie erschrak vor ihrem eigenen Spiegelbild. Diese bösen Augen. War sie das wirklich? Sie verstand plötzlich, was Max so irritiert hatte.

„Wirf ihn raus!" Sie erstarrte. Deutlich hatte sie gesehen, wie sich ihr Mund geöffnet und diese Worte formuliert hatte. Dabei hätte sie schwören können, nichts gesagt zu haben.

Sie zwang sich, den Blick abzuwenden, und drehte sich nach ihrem Liebhaber um. „Max, es tut mir leid …"

Er saß auf der Bettkante und sah sie ernst an. Doch der Ernst verflog, als sie aufstand und sich ihr Seidenmantel öffnete …

Am nächsten Morgen fand die Sonne sie wieder vor dem Frisierspiegel sitzend vor. Aus dem Bad drang das Prasseln der Dusche und Max' unmelodischer Gesang.

Sie wollte schmunzeln, doch sie konnte nicht. Eiskalte Augen starrten ihr aus dem Spiegel entgegen. Sie hatte das Gefühl, einen Fehler gemacht zu haben. Sie hatte ihm nachgegeben, das war nicht richtig gewesen. Jetzt hatte sie doppelt so viel Mühe wie sonst, ihre Frisur wieder richtig in Schuss zu bringen. Sie war so vertieft in ihre Tätigkeit, dass sie Max erst bemerkte, als er ihre Schultern berührte.

„He, willst du nicht langsam aufhören? Du kämmst dir ja die Haare vom Kopf."

Sie zuckte zusammen und starrte auf die Bürste, die voller

Haare hing. Dann fiel ihr Blick auf die Uhr: 7:19 Uhr.

„Oh Gott, ich komme zu spät. Warum hast du nichts gesagt?"

„Habe ich ja, aber du hast nicht geantwortet. Da habe ich schon mal Frühstück fertig gemacht ..."

Sie sprang auf. „Danke, Max. Aber keine Zeit." Sie griff sich Handtuch, Slip und BH aus einer Schublade und stürmte ins Bad. „So was bringt mich total aus dem Konzept. Besser, wir belassen es doch bei den Wochenenden."

An diesem Tag kam Sarah etwas früher von der Arbeit nach Hause als sonst. Durch den überhasteten Aufbruch heute Morgen hatte sie sich den ganzen Tag über unwohl gefühlt, unfertig, um genauer zu sein. Immer wieder hatte sie vor allem den Sitz ihrer Frisur überprüft, nie wirklich zufrieden damit. Ihr erster Gang führte sie daher direkt ins Schlafzimmer vor den Frisiertisch.

„Hallo", begrüßte sie ihr Spiegelbild.

„Du siehst grauenhaft aus", schien es zu antworten. „Wie konntest du so aus dem Haus gehen?"

„Ich weiß. Heute Abend kann Max sehen, wo er bleibt."

„Du solltest der Pflege deiner Haare mehr Zeit widmen."

„Ja, du hast Recht. Was werden sonst die Leute sagen? Dabei habe ich so schönes Haar. So schön ..."

Es war seltsam. Etwas geschah mit ihrem Spiegelbild, je länger sie ihr Haar bürstete. Nicht nur wurden ihre Haare seidiger, glänzender, nein das gesamte Spiegelbild bekam diesen überirdischen Glanz, ihre komplette Gestalt. Wie ein Engel, dachte sie. Meine Güte, ich sehe aus wie ein Engel!

Sie konnte sich gar nicht satt daran sehen, und je mehr sie über ihr Haar strich, umso engelsgleicher wurde ihr Ebenbild.

Die untergehende Sonne tauchte sie in goldenen Glanz, während ihr Haar sie umwehte, als striche eine Sommerbrise durch ihr Zimmer. Sie fühlte sich frei und leicht, so leicht … Und wurde plötzlich zur Erde zurückgezogen: Das Läuten des Telefons dröhnte in ihren Ohren. Verwirrt sah sie auf die Bürste in ihrer Hand und erschrak: Eine ganze Hand voller Haare hatte sich darin gefangen. Oh Gott! Sie tastete erschrocken über ihr Haupt und suchte im Spiegel nach kahlen Stellen, fand aber keine. Das Telefonläuten hörte nicht auf.

„Ja doch!", rief sie, als würde es etwas nutzen. Sie erhob sich und ging durch den Flur ins Wohnzimmer, wo das Mobilteil auf einer Anrichte stand.

„Ja?!"

„Na endlich! Wieso bist du nicht direkt dran gegangen?"

Sarah merkte, wie Wut in ihr emporstieg. Erst nervte Max sie mit dem ewig langen Geläut und dann machte er sie auch noch an. „Ich hatte zu tun."

Am anderen Ende der Leitung wurde es für einen Moment still. Er hatte die Botschaft scheinbar verstanden und ruderte sogleich zurück. „Tut mir leid Kleines, wenn ich dich gestört habe. Wollte nur mal hören, wie's dir so geht."

„Danke, war 'n stressiger Tag."

„Hm, wie wär's, wenn wir in den Sünner-Biergarten gingen? Ist noch warm draußen und …"

„Ich bin froh, dass ich wieder zu Hause bin." Ihr Blick fiel auf die Pappel vor ihrem Fenster, deren Zweige sich im Wind bogen. Gut, dass sie hier drin war. Der Wind würde ihre ganze Frisur durcheinanderwirbeln.

„Kein Problem. Ich könnte diesen Film besorgen, du weißt schon, den neuen mit Robert Downey junior und wir bestellen uns 'ne Pizza …"

„Ein andermal, Max. Okay?"

„Sag mal, ist was?"

„Nein, alles in Ordnung. Ich hatte nur einen stressigen Tag." Und eine unmögliche Frisur wegen dir, schob sie in Gedanken hinterher.

„Hm, ja, äh, wie …?"

„Wie wäre es, Max, wenn wir uns morgen Abend treffen? Dann ist Freitag, Wochenende …"

Sie hörte förmlich sein Grinsen. „Geht klar. Zu mir oder zu dir?"

„Zu mir." Sie konnte unmöglich auf ihren Frisiertisch verzichten.

„Okay, ich bring was fürs Wochenende mit. Dann bis morgen Abend, Kleines. Hab dich lieb."

„Ich dich auch."

Längst war die Sonne untergegangen und der Mond sah ihr nun zu. Sarah betrachtete ihr Spiegelbild, den Engel, der dort erschienen war: Ihre Haut hatte sich mit einem bleichen Perlmuttschimmer überzogen. Ihr Haar umwehte sie, als treibe sie unter Wasser. Und je länger sie es bürstete, umso schwereloser wurde es. So schwerelos wie sie: Sie fühlte kaum noch die Bürste in ihrer Hand, fühlte nicht ihren Arm, obwohl sie doch immer und immer wieder über ihre Haare strich. Ihr war, als löse sie sich auf, als bestünde sie nur noch aus einem Gespinst feinster Haare, das man auseinander bürsten müsste, immer weiter auseinander …

„Hallo Kleines, hier ist dein Prinz!"

Max lugte mit freudestrahlendem Gesicht um die Ecke ins Schlafzimmer. Seltsam, hier war sie auch nicht. Er ließ den

Blumenstrauß sinken und sah sich ratlos um. In Wohnzimmer und Küche hatte er bereits nachgesehen. Auch am Bad war er vorbeigekommen. Sie konnte eigentlich nur noch hier sein.

Er machte auf Socken einen Schritt ins Schlafzimmer hinein. Die Schuhe hatte er im Flur ausgezogen, so wie Sarah es wünschte. „Sarah? Kleines?"

Vielleicht war sie ja noch was besorgen gegangen. Hm, sicher würde sie nachher etwas Leckeres kochen. Sein Blick fiel auf sich selbst im Spiegel des Frisiertisches. Er trat näher. Vielleicht noch ein bisschen Gel in die Haare?

Er fasste den Stuhl an, um sich hinzusetzen, und stellte überrascht fest, dass ihre Klamotten darauf lagen: Jeans und Bluse.

„Sarah, Sarah, wirst du langsam unachtsam?", murmelte er. Sah ihr gar nicht ähnlich, sie war doch immer so auf Ordnung bedacht. Er legte den Blumenstrauß auf den Frisiertisch, nahm die Sachen auf und wollte sie zur Seite legen, als etwas zu Boden fiel. Ihr BH und etwas Glänzendes: eine ihrer Halsketten. Seltsam. Er bückte sich, um sie aufzuheben, erstarrte aber mitten in der Bewegung. Er hatte gedacht, das Dunkle um den Stuhl herum wäre der Schatten des Frisiertisches. Doch es war etwas ganz anders. Der Teppich war über und über bedeckt mit langen, kastanienbraunen Haaren. Als wären mindestens zwei Dutzend Perücken in ihre Bestandteile zerlegt worden. Und mitten drin lag eine Bürste, ebenfalls voller Haarbüschel.

Max streckte seine rechte Hand aus, berührte die weichen Strähnen und erschauderte. Das war Sarahs Haar.

Wie konnte das sein? Ihre Haare waren ihr ganzer Stolz. Nie würde sie sie sich abschneiden. Und selbst wenn: Selbst Sarah besaß nicht so viel Haar.

Mit einer Strähne in der Hand stand er auf. Sein Blick fiel auf den Spiegel.

Sah er da nicht eine graue Stelle? Er fasste sich an seine Schläfe und setzte sich auf den Stuhl.

Er sollte seine Haare kämmen, ja, das würde Sarah gefallen. Er griff nach einem Kamm und sein Spiegelbild tat es ihm nach. Max betrachte es, sah, wie er den Mund öffnete, obwohl er doch schweigend davor saß, und während er mit dem Kamm durch seine Haare fuhr, hörte er sich sagen:

„Ich mache einen Engel aus dir."

Ylva und der Tod

Das schwere Atmen aus Lillebrors Bettchen verstummte, als sich der Schatten des mondbeschienenen Besuchers über ihn legte. Ylva schoss in ihrem Bett hoch. Sie wusste, dass er gekommen war, um ihren kleinen Bruder zu holen. „Nein, lass ihn bei mir!"

Der Besucher hielt inne.

„Bitte", flehte sie.

Er wandte sich ihr zu. Sein Schatten fiel auf ihre rechte Hand. Sie wurde so kalt und taub, als hätte sie sie in das eisige Wasser des Grässjön getaucht. Ylva zog sie rasch unter die Bettdecke zurück. Aus Lillebrors Bettchen erklang rasselnder Husten.

„Warum?" Die Frage wehte wie ein schwacher Lufthauch aus Richtung des Besuchers an ihr Ohr. Sie konnte nicht sagen, ob ein Mann oder eine Frau gesprochen hatte. Die Gestalt war vom Dunkel der Nacht umhüllt. Ylva wagte es nicht, ihre Hände unter der Bettdecke nach den Streichhölzern und der Kerze neben ihrem Bett hervorzustrecken.

„Er ist mein Bruder", antwortete sie mit gesenkter Stimme, um Lillebror nicht aufzuschrecken. „Ich habe ihn lieb und möchte nicht, dass er mit dir geht."

„Sag Ylva, wie lieb hast du ihn?", hauchte die Stimme durch den Raum.

„Er ist mir der liebste Mensch auf der ganzen Welt", sagte Ylva und Tränen liefen über ihre Wangen. Kälte füllte den ganzen Raum. Sie kroch ihr in die Knochen und Ylva zitterte.

„Er ist sehr krank. Hörst du, wie er nach Luft ringt? Er hat Schmerzen", umwogte sie die sanfte Stimme. „Will deine Liebe, dass er weiter leidet?"

Ylva schüttelte heftig den Kopf. „Nein. Er soll wieder gesund werden. Bitte."

„Das steht nicht in meiner Macht."

Bei diesen Worten zitterte Ylva noch stärker.

„Aber ist es nicht auch Liebe", fuhr der Besucher fort, „wenn man jemand gehen lässt, wenn es Zeit ist? Ich höre die Menschen darum beten, dass ein geliebter Mensch von seinen Leiden erlöst werden und ewigen Frieden finden soll. Sag Ylva, willst du das nicht auch für Lillebror?"

„Ihm soll es gut gehen. Aber er soll auch bei mir bleiben." Sie schniefte.

„Ylva, du bist ein ganz besonderes Kind. Die Menschen können mich normalerweise nicht sehen. Weißt du, warum du es kannst?"

Ylva schüttelte den Kopf.

„Weißt du, wie du auf die Welt gekommen bist?"

„Das hat meine Mama gemacht. Meine erste Mama."

„Ja, das ist wahr. Ich verrate dir ein Geheimnis Ylva. Du darfst es niemandem weitererzählen. Versprichst du mir das?"

Ylva nickte zögerlich. Sie zitterte nicht mehr, denn die lautlose Stimme hatte etwas Vertrautes und Beruhigendes an sich.

„Ich war da bei deiner Geburt. Ich war gekommen, um dich zu holen. Aber dann geschah etwas ... deine Mutter sah mich. Sie sah mich am Kindbett stehen und sie flehte mich an, dich am Leben zu lassen. Ich sagte ihr, dass dir keine weitere Lebenszeit bestimmt sei. Sie fragte mich nach ihrer Lebenszeit, und ob sie auch gehen müsse. Ich sagte ihr, dass die Reihe noch nicht an ihr sei, und wir uns erst in vielen Jahren wiedersehen würden. Da bat sie mich um einen Tausch. All ihre Jahre wollte sie dir schenken und an deiner statt mit mir gehen. Ich fragte sie, warum, und sie sagte, weil sie dich mehr als ihr Leben liebe. Und ich gewährte ihr den Wunsch. Du bist ein Kind der Liebe, Ylva."

Als Ylva das hörte, spürte sie einen heftigen Schmerz. Papa hatte ihr erzählt, dass Mama bei ihrer Geburt gestorben war, aber er hatte es anders erzählt. In seinen Augen las sie stets einen Vorwurf, und nicht nur, wenn er ihr von ihrer Geburt erzählte. Auch wenn er sie einfach nur ansah. In den Augen ihrer zweiten Mutter hatte sie zumindest etwas wie Mitleid und Wohlwollen gelesen. Aber nie das Strahlen, das sie hatte, wenn sie ihren eigenen Sohn ansah. Und seitdem Lillebror so krank geworden war, hatte sich auch in den Blick ihrer zweiten Mutter etwas Anklagendes geschlichen und sie schimpfte oft mit Ylva ohne Grund. Einzig von Lillebror strömte ihr Liebe entgegen. Sie hatte bis jetzt gedacht, er wäre der einzige Mensch, der sie liebte. Sie hatte geglaubt, wenn ihre erste Mutter eine Wahl gehabt hätte, dann läge jetzt sie, Ylva, in der schwarzen Erde des Dorffriedhofs begraben. Und nun erfuhr sie, dass ihre Mutter eine Wahl gehabt hatte. Sie zitterte wieder, doch nicht vor Kälte. „Ich", begann sie mit belegter Stimme, „möchte mein Leben gegen das von Lillebror tauschen."

Der Besucher regte sich nicht, doch seine tonlose Stimme umhüllte sie. „Das ist dir leider nicht gegeben, Ylva. Denn ich musste deiner Mutter versprechen, dass ich dich nicht vor der vereinbarten Zeit holen werde."

„Aber wenn du Lillebror mitnimmst", presste Ylva unter

Tränen heraus, „dann habe ich keinen Menschen mehr, der mich lieb hat. Dann nimm mich auch mit."

„Nein Ylva, du musst noch bleiben. Pacta sunt servanda, das ist auch für mich ein eherner Grundsatz und bedeutet, dass Verträge einzuhalten sind. Vielleicht aber ist dir Folgendes ein Trost: Eines Tages werde ich kommen und dich holen."

„Wann?"

„Aus meiner Sicht schon bald, einem Menschen aber, gerade wenn er so jung ist wie du, wird es lange vorkommen."

„Ich will nicht so lange allein bleiben."

„Das wirst du auch nicht. Und sei gewiss: Ich bin immer in deiner Nähe."

Ylva sah auf, wischte Tränen fort und versuchte trotz der Dunkelheit, ein Gesicht unter der Kapuze des Besuchers zu erkennen. Selbst die Kapuze erkannte sie nicht, doch sie wusste, dass er eine trug. Sie wusste es, weil sie ihn nicht zum ersten Mal sah. Schon oft hatte sie ihn gesehen. Als die Großmutter gestorben war, als der kleine Jerik im Grässjön ertrunken war und immer, wenn eines der Tiere geschlachtet wurde. Immer war er da. Sie wusste, dass nur sie ihn sah, da sie ihren Vater und ihre zweite Mutter darauf angesprochen hatte. Denn sie wollte wissen, wer das sei, warum er stets komme, wenn jemand starb, und ob er ein Mann oder eine Frau wäre. Der Vater hatte ihr als Antwort eine Ohrfeige verpasst und geraten, sich solche Flausen aus dem Kopf zu schlagen. Die Stiefmutter hatte sich bekreuzigt und sie ermahnt, nie wieder darüber zu sprechen und den lieben Gott darum zu bitten, ihr gesunden Verstand zu verleihen. Von da an hatte sie verstanden, dass nur sie die Gestalt sah, und wann immer sie diese dann wieder erblickt hatte, hatte sie nie mehr ein Wort anderen gegenüber darüber verloren.

Und nun stand diese Gestalt hier im Schlafraum vor ihr und sprach mit ihr. Eine Frage musste sie stellen: „Hast du einen Namen?"

„Ja und nein. Die Menschen geben mir viele Namen. Doch ich bin nicht nur für die Menschen da. Ich war schon vor ihnen da und werde noch da sein, nachdem es niemanden mehr gibt, der weiß, dass es die Menschen je gegeben hat. Ja, bis es niemanden mehr gibt, der mir einen Namen geben könnte."

„Wie soll ich dich nennen?"

„Wie du magst. Gevatter, denn das bin ich für dich. Oder einfach so wie die meisten: Tod." Mit diesen Worten wandte er sich wieder Lillebrors Bettchen zu und streckte seine dürren Hände nach ihrem Bruder aus.

„Nein." Ylva sprang aus dem Bett und warf sich gegen den Tod, um ihn fortzustoßen. Doch da war niemand und nichts, das sie anpacken und wegstoßen konnte. Nichts als ein kalter Schatten, durch den hindurch sie zu Boden stürzte.

„Merke dir, kein Mensch kann mich fassen", sagte die tonlose Stimme ohne jeden Spott. „Wir sehen uns wieder, Ylva."

Ylva sprang auf die Füße, doch da war der Schatten schon fort. Und mit ihm das Atmen aus Lillebrors Bettchen.

Sie beerdigten Lillebrors Körper in kalter, schwarzer Erde und Ylva musste ständig daran denken, dass sie seit ihrer Geburt auch dort hätte liegen sollen. Sie wünschte sich oft, dass es so wäre. Lillebrors Tod hatte ihre Stiefmutter bitter und wütend gemacht, und sie ließ ihre Wut an Ylva aus. Nichts konnte Ylva ihr recht machen: Der Boden war nicht blank genug gescheuert, die Kleider nicht ordentlich sauber gewaschen, die Kühe nicht richtig gemolken, das Essen versalzen und, und,

und ... Dass die Stiefmutter kein weiteres Kind mehr bekam, machte es über die Jahre nur schlimmer.

Seit der Beerdigung ihres Bruders war auch aus Ylva jede Fröhlichkeit entschwunden. Sie wurde still und in sich gekehrt. Wachsam hielt sie Ausschau nach der dunklen Gestalt und wünschte sich, dass sie endlich an der Reihe sei. Ylva sah den Tod oft, ob bei Mensch oder Tier. Und sie fand heraus, dass er meist schon einige Zeit vor dem Zeitpunkt des Ablebens in der Ferne zu sehen war und mal schneller, mal langsamer heranrückte. Mal schlich er tagelang um ein Haus herum, in dem sich ein Sterbenskranker im Bett wälzte, mal stand er aber auch plötzlich neben einem, der sich mit überraschtem Keuchen ans Herz griff und tot umfiel.

Immer wieder fragte sie ihn, wie es Lillebror und ihrer ersten Mutter ginge, und wann er sie endlich kommen hole. Und immer wieder erhielt sie die gleiche Antwort: „Dein Bruder leidet keinen Schmerz mehr. Und deine Mutter war glücklich in meinen Armen, denn sie wusste, dass sie dir das Leben gleich doppelt geschenkt hatte. Vergeude dieses Geschenk nicht, lebe dein Leben, bis ich komme."

Aber wenn es ihr doch keine Freude machte? Es wurde immer schlimmer mit der Stiefmutter. Auch der Vater hatte unter ihrer schlechten Laune zu leiden. Aber er sah auch, wie seine Frau mit Ylva umging und wie verschlossen sein Kind wurde.

„Frau", sprach er daher, „es ist nicht recht, dass du Ylva ständig schiltst, sie ist ein fleißiges, gutes Kind."

„Sie hat den Teufel im Leib, Mann", erwiderte die Stiefmutter. „Sie weiß, wann Leute sterben müssen oder das Vieh. Auch wenn sie es nicht zugeben will, so weiß man es doch in ganz Munkfors. Sie hat mich verhext, dass ich kein Kind mehr von dir empfange. Sicher hatte sie auch Lillebror verhext."

Der Vater fuhr sie an: „Erzähl nicht solchen Unsinn, Frau! Sie ist nur ein Kind."

„Nein, ich sage dir was: Ich schicke sie ab jetzt jeden Tag zum Pastor. Er soll ihr den Teufel aus dem Leib jagen und mit ihr beten."

Da wurde der Vater zornig und er verbot es seiner Frau. Sie war ihm über die Jahre durch ihre Bitterkeit und Unzufriedenheit immer lästiger geworden, wohingegen er in Ylva seine erste Frau erkannte, die das hübscheste Mädchen von Munkfors gewesen war und nie unzufrieden. Er gewann Ylva von Tag zu Tag lieber und es reute ihn, dass er sie in den ersten Jahren zurückgewiesen hatte.

Seine Liebe tröstete Ylva über die Schikanen der Stiefmutter hinweg. Sie half ihrem Vater gern bei der Arbeit im Stall und auf dem Feld und gewann ihn auch sehr lieb.

Als eines Tages eine furchtbare Seuche das Vieh befiel und der Tod eine Kuh nach der anderen holte, beobachtete Ylva wie ihr Vater – den sie nie hatte weinen sehen – auf dem Stroh neben den Kühen kauerte und lauthals schluchzte. Das ängstigte Ylva, und ihre Angst wuchs, als sie mit anhörte, wie ihr Vater zu der Stiefmutter sagte, dass er den Knecht entlassen müsse, und dass sie bald nichts mehr hätten, wovon sie leben könnten; denn nun waren ihnen nur noch zwei Milchkühe geblieben, und ausgerechnet die trächtige war schwer erkrankt.

Ylva überlegte, was sie tun könne. Sie ging in den Stall, um sich um die Pflege der Tiere zu kümmern, wie sie ihrem Vater sagte. Doch vor allem beobachtete sie die Kapuzengestalt, die um den Stall schlich und sich der trächtigen Kuh näherte.

„Lieber Gevatter, lass uns diese bitte. Sie wird bald ein Junges bekommen. Wenn du sie uns nimmst, wissen wir nicht, wie es mit uns weitergehen soll."

„Das Leben findet immer einen Weg, Ylva." Der Tod streckte seine Arme nach der Kuh aus. Da kam Ylva ein Gedanke. Sie hieb der zweiten Kuh mit dem Stiel der Strohgabel so heftig auf das Hinterteil, dass diese laut muhend einen Satz nach vorne machte, mitten hinein in die Arme des Todes, dort mit einem letzten Seufzer einknickte und ihr Leben aushauchte.

„Ylva, das war nicht recht, es war anders bestimmt. Die andere sollte ich holen."

„War es denn recht, dass du bei meiner Geburt meine Mutter und nicht mich geholt hast?"

Der Tod stand stumm da, dann nickte er. „Wohlan, das ist wahr. So höre, Ylva: Dieses Mal sei dir der Tausch gewährt. Als Ausgleich. Aber tue dies nie wieder. Denn alles hat seinen Preis, auch der Tod."

„Was für einen Preis?"

„Das Leben natürlich. Vielleicht wird es jemand aus deiner Nähe sein, den ich dann holen müsste. Also sei gewarnt und trickse mich nie wieder aus."

Ylva nickte und merkte erst jetzt, dass ihre Knie zitterten. Der Tod nahm die eine Kuh mit sich, doch die trächtige überlebte und brachte kurz darauf ein gesundes Kälbchen auf die Welt.

Ylva war überglücklich und auch ihr Vater strahlte. „Ich weiß nicht, wie du das gemacht hast, liebe Tochter. Doch ich danke Gott und dir dafür. Du bist ein Segen, Ylva!"

So waren sie vorerst gerettet, doch den Knecht konnten sie nicht mehr behalten und der Vater musste nicht nur dessen

Arbeit mitmachen, sondern dazu auf anderen Höfen mitarbeiten, um die Familie zu ernähren. Auch Ylva verrichtete bei anderen Bauern Arbeiten. Sie half beim Melken der Kühe, beim Butterstampfen und beim Einbringen der Ernte. Auf dem Johansson-Hof lernte sie dabei Are kennen, den Zweitgeborenen des Bauern. Are war nicht nur größer und kräftiger als andere junge Männer in seinem Alter, sondern auch gescheit und hübsch anzusehen. Vor allem gefiel Ylva sein Lachen, das wie das Strahlen der Sonne auf sie abfärbte und fröhlich stimmte. Sie lachte viel mit Are, trotz der schweren Arbeit. Und er strahlte jedes Mal so vor Freude, wenn sie den Johansson-Hof betrat, dass selbst ein Blinder von diesem Glück geblendet wurde und spürte, was zwischen den beiden los war.

Ares jüngerer Bruder Nisse und seine kleine Schwester Sista feixten jedes Mal, wenn Are in Ylvas Nähe kam. Nisse tat dann immer so, als täte ihm das Herz weh und nur Sista könne es heilen, indem sie ihn auf die Brust küsse. Dafür fing er sich oft genug eine Kopfnuss von Are ein, lachte darüber aber nur noch mehr.

Ylva selber verstand zuerst nicht, was da geschah. Are war ein netter Kerl, und doch wurden ihre Knie weich und ihr Herz raste, wann immer sie an ihn dachte, als ob sie Angst vor ihm hätte. Dabei sehnte sie sich doch nach einer Begegnung mit ihm und hoffte, auf dem Feld in seiner Nähe arbeiten zu können. Wenn er sie ansprach, drohte ihr Herz regelrecht zu zerspringen. Als er sie eines Tages flüsternd fragte, ob sie sich am Abend im Wald an der umgestürzten Eiche mit ihm treffen würde, fühlte sie sich einer Ohnmacht nahe.

Bei Sonnenuntergang stahl sie sich heimlich aus dem Bett und lief zum vereinbarten Treffpunkt. Er wartete bereits auf sie und empfing sie mit seinem strahlenden Lächeln und einem Kniefall.

„Are, warum kniest du?"

„Ylva, ich muss dir etwas gestehen. Wann immer du in meiner Nähe bist, fühle ich mich so glücklich wie nie zuvor in meinem Leben. Ich möchte dich für immer in meiner Nähe haben. Ylva, möchtest du meine Frau werden?"

Und Ylva lernte eine weitere Art der Liebe kennen. Für eine Hochzeit waren beide noch recht jung, aber Are wollte dennoch mit seinem und ihrem Vater reden.

Ihr Vater war durch die harte Arbeit über das Jahr schmaler und schmaler geworden, was Ylva mit Sorge beobachtet hatte, und ehe Are bei ihm um ihre Hand anhalten konnte, warf ihn ein heftiges Fieber nieder. Ylva stand in seiner Kammer und sah durch das Fenster die Kapuzengestalt am Feldrand stehen. „Vater", sprach sie, „steh auf. Du musst hier weg. Er kommt. Er kommt dich zu holen."

Der Vater nickte schwach und berührte mit seiner schweißnassen Hand Ylvas Wange. „Ich weiß, mein Kind. Bald werde ich bei deiner Mutter sein. Versprich mir, dass du ein ehrbares Mädchen sein wirst. Hilf deiner Stiefmutter. Sie ist keine böse Frau, sondern nur verbittert."

Doch Ylva wollte solche Worte nicht hören. Nein, der Tod sollte ihren Vater nicht holen. Sollte er doch lieber ihre Stiefmutter mitnehmen. Sie rief nach ihr. Doch schon stand die Kapuzengestalt neben dem Bett ihres Vaters und sprach: „Nein, Ylva, noch einmal trickst du mich nicht aus."

Ihr Vater bäumte sich mit aufgerissenen Augen auf, schnappte nach Luft und tat seinen letzten Atemzug.

Mit ihm waren nun bereits drei geliebte Menschen in jenes

ferne Land gereist, das auch sie eines Tages aufsuchen würde. Wäre Are nicht gewesen, so hätte sie sicher versucht, die Zeit des Wartens und den Weg dahin zu verkürzen.

Die Stiefmutter kam zu ihr, noch vor der Beerdigung des Vaters und sagte: „Wir zwei Frauen können den Hof nicht halten. Ich bin zwar noch jung genug, einen anderen Mann zu finden, doch geziemt es sich nicht, dies vor Ablauf eines Jahres zu tun. Es gibt daher nur einen Ausweg, uns davor zu retten, am Hungertuch zu nagen. Du musst einen Mann ehelichen, der die Arbeit auf dem Hof übernehmen kann."

„Das will ich gerne tun, Mutter", antwortete Ylva und malte sich aus, wie schön das Leben mit Are werden würde. Doch die Stiefmutter hatte nicht Are, sondern einen anderen Burschen im Sinn: Einar Svensson. Auch er war ein Bauerssohn aus der Nachbarschaft, der sich keine Hoffnung auf das Erbe des väterlichen Hofes machen konnte. Er war zwei Jahre älter als Are und übertraf ihn von Gestalt und Kraft. Er war nicht hässlich, aber auch nicht so hübsch wie Are. Es hieß, Einar sei fleißig und geschickt, doch galt das nicht für den Umgang mit anderen Menschen, schon gar nicht mit Frauen. Ylva konnte sich nicht erinnern, mit Einar je mehr als einen flüchtigen Gruß ausgetauscht zu haben und hatte ihn mit anderen nur die notwendigsten Worte sprechen hören. Außer beim Midsommar-Fest. Da fiel Einar regelmäßig dadurch auf, dass er tüchtig dem Bier und Schnaps zusprach, was seine Zunge lockerte. Dabei kamen jedoch oft Anzüglichkeiten und Schimpfworte aus seinem Mund heraus, und der Abend endete stets mit blutigen Lippen oder ausgeschlagenen Zähnen.

„Nein", begehrte Ylva auf. „Ich werde Are Johansson heiraten. Ihn oder keinen."

„Du bist nicht alt genug, das selbst zu entscheiden, Kind.

Und du hast nicht die Erfahrung, um die richtige Wahl zu treffen. Wir müssen daran denken, was für uns alle das Beste ist. Einar ist bereits auf Freiersfüßen. Der Bauer Svensson ist der reichste Bauer der Gegend und Einar wird zwei Rinder und ein eigenes Pferd mitbringen. Dein Are hat nichts anzubieten außer seinem hübschen Gesicht. Nein, Ylva, du heiratest Einar. Ich spreche morgen mit ihm und seinen Eltern."

Als sie Are diesmal an der umgestürzten Eiche traf, konnte er ihr kein Lächeln ins Gesicht zaubern. Sie berichtete, dass sie Einar heiraten solle, und da wurde auch seine Miene düster.

„Ich lasse das nicht zu", sagte Are. „Lieber sterbe ich."

Ylva erschrak. „Sag so etwas nicht." Sie blickte sich nach der vertrauten Kapuzengestalt um, sah sie zum Glück jedoch nirgends.

„Ich kläre das mit Einar", sagte Are und ballte die Faust. „Wenn er erfährt, dass dein Herz bereits mir gehört, wird er verstehen, dass er keine glückliche Ehe mit dir führen kann und sucht sich eine andere."

So wartete Ylva am nächsten Tag bangen Herzens auf die erlösende Nachricht. Doch es kam keine. Am Nachmittag des folgenden Tages fuhr der Bauer Svensson mit seinem Pferdekarren auf den Hof; in seiner Begleitung war Einar. Waren sie gekommen, um die Verlobung abzulehnen? Ylvas Herz raste so sehr, dass ihr schwindelig wurde und sie sich nicht in die gute Stube traute, als die Stiefmutter nach ihr rief.

„Ylva, nun komm schon!", hörte sie die schneidende Stimme der Stiefmutter. „Der Bauer Svensson und sein Sohn warten. Sie sind extra gekommen, um dich zu sehen."

Ylva nahm allen Mut zusammen und betrat die gute Stube. Sie wagte es nicht, Einar in die Augen zu schauen, doch sie fühlte seinen Blick auf sich und ein Frösteln lief ihr über den Rücken.

„Da bist du ja endlich. Hör zu, Ylva, was Einar dir zu sagen hat."

Ylva schielte zu Einar, der von einem Bein aufs andere trat. Seine Hände spielten unentwegt mit der Krempe seines Huts. Ylva fiel auf, dass sein Kinn blau angelaufen war.

„Junge, nun sag es ihr schon", sagte der Bauer Svensson, dem das ganze Spiel zu lange dauerte.

„Ylva, ich ...", kam es stockend über Einars Lippen, „... ich bin gekommen, um ... um deine Hand anzuhalten."

„Was?!" Ylvas Herz durchfuhr ein Stich und sie hatte Mühe, sich auf den Beinen zu halten.

„Wunderbar!", rief die Stiefmutter aus. „So ist es beschlossene Sache, Svensson. Dein Einar heiratet meine Ylva."

„Hand drauf", sagte der Bauer und besiegelte mit der Stiefmutter das Verlöbnis.

„Aber ...", hauchte Ylva, „... aber hat denn Are nicht mit dir gesprochen?"

Einar streckte grimmig sein Kinn vor und nickte. „Wir haben gesprochen. Am Anfang."

Ylva ahnte Böses. „Was ist passiert?"

„Ich habe nur ein blaues Kinn, aber Are habe ich ein paar stärkere Denkzettel verpasst. Der Hurenbock ..."

„Einar!", fuhr ihm der Bauer in die Rede.

„Entschuldige Vater. Also Are wird sein schändliches Maul halten und uns nicht im Wege stehen. Das hat er wohl kapiert."

„Dann ist ja alles gut", freute sich die Stiefmutter und wandte überrascht den Kopf in Ylvas Richtung, als sie von dort einen dumpfen Aufprall auf den Boden hörte.

Als Ylva wieder zu sich kam, erfuhr sie, dass die Hochzeit in vier Wochen stattfinden sollte. Einar war zum Pastor unterwegs, um das Aufgebot zu bestellen. Ylva wollte sofort zum Johansson-Hof eilen, um nach Are zu sehen, doch die Stiefmutter verbot es ihr.

So wartete sie, bis es Nacht war, und stahl sich aus dem Fenster ihrer Kammer nach draußen. Sie eilte über Feld und Flur und durch den Wald zum Johansson-Hof, als sie eine dunkle Kapuzengestalt an einer Wegkreuzung gewahrte. Ylva hatte keine Angst und eilte auf den Tod zu. „Du musst mir helfen", bat sie ihn und erzählte von ihrem Leid. „Ich weiß mir keinen Rat mehr, lieber Gevatter, außer den: Kannst du bitte Einar zu dir holen?"

Der Tod wiegte den Kopf. „Es ist nicht an mir, das Ende eines Sterblichen zu bestimmen. Ich hole ihn nur ab, wenn es soweit ist."

„Doch, du kannst es. Sieh mich an, ich dürfte gar nicht hier vor dir stehen."

„Du weißt, dass es seinen Preis hatte."

„Ich werde ihn zahlen."

„Ylva, versprich nichts, von dem du nicht weißt, was es ist und ob du es halten kannst."

„Ganz egal, was es ist, ich werde den Preis zahlen."

Ein leiser Hauch wie das Seufzen des Windes erklang. „Ylva, ich kann dir nur eines sagen: Ich werde da sein am Tag deiner Hochzeit."

„So wirst du Einar holen?"

„Wen ich hole, darf ich dir nicht verraten. Doch ich warne dich: Fordere das Schicksal nicht heraus und ändere es nicht."

Mit diesen Worten verschwand der Tod und ließ sie allein zurück. Den ganzen restlichen Weg zum Johansson-Hof grübelte sie darüber nach, was seine Worte bedeuten mochten. Sie schlich sich ans Fenster von Ares Kammer, die dieser sich mit seinem jüngeren Bruder Nisse teilte. Als sie an die Scheibe klopfte, flammte ein schwaches Licht auf und bald darauf öffnete sich das Fenster. Im Schein einer Kerze erkannte sie Nisses verschlafenes Gesicht.

„Nisse, ich will zu Are. Wie geht es ihm?"

Nisse schüttelte den Kopf. „Einar hat ihn übel zugerichtet. Er hat ihn von einem Knecht mit dem Karren zu uns bringen lassen. Sein rechter Arm ist gebrochen. Er wird uns erst einmal keine große Hilfe sein."

„Kann ich ihn sprechen?"

„Nein, geh. Geh und komm nicht wieder her."

„Aber Nisse, ich liebe Are ..."

„Und was hat es dem Dummkopf gebracht? Wenn Einar erfährt, dass du dich mit ihm triffst, verpasst er ihm gleich nochmal eine Tracht Prügel. Und du wirst sicher auch keine schöne Zeit haben. Es ist besser, ihr beide schlagt euch das aus dem Kopf."

„Ich will Einar nicht heiraten."

„Das kann ich verstehen. Dem Kerl würde ich zu gern eine gehörige Abreibung verpassen. Vater war schon drauf und dran, das zu tun, aber die Mutter hat ihn zurückgehalten. Sie will nicht noch mehr Unglück und hat gemeint, der Svensson muss den Schaden ersetzen. Ylva, ich mag dich gut leiden, aber ich verstehe nicht, warum ein Bursche sich wegen eines Mädchens schlägt. Ich weiß nur, dass Are es wieder tun wird, wenn er wieder auf den Beinen ist. Wenn du ihn wirklich lieb hast, dann geh und lass ihn in Ruhe. Ich meine das im Guten,

Ylva."

Aber Ylva konnte darin nichts Gutes sehen. Am nächsten Tag sprach sie mit Ares Mutter. Doch die wollte sie auch nicht zu ihrem Sohn lassen.

„Ylva, es tut mir im Herzen weh, glaub mir. Ich weiß, wie sehr mein Are darunter leidet, aber deine Mutter und der Bauer Svensson haben dein Verlöbnis beschlossen und das Aufgebot ist bereits bestellt. Wir können nichts dagegen tun."

„Das ist nur, weil der Einar Rinder und ein Pferd mit auf den Hof bringen wird. Wenn Are auch ..."

„Ylva, der Bauer Svensson hat die größten Felder und das meiste Vieh von allen. Wir können kein Tier auf unserem Hof entbehren, du weißt selbst, wen wir alles zu versorgen haben. Und keiner will Svensson zum Feind. Nein, Ylva, du stürzt uns alle ins Unglück, wenn du dich weiter mit Are triffst. Deshalb kann ich dir auch keine Arbeit mehr bei uns auf dem Hof anbieten. Geh zum Svensson-Hof, da gehörst du ab jetzt hin."

Unter Tränen verließ Ylva den Johansson-Hof und wünschte sich, sie würde dem Tod begegnen, damit er sie direkt mitnähme. Was hatte das Leben jetzt noch für einen Sinn?

Die Stiefmutter mahnte sie, sich zusammenzureißen; sie wüsste gar nicht, was für ein Glück sie habe, so eine gute Partie zu machen. Sie werde es schon noch einsehen und ihr später dafür dankbar sein. Und um den Einar besser kennen zu lernen, solle sie ab heute auf dem Svensson-Hof mithelfen.

Da half kein Bitten und kein Betteln. Der Bauer Svensson schickte extra einen Knecht mit einem Pferdekarren, um sie abzuholen. Der Bauer und seine Frau waren verdrießliche Leute, deren schlechte Laune scheinbar alle anderen auf dem Hof angesteckt hatte. Nirgends sah oder hörte Ylva jemanden lachen. Die Bäuerin wies sie in ihre Arbeit ein, die zunächst darin bestand, sich um die Hühner zu kümmern und beim Waschen, Mangeln und Bleichen der Wäsche zu helfen.

Als sie allein neben der Bäuerin am Waschtrog stand, sagte diese zu ihr: „Ich sage es dir nur einmal, Kind: Ich erwarte, dass du meinem Einar eine gute Frau wirst. Den Are schlag dir aus dem Kopf, ich sehe dir an, dass du noch an ihn denkst. Wenn ich auch nur etwas in der Richtung höre, dass du mit ihm sprichst, dann verspreche ich dir, wirst du es bereuen. Ich habe meinen Söhnen beigebracht, wie man eine Frau gehorsam macht."

Diese Worte beschwerten Ylvas Herz noch mehr und ihre Sehnsucht wuchs, sich in die barmherzige Umarmung des Todes und des Vergessens fallen zu lassen.

Ylva musste tüchtig mit anpacken auf dem Svensson-Hof. Man ließ ihr keine Zeit, ihren trüben Gedanken nachzuhängen. Ab und an kam Einar wie zufällig vorbei. Er grüßte sie freundlich und fragte unbeholfen, wie es ihr auf dem Hof gefalle. Sie antwortete einsilbig, und Einar wusste keine weiteren Worte zu finden und trollte sich dann wieder davon.

Ylva fand auch nachts keine Zuflucht und keinen Trost. Sie musste auf dem Svensson-Hof übernachten, anstatt abends nach Hause zurückkehren zu können. Direkt bei ihrer Ankunft hatte die Bäuerin ihr eine Kammer zugewiesen mit den Worten: „Es ist wohl besser, du bleibst in unserer Nähe, Kind. So lernst du deine neue Familie gleich kennen und kommst erst gar nicht auf dumme Gedanken."

Regelmäßig weinte sie sich in den Schlaf. Tagsüber verrichtete sie die ihr aufgetragene Arbeit duldsam aber ohne recht bei der Sache zu sein. Immer wieder fragte sie sich, wie es Are gehen mochte und wie sie ihrem Schicksal entfliehen könne. Am Sonntag traf sie beim Kirchgang ihre Stiefmutter und sah auch die Johansson-Familie. Are fehlte jedoch. Da sie sich unter den wachsamen Augen der Bäuerin Svensson nicht in die Nähe der Johanssons wagte, fragte sie ihre Stiefmutter nach Ares Genesung.

„Ylva, was habe ich dir gesagt? Vergiss diesen Burschen endlich. Je eher du das tust, umso besser für dich."

Als sie nach der Messe die Kirche verließen, kam Sista, Ares kleine Schwester, an ihr vorbei und flüsterte ihr zu: „Are lässt dich grüßen. Du fehlst ihm und du sollst nicht traurig sein. Er lässt sich was einfallen."

Ylva schaute verwundert auf. Wie leicht ihr Herz doch auf einmal wurde! Gerne hätte sie Sista etwas gefragt oder ihr eine Botschaft für Are mitgegeben, doch die Bäuerin stand plötzlich neben ihr und stieß sie vorwärts zur Kutsche der Svenssons.

Von diesem Tag an hatte Ylva wieder Hoffnung, und das Leben auf dem Svensson-Hof ertrug sich leichter. Ja, sie war sogar nicht mehr einsilbig zu Einar, was dieser mit einem Lächeln aufnahm, jedoch weiterhin kein richtiges Gespräch mit ihr zustande brachte.

Ylva konnte kaum den nächsten Sonntag erwarten. Sie wollte Sista eine Botschaft für Are zuflüstern und hoffte, auch von ihm etwas zu hören.

Doch am Freitag kam ein dunkler Besucher auf den Hof geschlichen und Ylva erschrak, denn ihr fiel da erst wieder ein, dass der Tod ihr gesagt hatte, er werde auch an ihrem Hochzeitstag kommen. War das ein Versprechen oder eine Drohung?

Sie beobachte, wie die düstere Kapuzengestalt zur Unterkunft der Knechte und Mägde schlich. Dort lag der alte Jore, dem der Zuchtbulle ein Horn in die Seite gerammt hatte. Der Doktor kam auch gerade an und ließ sich zu Jore führen, und Ylva entfuhren bei seinem Anblick die Worte: „Das hat keinen Zweck, der Jore ist des Todes."

Die Bäuerin, die dies gehört hatte, sah Ylva mit zusammengekniffenen Augen an: „Ich habe schon davon gehört, dass du eine Gabe besitzen sollst. Deine Mutter sagt, es sei ein Fluch. Sag, ist es wahr, dass du weißt, wann einer stirbt?"

Ylva zuckte zusammen und schalt sich selbst, diese Worte so unbedacht geäußert zu haben. „Ich ... ich denk mir das nur so, Bäuerin. Immerhin hat es den Jore doch recht schlimm erwischt."

Die Bäuerin entließ sie mit einem Kopfnicken. Doch als Jore in dieser Nacht verstarb, ließ die Bäuerin Ylva zu sich holen. „Ich will, dass du mir ab jetzt immer sagst, wenn du meinst, dass einer stirbt. Sei es Mensch oder Tier."

„Aber ich ..."

„Haben wir uns verstanden?!"

Ylva nickte stumm.

Am Sonntag gelang es ihr, Sista unbemerkt ein paar Worte für Are zuzuflüstern. Sista richtete ihr aus, dass es Are schon besser gehe und er sie gerne treffen würde. Sie wüsste schon wo. Er würde dort jede Nacht auf sie warten.

Ylva konnte die Nacht kaum erwarten. Als sie das Fenster ihrer Kammer öffnen wollte, um hinauszuklettern, musste sie jedoch feststellen, dass es jemand über Tag mit zwei Nägeln blockiert hatte. Verzweifelt blickte sie in die mondhelle Nacht und fröstelte, als sie den Tod auf dem Hof umherschleichen sah.

Am nächsten Morgen rief die Bäuerin sie zu sich. „Der Fuchs hat gestern eines der Hühner gerissen. Du solltest mir doch Bescheid sagen."

„Es verhält sich nicht so, dass ich weiß, wann jemand stirbt. Ich sehe nur, ob der Tod umherschleicht oder neben einem steht. Wenn es so plötzlich passiert, wie mit dem Huhn, dann bin auch ich überrascht."

Die Bäuerin nickte mürrisch. „Mag sein. Vielleicht hat deine Mutter aber auch recht, und du bist verflucht. Langsam beginne ich zu zweifeln, ob Einar mit dir glücklich werden wird."

„Dann lasst mich gehen. Löst die Verlobung."

„O nein, mein Kind, das hättest du wohl gern. Der Einar heiratet dich. Und er bekommt deinen Hof. Was danach kommt ... wir werden sehen."

Und wieder wuchs Ylvas Verzweiflung. Wie sollte das alles ein gutes Ende nehmen? Jede Nacht suchte sie nach einer Möglichkeit, sich davonzuschleichen zu der umgestürzten Eiche. Doch sie bekam die Nägel nicht herausgezogen und in dem Raum vor ihrer Kammer schliefen Einars Schwestern, von denen eine einen so leichten Schlaf hatte, dass sie aufwachte, sobald Ylva die knarrende Tür öffnete. Sie versuchte es mit der Ausrede, dass sie austreten müsse, aber Einars Schwester wies nur darauf hin, dass sie den Nachttopf nutzen solle. Die Mutter hätte es ausdrücklich untersagt, dass Ylva des Nachts allein auf dem Hof umherging.

Eines Nachts schaffte sie es mit großer Sorgfalt und Geduld an den schlafenden Schwestern vorbeizukommen, doch als sie den Fuß ins Freie streckte, schlug der Hofhund an, und sie kam nicht weiter. Seitdem wurde die Tür ihrer Kammer nachts von außen verriegelt und weitere Nägel sicherten das

Fenster.

Am Sonntag gelang es ihr auch nicht mehr, mit Sista zu sprechen, denn die Bäuerin wich nicht von ihrer Seite und hörte jedes Wort mit, das sie sprach.

Sie versuchte, die Bäuerin milde zu stimmen, indem sie ihr verriet, dass der Tod um die Kammer der alten Tina schleiche. Tina war die Muhme der Bäuerin, hochbetagt und blind, und aß seit ein paar Tagen nichts mehr. Die Bäuerin nickte. „Ich dacht es mir schon, Ylva. Aber gut, jetzt habe ich Gewissheit." Und bald darauf nahm der Tod die alte Muhme mit sich.

Das Verhalten der Bäuerin änderte sich ab dem Zeitpunkt, doch nicht so, wie Ylva es sich gewünscht hatte. Die Bäuerin wich jetzt kaum noch von Ylvas Seite und fragte sie immer wieder besorgt, ob sie den Tod irgendwo umherschleichen sehe.

Doch er ließ sich nicht blicken.

Die Tage verstrichen, und der Tag ihrer Hochzeit nahte.

Am Morgen der Hochzeit kam ihre Stiefmutter auf den Hof, und die Frauen eilten wie aufgescheuchte Hühner glucksend und flüsternd und kichernd hierhin und dorthin. Es gab viel vorzubereiten. Ihre Stiefmutter, die Bäuerin und eine Magd kümmerten sich um Ylva. Die Stiefmutter hatte ihr Hochzeits-kleid mitgebracht, das sie in den letzten Wochen ausgebessert und umgenäht hatte. Die Magd flocht ihr die langen Haare zu einem schönen Zopf, den sie wie eine Krone auf ihrem Haupt trug, und die Bäuerin schenkte ihr eine goldene Kette.

Ylva ließ alles mit sich geschehen. Ihr war, als sei sie noch gar nicht wirklich erwacht, sondern in einem Traum gefan-gen. In diesem Traum sah sie sich als hübsch geschmückte Braut, in einem weißen Kleid und mit einem Brautstrauß aus duftenden Gräsern, die vor Trollen schützen sollten. Sie stellte sich vor, diese würden sie auch vor Einar schützen und umklammerte den Strauß fester, als sie nach draußen geführt wurde, wo er in der festlich geschmückten Kutsche auf sie wartete. Und daneben eine dunkle Kapuzengestalt.

Ylva blieb stehen. „Er ist hier", flüsterte sie, und die Bäuerin wusste, wen Ylva meinte. Ihre Stiefmutter und die Magd aber sahen sich suchend um, und die Magd rief aus: „Dort, dort kommt er!"

Ylva fragte sich, ob die Magd auch den Tod sehen konnte, doch dann erkannte sie, dass diese in eine andere Richtung wies. Vom Ende des Hofes, jenes, das in Richtung des Johansson-Hofs lag, näherte sich eine Männergestalt. Der rechte Arm hing in einer Schlinge. Ylvas Herz schlug wie die Flügel eines Schmetterlings, der gegen einen Windstoß ankämpfen muss. Are! Am liebsten hätte sie seinen Namen laut hinausgerufen.

„Einar!", hallte Ares Stimme über den Hof. „Einar, stell dich! Sei ein Mann!"

Ylva wollte zu Are eilen, doch die Bäuerin und ihre Stiefmutter hielten sie fest.

„Du bleibst hier", zischte die Bäuerin.

„Dass er es wagt!", empörte sich ihre Stiefmutter.

Die Männer des Hofes bildeten einen Ring um Are, so dass Ylva ihn nicht mehr erkennen konnte. Sie warf einen Blick zur Kutsche und erschrak, als sie den Tod dort nicht mehr stehen sah. Sie wandte den Kopf hin und her und dann erkannte sie die Kapuzengestalt inmitten der Männer, die Are umringten.

Einar war inzwischen aus der Kutsche gestiegen und ging auf den Ring der Männer zu.

„Wo ist er?", wollte die Bäuerin von Ylva wissen.

„Bei den Männern", hauchte Ylva.

Die Bäuerin war bleich wie eine frisch gekalkte Wand und rief mit kratziger Stimme: „Einar. Einar, bleib stehen. Bleib sofort stehen!"

Doch Einar schüttelte den Kopf. „Das regele ich jetzt ein für alle Mal." Der Ring um Are teile sich für Einar.

„Gunnar!", rief die Bäuerin nun ihren Mann. „Gunnar, halt Einar auf."

Der Bauer, der inmitten der anderen Männer stand, schaute seine Frau verwundert an und rief: „Soll Are ruhig noch eine Abreibung bekommen, wenn er es denn unbedingt will."

„Gunnar, heute ist Einars Hochzeitstag. Soll er mit blutiger Lippe an den Altar treten?"

Der Bauer seufzte. „Also gut, Frau." Er nickte den anderen Männern zu und der Ring um Are schloss sich wieder. Ylva sah, wie auch die Kapuzengestalt näher an Are herantrat. Die Angst um ihren Geliebten verlieh ihr so viel Kraft, dass sie sich losreißen konnte. Doch ehe sie die Männer erreichte, packte Einar sie und stieß sie zu Boden.

„Du gehörst mir", knurrte er.

Ylva richtete sich auf. Ihr Brautstrauß lag im Staub, ihr weißes Kleid war verdreckt. „Ich gehöre niemandem", erwiderte sie und wollte an Einar vorbei zu Are, doch Einar gab ihr eine Ohrfeige, und sie schrie auf.

„Ylva!" Are stand, festgehalten von einem Knecht und Einars älterem Bruder Örn, hinter Einar. „Seht ihr das?", fragte er in die Runde. „Er schlägt seine Braut. Einar, du bist so erbärmlich." Are spuckte in den Staub.

Einar wandte sich ihm zu. „Dir verpasse ich gerne auch eine."

Der Bauer ging dazwischen, doch er konnte seinen Sohn

nicht abhalten.

Ylva beobachtete bang, was nun geschah. Sie sah den Tod, der sich hinter Are stellte. Sie sah Einar, der Öre und den Knecht anwies, Are loszulassen und dann mit geballter Faust auf ihn losging. Sie sah Are, der seinen bandagierten Arm aus der Schlinge zog und seinen Gegner erwartete. Einar holte aus und schlug zu. Er hatte auf Ares Kinn gezielt, aber sein Schlag ging ins Leere, da Are sich geduckt hatte und sich nun mit der linken Schulter gegen ihn warf und ihn umstieß. Einar landete mit einem wütenden Laut im Staub. Sofort rappelte er sich auf, da traf ihn Ares Tritt am Kinn. Einar ging erneut zu Boden und von den Männern war nun zu hören, Einar lasse sich doch wohl nicht von einem Krüppel vorführen. Der Bauer versuchte noch einmal, den Kampf zu beenden, doch abermals stieß Einar ihn fort und stürmte auf Are los. Der wich wieder aus und stellte Einar ein Bein, so dass dieser der Länge nach zum dritten Mal zu Boden schlug. Die Männer johlten. Als Einar sich diesmal erhob, tröpfelte Blut aus seiner Nase.

Die Bäuerin rief ihn an, er solle aufhören, stattdessen aber griff Einar in seine Hosentasche und holte sein Klappmesser heraus. Ehe ihn jemand abhalten konnte, ging er damit auf Are los. Der sprang zurück. Einar setzte sofort nach. Are keuchte auf. Blut strömte aus seiner rechten Schulter und färbte den Verband dunkelrot. Er stolperte zurück und fiel fast über einen Steintrog. Die düstere Gestalt hinter Are breitete ihre Arme in einer Willkommensgeste aus.

Ylva raffte ihr Kleid und sprang Einar von hinten an, um ihn zu Boden zu reißen. Einar torkelte zurück, hielt sich jedoch auf den Beinen. Are ging auf Einar los, ohne zu ahnen, dass der Tod in seinem Rücken folgte. Aber Ylva sah es. Sie hatte Einar losgelassen und rief: „Are, weg da!" Im gleichen

Moment wuchtete sie sich gegen den noch um sein Gleichgewicht kämpfenden Einar. Der stürzte nach vorn, Are ließ sich zur Seite fallen. Es gab einen schrecklich dumpfen Laut und alle drei lagen im Staub.

Als Ylva aufsah, blickte sie in die Leere unter der dunklen Kapuze. Eiseskälte überfiel sie. Are wandt sich blutend am Boden. Die Arme des Todes aber umarmten Einar, von dessen Stirn Blut in den Staub tropfte. Das gleiche Blut klebte an der Kante des Trogs. Der Aufschrei der Bäuerin zerriss die Luft.

„Er war es nicht, wegen dem ich gekommen bin, Ylva", hauchte die kalte Stimme des Todes, ehe er entschwand und Einars Körper still und mit gebrochenem Blick zurückließ.

Es gab keine Anklage, hatten doch alle gesehen, wie Einar zu Tode gekommen war. Die Bäuerin Svensson warnte Ylva, ihr und ihrer Familie jemals wieder unter die Augen zu kommen. Sonntags betrat Ylva die Kirche daher immer erst, wenn alle anderen schon Platz genommen hatten. Sie nahm in der letzten Bank Platz und war die Erste, die die Kirche verließ, ehe jemand vom Svensson-Hof sie erblickte. Im Stillen bat sie den Herrgott um Vergebung und dankte ihm zugleich dafür, dass Are gerettet worden war. Doch ständig spukten die Worte des Todes in ihren Gedanken, dass er nicht wegen Einar gekommen war. Fiel ein Schatten auf sie, schrak sie zusammen. Nachts wachte sie schweißgebadet auf und rief Ares Namen.

An ihrer Hochzeit mit Are nahmen nur ihre Stiefmutter und die Leute vom Johansson-Hof teil, kein Nachbar gratulierte. Dennoch wurde es eine fröhliche Feier, und Ylva vergaß für diesen Tag ihre Sorgen.

Obwohl sie nun jeden Abend an Ares Seite einschlief, ließen ihre dunklen Träume und Ahnungen nicht ab von ihr. Die

Furcht, der Tod möge jeden Moment kommen und sich doch noch holen, was Ylva ihm entrissen hatte, nagte beständig an ihr. Dazu trug auch Ylvas Stiefmutter bei, die nicht müde wurde, sich darüber zu beklagen, dass Ylva ihrer aller Leben und Zukunft zerstört hatte. Wie gut hätte es sich doch leben lassen mit Einar und dessen Vieh auf dem Hof und dem begüterten Bauer Svensson als Schwager. Stattdessen hatte Ylva nun einen Mann, der nur seiner Hände Arbeit bieten konnte, von dessen Familie auch kaum mehr zu erwarten war, und, was noch schlimmer war, sie hatten die Svenssons zum Feind. Die Svenssons zum Feind zu haben, bedeutete, ganz Munkfors gegen sich zu haben. Waren sie bisher Teil einer Gemeinde gewesen mit einem kleinen Bauernhof wie viele andere, der die Seinen mühsam ernährte, und durften sie in der Not die Unterstützung der Nachbarn erwarten, so waren sie nun Ausgestoßene, die außer von den Johanssons auf keine weitere Hilfe hoffen durften. Es ging das Gerücht, Ylva habe Einar verhext. Die Frauen der Umgebung mieden sie und alle die ihr nahe waren, was die Verbitterung in Ylvas Stiefmutter weiter wachsen ließ.

Doch Ylva, die es von Kind an gewöhnt war, nur von wenigen geliebt zu werden, reichte es voll und ganz, Are an ihrer Seite zu wissen. Und Are war glücklich mit ihr.

Im zweiten Jahr ihrer Ehe kam Lillan auf die Welt. Als Ylva den ersten Schrei ihres Töchterleins vernahm und sie an die Brust gelegt bekam, wurde sie von einer Liebe und einem Glück überschwemmt, dass es ihr schier die Luft zum Atmen nahm. Sie wusste, das musste die Liebe sein, die ihre Mutter ihr geschenkt hatte. Und damit auch Lillan, denn ohne das Opfer ihrer Mutter hätte es das kleine Wesen auf ihrer Brust nicht gegeben. Diese Liebe war so groß und weit, dass Ylva keinen Moment zögern würde, ihr Leben für ihre Tochter zu geben, wenn der Tod an sie herantreten sollte.

Doch er war nicht da. Und er kam auch im nächsten und den beiden darauf folgenden Jahren nicht. Lillan wuchs heran und war ein so fröhliches Kind, dass selbst die Stiefmutter das Granteln in ihrer Gegenwart vergaß.

Dann kam der eine Winter.

Lillan war alleine in den Wald gegangen, obwohl Ylva es ihr untersagt hatte. Doch Lillans Neugier auf die Welt war stärker als ihr Sinn für Gehorsam. Als Ylva das Verschwinden ihrer Tochter bemerkte, rief sie nach ihr, aber es kam keine Antwort.

Sie alarmierte Are und die Stiefmutter und zu dritt suchten sie Lillan, während die Schatten zwischen den Birken und Fichten so rasch wuchsen wie ihre Verzweiflung. „Wir brauchen Hilfe", sagte Are. Er selbst wollte zum Hof seiner Eltern laufen, da er der Schnellste von ihnen war. Ylva schickte er zum Eriksson-Hof, der ihnen am nächsten lag, während die Stiefmutter alle Lampen und Fackeln bereit machen sollte, die sie hatten.

Als Ylva an die Tür des Bauern Eriksson klopfte, öffnete dieser selbst und verzog sein Gesicht, als er Ylva erkannte. „Was willst du?"

„Lillan ist im Wald verschwunden. Wir brauchen eure Hilfe bei der Suche."

Von hinten näherte sich die Frau des Bauern. „Ole, was will sie?"

„Nichts", erwiderte er, schaute dabei aber weiter Ylva an und sagte zu ihr: „Wir wollen mit dir und deinesgleichen nichts zu schaffen haben."

Ylva verstand, warum die Leute sie mieden, und es war ihr bisher gleich gewesen. Aber jetzt ging es um ihr Kind. „Eriksson, ich weiß, was ihr über mich denkt. Aber Lillan ist ein unschuldiges Kind. Sie hat niemandem etwas getan."

„Ole?" Die Bäuerin trat näher. „Was ist mit dem Kind?"

„Nichts, Weib. Und jetzt verschwinde, Ylva!"

Ylva wandte sich an die Bäuerin, denn sie schien ihr ein guter Mensch. „Helft meiner Lillan, ich bitte euch. Um eurer Christenpflicht willen."

„Ole", sagte die Bäuerin, „das arme Kind trifft doch keine Schuld. Wir müssen ihr helfen."

Der Bauer fuhr herum: „Das ist den Svenssons egal. Wenn die hören, dass wir der da geholfen haben, haben wir nichts mehr zu lachen. Dann werden die ihren Kredit zurückhaben wollen. Das Kind wird auch so schon wieder auftauchen. Denk nach, Weib, bevor du den Mund aufmachst! Und du", wandte er sich an Ylva, „scher dich zum Teufel", und knallte ihr mit diesen Worten die Tür vor der Nase zu.

So bekamen sie bei ihrer Suche nur Unterstützung vom Johansson-Hof. Mit den Leuten vom Eriksson-Hof hätten sie eher und mit mehr Leuten mit der Suche weitermachen können. Dann hätten sie Lillan früher gefunden. Lillan war unweit vom Eriksson-Hof einen Hang herabgerutscht und hatte sich den Kopf an einem Baum angeschlagen, so dass sie bewusstlos im Schnee lag. Als sie sie so fanden, waren alle froh, dass Lillan lebte. Sie wickelten das bewusstlose Kind in eine warme Decke und trugen sie nach Hause.

Die Kopfwunde heilte bald, doch Lillan überfiel ein heftiges Fieber, das kein Wickel oder Kraut zu senken vermochte. Ihr keuchender, brodelnder Husten klang wie einst der von Lillebror. Ylva wusste, was das hieß. Are sprach ihr Hoffnung zu und machte sich durch den tiefen Schnee auf, den Arzt aus dem Dorf zu holen. Ylva saß an Lillans Bett, wechselte die Wickel und betete für ihr kleines Leben. Auch die Stiefmutter betete mit. Immer wieder hielt Ylva Ausschau nach Are und dem Arzt. Da gewahrte sie zur Dämmerstunde am Waldrand eine dunkle Kapuzengestalt.

„Der Gevatter kommt", sagte sie ihrer Stiefmutter. „Er will Lillan holen!"

Die erbleichte und schlug ein Kreuz. „Was habe ich getan, dass Gott mich so straft?", klagte sie. „Erst Lillebror, dann mein Mann und nun Lillan."

„Ich lasse sie nicht mit ihm gehen", sagte Ylva und schlug Lillans Bettdecke zurück.

„Was hast du vor?", fragte die Stiefmutter.

„Wenn er kommt, wird er nur ein leeres Bett vorfinden." Sie hob Lillans fiebrig heißen Körper aus dem Bett und drückte sie an sich.

„Aber wo willst du mit ihr hin?"

„Weg ... ich laufe ihm einfach weg ..."

„Ylva, das kannst du nicht. Wenn Gott es so bestimmt hat, dann ändern wir nichts daran."

Aber Ylva wusste es besser.

Als sie vor das Haus trat, sah sie sich nach dem Tod um. Die Sonne war inzwischen fast hinter dem Horizont verschwunden. Die dunkle Gestalt jedoch war deutlich im Dämmerlicht am Kuhgatter zu erkennen. Sie sah aus wie ein Loch in der Welt. Eisiger Wind stach Ylva ins Gesicht. Sie wandte sich ab und zog Lillan ein Ende der Decke, in die sie sie gewickelt hatte, schützend über den Kopf. Dann drückte sie sie enger an sich und lief mit ihr in den Armen um das Haus.

„Ylva!", rief ihr die Stiefmutter hinterher. „Bleib hier. Es hat doch keinen Zweck."

Doch Ylva lief und lief, hin zu dem Weg, der zum Johansson-Hof führte, und bald schon versank sie knöcheltief im Schnee. Sie wagte nicht, sich umzudrehen, wagte nicht, einen Moment innezuhalten, denn sie musste schneller sein als der Tod.

„Ylva", wehte sie seine Stimme im Nacken an. Sie ignorierte sie und lief schneller. Keuchend, ächzend lief sie, ohne auf den Weg zu achten. Sie spürte Lillans heißen Körper an ihrer Brust, ihren ach so heißen Körper. Doch besser heiß als kalt für immer.

Mit dem rechten Schuh stieß sie gegen etwas Hartes und verlor das Gleichgewicht. Der Schnee dämpfte ihren Sturz. „Lillan?"

„Mama, wohin bringst du mich?" Lillans Stimme war schwach.

„In Sicherheit, mein Liebes."

„Es ist so kalt." Sie hustete.

Ylva rappelte sich mit ihr auf und sah, dass sie an der Kreuzung angelangt war, die geradeaus zum Johansson-Hof führte und rechts zu dem der Svenssons. Sie musste es zu ihren Schwiegereltern schaffen. Sie hatten ein Pferd, damit würden sie und Lillan dem Tod entkommen. Doch sie hatte kaum einige Schritte getan, da sah sie, wie ihr von Weitem eine Kapuzengestalt entgegenkam. Ylva machte kehrt und lief den Weg zum Svensson-Hof.

„Mama, mir ist so kalt."

„Halte durch", keuchte Ylva und kämpfte um ihren Atem. Ein silberhelles Schellen von vielen Glöckchen erklang in ihrem Rücken. Dann ein Schnauben und Trampeln. Sie wagte es und warf einen Blick nach hinten. Eine Schlittenkutsche. Das war die Rettung.

Ylva trat keuchend einen Schritt zurück an den Wegrand. Die würzige Ausdünstung des Kaltbluts, das die Kutsche zog, stieg ihr in die Nase. Im Schein zweier Laternen erkannte sie eine vermummte Gestalt auf dem Kutschbock und zwei in dicke Felle gehüllte Personen in der offenen Kutsche. Sie kniff die Augen zusammen, um sie besser erkennen zu können. Reiste der Tod bereits mit?

Ylva winkte dem Kutscher zu. Der zog die Zügel an. „Brr. Halt!" Das Pferd kam neben ihr zum Stehen. Jetzt erkannte sie den Mann. Es war einer der Knechte vom Svensson-Hof. Und auch die Passagiere erkannte sie: Die Bäuerin Svensson und ihre Schwiegertochter, Öres Frau.

Von allen ausgerechnet sie, durchfuhr es Ylva. Doch es half nichts. Dort hinten schlich die Kapuzengestalt heran.

„Bäuerin, mein Kind ist krank. Bitte, nehmt uns mit."

„Ylva?", klang es ungläubig aus der Kutsche. Die Bäuerin beugte sich vor.

„Bitte, seid gnädig. Meine Lillan hat Fieber und ... und der Tod ist uns auf den Fersen. Helft uns, im Namen des barmherzigen Herrn."

„So wie du meinem Sohn geholfen hast, im Kampf um dich?" Die Stimme der Bäuerin war so kalt, dass die Luft gefror und Frost sich um Ylvas Herz legte. „Tritt mir nie wieder unter die Augen." Sie lehnte sich zurück und rief zum Kutscher: „Fahr zu, Tore, wir wollen hier nicht erfrieren." Der Kutscher warf Ylva einen bedauernden Blick zu, dann trieb er das Pferd an.

„Bitte, ich flehe euch an, rettet meine Tochter", rief Ylva und lief der Kutsche nach. „Sie ist unschuldig und hat euch nichts getan."

Doch es kam keine Antwort, und die Lichter der Kutsche verschwanden bald mit silberhellem Glockengeklirr im Wald.

Ylva glaubte im ersten Moment, es habe zu schneien begonnen, als sie es feucht über ihre Wange rinnen spürte.

„Mama, warum weinst du?"

Sie schüttelte den Kopf. „Nichts, Lillan. Es wird alles gut."

„Das wird es", sagte eine tonlose Stimme neben ihr. Ylva schrak so heftig zusammen, dass sie Lillan fast fallengelassen hätte.

„Mama, was hast du?"

„Schhh, Lillan, lass uns weitergehen."

„Wohin willst du gehen, Ylva?", begleitete sie die Stimme. „Egal, wohin du auch gehst, ich werde bereits dort sein und auf euch warten."

„Nein, ich lasse es nicht zu."

„Du kannst es nicht verhindern."

„Mama, mit wem sprichst du?"

„Ich hatte dich gewarnt, Ylva. Alles hat seinen Preis."

Ylva hielt inne. Ihr stieg das Bild vor Augen, wie sie damals Einar in die Arme des Todes getrieben hatte, um Are zu retten. Sie sah zur Seite. Dort stand ihr dunkler Begleiter.

„Du meinst ... das ist der Preis für Ares Leben?"

Die Kapuzengestalt nickte.

Ylva wurde schwindelig und übel von dem Gedanken, dass es ihre Schuld war, dass der Tod Lillan holen wollte. Andererseits würde es Lillan gar nicht geben, wenn sie Are nicht gerettet hätte.

„Und ... und wenn ich dich bitte, Lillan zu verschonen und dafür mein Leben zu nehmen?"

„Ylva, hast du vergessen? Ich habe einen Handel mit deiner Mutter. Ich hole dich nicht vor der bestimmten Zeit."

„Aber einen Handel kann man ändern."

Der Tod schüttelte den Kopf. „Pacta sunt servanda. Ein Handel ist einzuhalten." Er strecke seine dürren Finger nach Lillan aus.

„Nein." Ylva lief los. Hinein in den Wald, wo der Schnee teils kniehoch lag und sie nur mühsam vorwärtskam.

„Ylva, sieh es doch ein." Ein kalter Hauch streifte sie.

Sie stapfte weiter zwischen Fichten und Birken.

Ein Schatten lag vor ihr. Sie wandte sich nach links, eine Bergkuppe hoch, die kaum von Bäumen bestanden war. Ein eisiger Hauch streichelte ihren Nacken. Sie erreichte die Kuppe und stoppte, als sie erkannte, dass vor ihr ein Hang steil abwärts in die dunkle Tiefe des Waldes fiel.

„Es ist vorbei", sagte der Tod. Er stand rechts von Ylva und streckte ihr fordernd seine Hände entgegen. „Gib sie mir."

„Mama, ich habe Angst."

Ylva wich einen Schritt zurück. Der Tod folgte ihr. Er hatte recht. Sie konnte ihm nicht entkommen. Früher oder später holte er alle und jeden. Und dann war man wieder mit den Seinen vereint, die vor einem gegangen waren: mit Lillebror, mit Vater, mit Mutter. „Du brauchst keine Angst zu haben, Lillan."

Sie nickte dem Tod zu. „Also gut. Ich zahle den Preis."

Sie hob Lillan an, den Armen des Todes entgegen. Seine kalten Fingerkuppen berührten ihre Fingerknöchel. Ylva wollte ihrer Tochter noch einmal in die Augen sehen, doch Tränen verschleierten ihren Blick. „Mama hat dich lieb."

Dann warf sie Lillan neben sich in den Schnee und stürzte sich in die Arme des Todes.

Ein hohler Laut wehte zwischen die Bäume wie ein Klagelaut aus tiefster Kehle.

„Du warst etwas ganz Besonderes, Ylva." Der Tod umarmte ihren kalten Körper und blickte zu dem Mädchen, das mit großen Augen auf ihre Mutter schaute.

„Du bist ein Kind der Liebe, Lillan", sagte der Tod. „Die Liebe vermag viel. Vergiss das nicht. Wir sehen uns wieder. Ich bin immer in deiner Nähe."

Nachwort

Liebe Leserin, lieber Leser,

diese Zeilen schreibe ich im Juni 2021, zu einer Zeit, da die Bedrohung durch die Corona-Pandemie bei uns in Deutschland endlich schwindet. Knapp die Hälfte der Bevölkerung hat bereits die erste Impfung erhalten, der Sommer ist da, die Gaststätten, Hotels oder Fitnessstudios sind wieder geöffnet. Einkaufen ist ohne Schnelltest möglich. Gefühle von Befreiung, Glück und Hoffnung ziehen durch unser Land.

Das ist wunderbar! Und es wäre gut, wenn wir dabei nicht vergessen, was uns die letzten Monate gelehrt haben. Nämlich die Erkenntnis, was im Leben wirklich zählt. Wie plötzlich hat uns doch große Angst, Leid und Tod ereilt. Es gibt keine Garantie, dass wir nicht erneut in eine solche Situation kommen. Zumal Corona dank zahlreicher Mutationen nicht besiegt ist. Aber wir wissen, dass wir solche Zeiten überstehen können, wenn wir zusammenhalten. Und wenn wir liebe Menschen um uns haben.

Ich musste in diesem Jahr einen sehr lieben Menschen für immer gehen lassen – unabhängig von Corona.

Auch die Protagonisten meiner Geschichten müssen sich auseinandersetzen mit Angst, Sterben und Tod. Und das geht selten gut aus.

Anders als in unserer realen Welt können wir als Leser uns diesen Herausforderungen in Geschichten gefahrlos stellen und sie besser verarbeiten, ohne die Angst, dass uns dabei etwas Schlimmes passiert oder in tiefste Trauer stürzt. Im Gegenteil, die Geschichten helfen uns dabei, mit Ängsten umzugehen. Und sie unterhalten uns zugleich.

Ich hoffe, ich konnte Dich für einige Zeit dem Alltag entreißen und mitnehmen auf eine spannende Gedankenreise.

Vielleicht begleitet Dich die ein oder andere Geschichte oder Figur auch noch weiter, nachdem Du das Buch bzw. E-Book beiseitegelegt hast.

Einer Figur wirst Du in jedem Falle wieder begegnen, wie ich und jeder von uns. Aber erst zum Schluss. Vorher würde ich mich sehr über eine Bewertung und gerne auch Rezension von Dir freuen auf dem Portal des Buchhändlers bzw. Anbieters, bei dem Du das Buch erworben hast. Gerade für uns unbekanntere Autoren ist das eine gute Hilfe, um überhaupt wahrgenommen zu werden.

Wichtig beim Schreiben ist für mich, dass die Geschichten mich als Autor selbst unterhalten und mir Freude machen. Wie sie aber bei Dir, der Leserin/dem Leser ankommen, was sie in Dir erzeugen, das kann ich maximal ahnen und nur hoffen, dass sie Dir auch gefallen.

Hab in jedem Fall Dank für das Interesse an meinen Geschichten. Ich hoffe, wir lesen uns wieder.

Mit den besten Wünschen

Andreas Wöhl

Danksagungen

Ganz lieben Dank an die Mitglieder der Wortschmiede Frielingsdorf, denen ich einiges an Texten auf den Amboss gelegt habe. Ihr habt sie in eine bessere Form gehämmert. Ohne Corona wären sicher mehr Funken geflogen und mehr unter dem Hammer gelandet, so aber mussten wir uns leider aus der Ferne austauschen. Ihr wart mir dennoch eine große Hilfe.

Von Herzen Dank an die liebe und unermüdliche Christine Kaula für Lob, Kritik, Korrekturlesen und Unterstützung. Erst nach deinem Feinschliff ist eine Geschichte wirklich fertig.

Bereit für das Unheimliche? Für das Unfassbare?
Für das Grauen?
Es wartet auf dich. Komm ruhig näher ... und lies.

Andreas Wöhl als
Andreas Engelmann

ABER GLAUBE!

11 Mystery-
und Horrorgeschichten

280 Seiten, Taschenbuch
ISBN 9783748110361

Auch als E-Book bei Amazon.

Ob im Harz oder im Rheinland, in Frankreich, Island, Schott-land, der Ukraine oder an anderen Orten: Überall lauern dunkle Mächte und der Tod.
Eine Reise wird plötzlich zum Albtraum. Ein mysteriöser Fleck wird zur Gefahr. Ein Halloweenspaß gerät außer Kon-trolle. Der Fluch einer Hexe überdauert die Zeiten. Worte, die das Leben wiedergeben, bedeuten den Tod.
Diese und andere Geschichten zeigen, wie blind wir oft in das eigene Verderben laufen.

Andreas Engelmann

ABER GLAUBE!

Der Stein des unsichtbaren Volkes

Das Unheil begann, als Ernst Schäfer den VW Golf genau neben dem Felsblock zum Stehen brachte, um den die holprige Straße einen Bogen beschrieb. Der Stein hatte fast die Ausmaße ihres Autos.

„Ich muss mal", entschuldigte er sich bei seiner Verlobten Kathrin. Kühle Luft drängte sich in das Auto, als er die Tür öffnete. Ein kräftiger Wind wehte über den wolkenverhangenen Himmel.

„Wie praktisch, dass du im passenden Moment den einzigen Stein weit und breit gefunden hast", erwiderte Kathrin mit einem süffisanten Lächeln.

Ernst warf ihr über die Schulter einen fragenden Blick zu und deutete dann mit der Hand über die grauschwarze Lavafläche, die sich scheinbar endlos um sie herum erstreckte. „Wieso, hier gibt's doch nichts anderes außer Steinen und Geröll." Er machte Anstalten, hinter dem Fels zu verschwinden, doch Kathrins Ruf ließ ihn noch mal innehalten.

„Du, Ernst? Ernst!"

„Was denn? Kann ich nicht mal in Ruhe pinkeln, ohne dass du mich vollquatschst?"

„Im Reiseführer habe ich gelesen, dass unter solchen Felsbrocken die unsichtbaren Einwohner Islands hausen. Geister-
wesen, Feen oder Trolle. Die Isländer respektieren das und
lassen sie unberührt an Ort und Stelle. Sonst beschwören sie
Unglück herauf. Das hier muss so ein Stein sein. Sieh mal, wie
die Straße extra einen Bogen drum herum macht."

„Ist ja sehr interessant, aber kannst du mir das nicht gleich
im Wagen weitererzählen? Ich hab nur schnell was zu erledi-
gen und keine Lust, mir was abzufrieren."

„Ernst!"

Wollte sie ihn ärgern? Weil sie enttäuscht von der rauen
Natur Islands war und ihren Urlaub lieber im sonnigen Spa-
nien verbracht hätte? Aber sie hatte voriges Jahr das Ziel ihres
ersten gemeinsamen Urlaubs aussuchen dürfen, nun war er
dran gewesen.

„Was ist?!"

„Ernst, kannst du das nicht woanders machen?"

Es dauerte einen Moment bis er begriff, was sie von ihm
wollte.

„Hast du sie noch alle?", gab er gereizt zurück und verschwand hinter der windgeschützten Seite des Felsens. Doch
gerade in dem Moment, in dem er den Reißverschluss seiner
Hose runterzog, tauchte Kathrin neben ihm auf.

„Ernst, nicht! Du verärgerst das Geistervolk damit!"

Das reichte! Er gab ihr einen Schubser Richtung Auto und
rief: „Dein Geistervolk kann mich mal! Weißt du, was ich vom
Geistervolk halte? Hä? Ich pisse auf dein Geistervolk! Hört ihr
mich? Ich pisse auf euch!"

Die nächsten zehn Minuten herrschte eisiges Schweigen, bis
Ernst meinte: „Es tut mir leid."

Kathrin seufzte. „Mir auch. Ist es wieder gut, Ernie?"

Ernst grinste. „Ja, ist wieder gut. Wirklich, ich wollte dich nicht so anranzen, aber wenn du da in der Kälte stehst mit einer Blase, die bald platzt ... " Er schüttelte den Kopf. „Du hast aber auch Ideen ..."

„Ich habe einfach ein ungutes Gefühl, eine böse Vorahnung ..."

„Du glaubst doch nicht etwa an solchen Unsinn? Feen und Trolle? Was?"

Sie schwieg.

„Schau mal auf die Landkarte, wie weit es noch bis Seyðisfjörður ist", versuchte er sie auf andere Gedanken zu bringen. Er wusste genau, dass sie noch mindestens zwei Stunden brauchen würden. Zwei Stunden durch diese urtümliche Landschaft, geformt vom Magma der Vulkane und dem eisigen Wind. In der Ferne erhoben sich dunkle, teilweise schneebedeckte Berge. Soweit sie die Straße einsehen konnten – und das war sehr weit –, waren sie die einzigen Menschen, die hier unterwegs waren. Ernst genoss die Einsamkeit, es hatte etwas Abenteuerliches.

Ernst verfluchte die Einsamkeit, als auch eine Stunde nach einer Reifenpanne noch immer kein Mensch zu sehen war. Dämmerung legte sich bereits über die Landschaft, obwohl es Nachmittag war. Nur die Spitzen einiger Hügel und der Berge wurden noch in Sonnenlicht getaucht. Doch vor der Dunkelheit brauchten sie sich nicht zu fürchten, denn um diese Zeit des Jahres wurde es in Island nicht wirklich dunkel. Zwar würde bald die Sonne untergehen, doch die Insel würde in ein Zwielicht getaucht bleiben bis zum nächsten Morgen. Dafür herrschte in den bald bevorstehenden Wintermonaten die

Dunkelheit und Schwärze vor.

Dennoch hatten sie keine Lust, die Nacht im Auto zu verbringen. Es war jetzt schon kalt, und später würde es vermutlich Frost geben. Doch bis zur nächsten Siedlung war es zu Fuß zu weit. Sie hatten die Landkarte genau studiert. Leider war sie nicht detailliert genug, um zu erkennen, ob in der Nähe wenigstens ein einsames Gehöft lag.

So hofften sie weiter auf ein vorbeikommendes Fahrzeug. In Decken eingehüllt, saßen sie im Wagen und starrten missmutig durch die Scheiben.

Die Sonne war noch nicht lange hinter den Bergen verschwunden, als Ernst plötzlich aufgeregt rief: „Da! Da sind Lichter! Siehst du es?"

Er deutete auf die Hügel rechts von ihnen. Tatsächlich bewegten sich dort zirka ein halbes Dutzend kleiner Lichter auf und ab.

„Was kann das sein?", murmelte Kathrin.

„Vielleicht eine Wandergruppe oder Schafhirten."

„Um diese Zeit?"

Ernst sprang aus dem Wagen. „Egal, ich werde nachschauen!"

„Ernst, warte, lass mich nicht allein!"

Er wandte sich um. „Jemand muss beim Wagen bleiben, Schatz. Wenn nun doch ein Auto vorbeikommt ..."

Sie nickte und rief ihm hinterher: „Bleib nicht zu lange fort!"

Ernst lief, so schnell er konnte, auf die Lichter zu. Bei dem steinigen Untergrund und dem Dämmerlicht musste er aufpassen, dass er nicht stolperte. Ein gebrochenes Bein hätte ihm jetzt gerade noch gefehlt.

Er wedelte im Laufen mit den Armen und rief: „Hallo!

Hallooo! Wir brauchen Hilfe! Help us please!"

Doch die Lichter blieben nicht stehen. Im Gegenteil, sie schienen sich wieder zu entfernen. Oh nein, das konnte doch nicht wahr sein!

Noch einmal rief Ernst, so laut er konnte. Er meinte, eine Stimme zu vernehmen, doch nicht aus der Richtung der Lichter, sondern vom VW her. Kathrin?

Irritiert blieb er stehen, sah zurück und lauschte. Nichts. Er hatte sich wohl getäuscht. Als er sich wieder den Lichtern zuwenden wollte, stellte er mit großer Bestürzung fest, dass sie verschwunden waren!

Er wollte es nicht glauben und lief noch einige Schritte in die Richtung, in der er sie zuletzt gesehen hatte. Doch sie erschienen nicht wieder.

Mit hängenden Schultern ging er zum Wagen zurück. Das hatte er nun von seinem Abenteuerurlaub. Es tat ihm leid, dass er Kathrin hierhergebracht hatte und nicht an einen freundlicheren, wärmeren Ort. Beim VW angelangt, sagte er: „Ich war nicht schnell genug. Ich schwör dir, beim nächsten Urlaub ..."

Er verstummte augenblicklich, als er merkte, dass seine Verlobte nicht ihm Wagen war. „Kathrin?" Er stieg aus, ging um das Auto herum und schaute sich um. „Kathrin!"

Sie war wie vom Erdboden verschluckt.